U0070226

難為侯門妻

4

不要掃雪 著

目錄

第七十六章 …… 005
第七十七章 …… 017
第七十八章 …… 029
第七十九章 …… 043
第八十章 …… 053
第八十一章 …… 063
第八十二章 …… 073
第八十三章 …… 085
第八十四章 …… 097
第八十五章 …… 109
第八十六章 …… 121
第八十七章 …… 131
第八十八章 …… 141
第八十九章 …… 155
第九十章 …… 165
第九十一章 …… 177
第九十二章 …… 189
第九十三章 …… 207
第九十四章 …… 223
第九十五章 …… 235
第九十六章 …… 247
第九十七章 …… 259
第九十八章 …… 275

第七十六章

三天後，端親王府果然傳出消息，世子鄭世安三個月後將迎娶鎮國公的小孫女蝶舞為世子妃，而對於夏玉華來說，陸無雙的噩夢還只是剛剛開始。她不但要讓這些惡毒之人忙得沒有時間再暗算夏家，同時她也會一步步的讓這些人為自己所做的一切付出應有的代價。

「香雪，這個妳拿著！」夏玉華將陸無雙的那條手帕遞給了一旁的香雪，而後吩咐道：「按我先前吩咐的去做吧，當心些，莫讓人察覺。」

「是！」香雪接過那條手帕，好好的收了起來，而後一臉自信的應下，退下轉身離開。

好戲，也許很快就會上演了吧！

幾日後，莫陽親自上門找夏玉華，說是菲兒約她在茶樓見面，此刻自己也正要前往，可以順道護送她去。玉華向父親稟告後，便單獨與莫陽一併外出。

走了一小段路後，莫陽淡淡的開口說：「玉華，妳要查陸家的事，現在已經有些眉目了。」

聽了莫陽的話，夏玉華頓時停下腳步，直接轉身看向莫陽，一臉興奮地問道：「真的？」

「自然是真的，我怎麼可能騙妳。」莫陽點了點頭，很平靜的回答著。也只有他自己知道，這一聲「我怎麼可能騙妳」還代表著什麼其他意思。

而夏玉華此刻完全因著事情有了眉目而開心不已，卻是將莫陽這一語雙關的話給不經意的忽略了。她笑了笑，很用力地點了點頭道：「那便好，沒想到這麼快便能夠有眉目了，莫大哥，真是謝謝你。」

這事想要進行真的不容易，尤其在這麼短的時間內便能夠找到突破口而有了眉目確實相當不簡單。她心中清楚，莫陽定然是費了許多的心力，完完全全將她這事當成第一優先任務來做的，所以心中真是感激不已。

見玉華全部的注意力都在陸家之事上，而忽略掉了自己剛才那意有所指的暗示，莫陽也不在意，只是不由得笑了笑，說道：「別說謝不謝的了，事情雖然有了點眉目，但還是沒那麼快完成的，怕妳惦記所以但凡有點消息都會跟妳說一下，只是妳得再耐心等待些時日。」

莫陽說得極其細微，一點一滴都替夏玉華考慮到，看到她開心的笑顏，他的心情也格外的好，覺得自己即便做再多也是值得的。

而聽到莫陽的補充說明後，夏玉華再次點了點頭。「放心，我會耐心等待的。」

「還有一個別的情報，對妳應該有用。」莫陽似乎想到了什麼，這事雖然不是直接關係到陸家的，不過卻多少會有些牽涉，想來玉華知道後應該也會有所利用。

「什麼情報？」夏玉華一聽，倒是來了興趣，以莫陽的能耐，從他口中說出來的情報肯定是極有價值的，而且還說了是對她應該有用的，所以她自是想不關注都難了。

見玉華果真一臉的興趣，莫陽卻沒有急著回答，指了指前方道：「邊走邊說吧，這事其實還挺有意思的。」

於是兩人繼續往前行，極有默契的放慢了些速度，邊走邊小聲的交談了起來。一男一女就這麼自自然然的並肩而行，輕言交談，此舉自是引來旁人不少側目與指指點點。不過外人的看法與態度似乎並沒有影響到夏玉華與莫陽，行色之間，他們依舊優雅而從容。

時間似乎控制得極好，走到茶樓前面時，莫陽也將他所說的情報一點不漏的說完，而夏玉華這會兒還真是靈機一動，有了旁的主意，如此一來，倒是可以好好利用利用了。

「莫大哥，這可算是額外的情報，你是算贈送呢還是虧本大賤賣呢？」這會兒夏玉華心情極其不錯，因此不由得朝莫陽打趣了起來，平心而論，跟莫陽在一起，哪怕談再嚴肅而重要的事情似乎永遠都不會讓人覺得有負擔，反倒是有種說不出來的輕鬆感。

見夏玉華此刻還有心情打趣，莫陽亦是愉悅無比，看著她的笑臉，裝出一副深思熟慮的模樣，片刻之後這才說道：「要不然這樣吧，我送妳一個情報，妳也幫我一個忙好了，這樣妳便不至於成天謝來謝去的了。」

「好呀，什麼忙你說吧。」夏玉華想都沒想便點頭答應了，莫陽自然不可能提出什麼她能力所不及的事來，否則便不是莫陽了。

見夏玉華如此爽快的便應了下來，甚至於連問都沒問到底是什麼事，那種發自內心的信任實實在在的讓莫陽感覺到了說不出來的喜悅。

「是這樣，過些日子妳能不能去幫我爺爺瞧一下身體。」莫陽一副商量的口吻解釋道：「這些日子，他咳嗽得很厲害，請了好幾個大夫來看診，也吃了不少的藥卻都不見好轉。他年紀大了，禁不起那樣的折騰，妳醫術好，所以我想請妳過去幫他看看。」

聽到這話，夏玉華也沒多想，直接便說道：「行啊，你怎麼不早說，老人家年紀大，咳嗽什麼的拖久了可不好。他老人家要是方便的話，明日我便去給他瞧瞧吧。」

「遲些日子吧，這幾天他去別的地方了，得過一陣子才回來，我就是先跟妳說說，省得到時貿然提起，也不知道妳有沒有時間。」莫陽一聽笑了笑，繼續說道：「原先一早我便想請妳去的，不過爺爺向來有兩個相熟的大夫，而且他老人家的事我也不太方便插手。不過見他身體總沒好轉，前些天跟他提了一下幫他另找大夫，沒想到這回他一下子便答應了。」

「那行，等你爺爺回來了，你便派人過來說一聲，我去看看就行了。」夏玉華朝著茶樓裡頭看了看，說道：「咱們先進去吧，怕是菲兒都等急了。」

說罷，見莫陽沒有反對，夏玉華便率先抬步往裡走，而莫陽亦很快跟了上去。茶樓裡頭茶香四溢，而此刻，跟在後頭的莫陽亦不由得一陣心情愉快。

從茶樓回去後，夏玉華便提前製作了一些治咳嗽的特效藥丸，想著到時去給莫老先生看病時可以用得到。這幾天家中倒是比以前熱鬧了不少，時不時的竟然會有一些慕名前來請她去出診的人，而且開出的診金都還不低。

只不過夏玉華卻讓管家一一給婉拒了，原因很簡單，那些都不過是一些簡單的病，普通的大夫便能夠解決的，而那些請她去的人，多少是抱有一些其他的想法，所以她自然沒有必要為了診金而去。不過，從這幾天有不少人來請出診一事倒是讓夏玉華有了些想法，看來她也是得慢慢開始著手準備一些其他的事情了。

這一日，夏玉華剛剛將替莫老先生特意製好的藥丸分瓶裝好收放，卻見鳳兒走進了藥房，稟報說清寧公主府派人過來了，說是公主請她過去一趟。

聽到這話，夏玉華不由得沈默了起來，片刻之後這才朝鳳兒揮了揮手，讓她去轉告公主府派來的人，說她收拾一下，一會兒便去。

說來，她倒也的確有好些日子沒有再去給清寧公主複診了，從上次自己出事，前後差不多也有幾個月的時間了，但同時她心中也清楚，公主的身體狀況應該並無大礙，所以這一次特意派人叫她過去，怕是還有別的什麼事情吧。

又想起上次在聞香茶樓門口遇到李其仁的情景，她頓時覺得有些頭疼，總有一種預感，像是一會兒去公主府一定會碰上李其仁似的。

那是他的家，在那裡碰上也不足為奇，只不過自上次與莫陽一起碰到他後，便再也沒有見過面，也不知道其仁這會兒心裡頭是如何看待自己的。說實話，雖然活了兩世，可是碰到感情方面的事情，她還真是顯得有些有心無力，完全不似處理旁的事情那般果決又當機立斷。

她知道李其仁的心思，可自己並沒有如他一般有那方面的心思，但卻又不想失去這一份友情。她不是想拖著誰，也不是想故意的吊人胃口玩那種說不清、道不明的曖昧，她只不過是怕自己一旦說明了，與其仁之間怕是連朋友都沒得做了。

其仁是她重生以後遇到並結交的第一位朋友，如果是因為這樣的原因而輕易就沒了，她真的會很難過的。

想起這一些，夏玉華的頭疼得更是厲害，一旁的香雪見狀，不由得小聲問道：「小姐，妳沒事吧，是不是有什麼不舒服的地方呀？」

「我沒事。」就是有些心煩，夏玉華默默的在心裡頭補了一句。

自重生後，她的身體便壯實得跟頭牛似的，連個小噴嚏都幾乎沒有打過，更別說旁的什麼不舒服的地方了。她心中清楚這些都與那塊煉仙石有關，只可惜那煉仙石也不是萬能的，雖然能夠幫她解決許許多多的疑難雜症，卻偏偏沒辦法替她解決現在心中所煩惱的問題。

她甩了甩頭，的確也並非真正生理上的不舒服，看了一眼還是擔心不已的香雪道：「放心吧，我是大夫，自己的身體自己清楚的，妳趕緊準備一下吧，一會兒咱們得去趟清寧公主府。」

「是！」見狀，香雪也沒有再多問，按照小姐的吩咐趕緊收拾準備起來。

很快，夏玉華便帶著香雪出門了，到了大門口一看，這才發現公主府的馬車竟然還在那裡等著，見狀也沒多想，直接便上了馬車。

來到清寧公主府，進到裡頭一看，清寧公主果然氣色極佳，夏玉華心中不由得一陣嘀咕，難不成自己剛剛所猜測的都成真了？看來公主叫她過來壓根兒就不是為了什麼看診，不過好在李其仁並不在，想來這個時候應該已經進宮去當差了。

一番行禮之後，清寧公主十分親暱的過來拉著夏玉華的手說道：「玉華呀，這些日子一切都還好吧？妳都好久沒來了，快些讓我好好瞧瞧！」

清寧公主異常的熱情，說話舉止彷彿拉著自家女兒一般，夏玉華臉上倒還鎮定自若，不過這心裡頭可早就忍不住有些發悚起來。

清寧公主的態度實在是太過熱情，問這問那，寒暄不已，不知道的人看到這情景，一準得絞盡腦汁的去猜想夏玉華到底是何等的身分，竟然能夠讓堂堂的清寧公主如此對待。

可是，這樣的熱情卻讓夏玉華相當的不自在，她與清寧公主也就見過那麼兩次，雖說因為以前的一些事對這公主也是印象極好，卻並沒有熟絡到如此程度。一看公主這樣子，便知道肯定有什麼事情，想想上一回來此也沒有這般的讓人覺得心中堵得慌。

「公主，玉華一切都好，有勞公主如此惦記，實在是惶恐不已。玉華還是先替您複檢一下吧，一切自當以公主的健康為先。」夏玉華邊說，邊朝一旁的香雪看了看，示意其將藥箱取來，好給清寧公主複診。

藉此機會，她也可不動聲色的從清寧公主的熱情之手中順利脫身而出，既讓自己自在了不少，同時也沒有讓清寧公主面子上過不去。見狀，清寧公主卻是配合的坐了下來，將手伸了出來，放在軟墊上讓夏玉華替其診脈。

片刻之後，夏玉華診脈完畢，果然與先前看面色時所想的一般，公主的身子如今是越發的大好，想來那藥膳產生了很不錯的效果。

「公主，您身子比起上次來說，又好了不少，按理說應該沒什麼特別不舒服的地方才對。那些藥膳也不必再換方子，繼續食用，再繼續鍛鍊，相信最多大半年的工夫便可以完全恢復的。」夏玉華如實的說著，並且從容不迫的收起了器具，並沒有準備再做其他的檢查。

清寧公主的身子很康健，這樣保持下去自然就行了，再額外多做其他，反而沒有什麼好處。她拿起藥箱站了起來，而一旁的香雪亦趕緊上前接了過去，再次安靜的退到了一旁。

「玉華診治結束，公主可以放心休息，不必多慮。」夏玉華再次補充了一句，總歸今日是被人家叫來看診的，因此哪怕明知沒什麼事卻也得表現出自己並無怠慢之意，只不過的確是沒什麼問題而已。

而聽了夏玉華的話，清寧公主卻是微微嘆了口氣，看著眼前這個沈穩伶俐的丫頭說道：「玉華，妳的醫術我自是放心，這些日子以來身子也的確大有好轉，只不過這身子沒事，心中有事呀！」

夏玉華頓時不知如何答覆，清寧公主這句「心中有事」，暗示的意味實在太過濃烈了，都說心病還需心藥醫，對著她說，不外乎就是想看她的反應嗎？

見夏玉華不出聲，似乎在想著什麼，清寧公主倒也不在意，起身站了起來，微微笑了笑道：「玉華，陪我去園子裡走走可好？」

公主開口，夏玉華哪裡還能說不好的，更何況人家語氣也是和善得很，用商量式的口吻而並非強行命令，因此她更是沒法拒絕。

「是！」點了點頭，她只得答應著，見清寧公主已經抬步往外走，便跟了上去。

公主府的園子很大，而此時亦正是百花怒放的季節，花團錦簇非常漂亮。只不過散步看花都只是個藉口，因此清寧公主與夏玉華誰都並沒有真的將注意力放在滿園美景上。

揮了揮手，清寧公主示意其他的人都待在園子入口候著便行了，而後與夏玉華兩人獨自在園子裡散步。夏玉華跟在一旁，此刻她心中倒也沒有再多想其他，總歸也知道公主是個講理之人，再如何也不會有什麼離譜之舉，一會兒不論提到了什麼都順其自然的面對便可。

起先，清寧公主什麼也沒說，兩人靜靜的走了一會兒之後，這才突然側目看了夏玉華一眼，而後徑直問道：「玉華妳這般聰明，是否已經猜測到了我這些日子為何事而心煩？」

夏玉華一聽，只得說道：「請公主恕罪，玉華並不知道公主為何事而心煩。」

聽到夏玉華這般說，清寧公主倒也沒有不高興，只是也不再多繞圈，停了下來看著夏玉華很是認真的說道：「玉華，這段時間其仁看上去很不開心。我是他的娘親，看著他不開心自然也不可能高興得起來。其實自己的孩子自己心中有數，雖然他什麼也沒跟我說，而且還讓我不必擔心，說他沒有什麼事，可是我卻猜得到他的心思。」

聽到清寧公主提到李其仁，夏玉華心中微微嘆了口氣，果然不出所料，公主看病不過是個藉口，而這才是叫她過來的真正目的。只不過，她又能夠說些什麼呢？微微垂目，她雖沒做過母親，可是一個母親為了子女而憂心的這種心理卻是能夠理解的，但是她亦不知道如何開口，更不知道能夠同清寧公主說些什麼。

看到夏玉華的神情，清寧公主微微頓了頓，繼續說道：「玉華，妳與其仁最近是不是鬧什麼彆扭了？」

「不，沒有。」夏玉華連忙抬頭看向清寧公主，解釋道：「公主您別誤會，我們是要好的朋友，怎麼可能無緣無故鬧什麼彆扭呢？再說最近我們也沒怎麼見面，更是不可能的。」

「是嗎？既然不是鬧彆扭了，那又是為了什麼呢？」清寧公主直言道：「玉華，我自己的孩子我自己清楚，他呀，就算什麼也不說，我還是看得明白他的心思。我想我是沒猜錯的，這孩子最近都是為了妳而鬧心吧？」

「公主，我……」見清寧公主將話都說得這般直白了，夏玉華更是不知如何回答才好。她心裡自然清楚，李其仁肯定是因為上次在聞香茶樓碰到她與莫陽在一起的那件事而心情不好，可是她自然也無法把這些本就說不清、道不明的事說給清寧公主聽。

見夏玉華神色終於有了異樣，一副有些不知所措的樣子，清寧公主倒也乾脆再直接一些道：「玉華，有些話我那傻兒子可能一直沒敢跟妳說過，可是妳這般聰明應該是能夠感覺得到呀。他是喜歡妳的，真心真意的喜歡，不單單只是朋友之間的那種喜歡，更加是男女之間的愛，妳明白嗎？」

這會兒，夏玉華已經完全不知道自己能夠說什麼了。懂，她自然是懂的，可問題是，她從來都只當他們是好朋友而已，至於男女之間的那種喜歡，卻是真的沒有。

見夏玉華依舊不出聲，清寧公主倒是更加明白了，嘆了口氣說道：「看來，妳的確是明白的，只不過妳的心中對他並沒有那種男女之間的喜歡，對嗎？」

清寧公主何其聰明，本也是過來人，這種小兒女之間的心思又怎麼可能瞞得過她呢？自己的兒子很早之前便應該喜歡上了玉華吧，卻是沒想到偏偏玉華對其仁沒有這方面的心思。

看這兩人各自的反應，她已經猜了個七、八分，想來這兩個孩子之間到現在為止也還並沒有正式的攤牌，只不過是出於什麼事情或者原因，自己那個傻兒子似乎察覺到了玉華的心思並不跟他一樣，所以才會如此的喪氣吧。

「公主，既然您把話都說開了，那我也不能瞞您。」見狀，夏玉華心知無法再迴避，想了想後，只得如實說道：「我一直將其仁當成最好的朋友，但也僅僅只是朋友，並沒有其他的那些心思，也沒有您說的那種男女之情。」

「為什麼？是他不夠好嗎？抑或者是因為他從來沒有跟妳表白過，所以妳才沒有往這一方面多想？」清寧公主似乎還抱著一絲的希望，忍不住這般問了起來。

兒子的心思她再清楚不過，所以下意識裡自然還是希望兒子能夠得償所願，能夠與自己喜歡的女孩子同偕白首，幸福一生；如她自己一樣，找到真心喜愛的另一半平平靜靜的過日子。要不然，她這個做娘的，今日也不會背著孩子私下將玉華叫來，也不會有這麼一次談話了。

只不過夏玉華的答覆卻並不如清寧公主所希望的一般。

只見玉華微微搖了搖頭，一臉抱歉地說道：「不，公主，其仁他為人很好，對我也好，各個方面都極好。而我也不是真的完全不明白他的意思，只不過……只不過我真的只是將他當成朋友，最好的朋友，僅此而已。」

清寧公主見狀，心中暗暗替自己那個傻兒子嘆息一聲，玉華這樣的答覆她又怎麼可能不明白呢？看來終究是落花有意，流水無情呀！

「玉華，妳是不是心中有喜歡的人了？」最後，清寧公主還是忍不住又多問了一句，雖然她也知道感情這種東西不能夠勉強，可是若玉華並沒有喜歡的人，那倒還可以爭取一下。若是已經有了，便只有讓自己兒子早些斷了這份癡念了。

清寧公主的問題讓夏玉華不由得愣了一下，這個問題在她自己心中其實也不由自主地浮現過好久了。而今日，當被人這般直接的問起之際，她似乎終於有了一個肯定的答案。

「是的！」微微點了點頭，這一次，夏玉華沒有再迴避。

第七十七章

得到了如此肯定的答覆，清寧公主知道自己再也沒有必要問其他的問題了。她總歸是個明白人，知道有些事情的確無法勉強，如果玉華心中並沒有喜歡的人倒還有一絲希望，而現在卻是不得不作罷。

難怪自己兒子這些日子那般消沈，想來怕也是知道了自己喜歡的女子所喜歡之人並非是他吧，說不定其仁已經知道玉華喜歡的人到底是誰，更有甚者那人還極有可能是他所認識的人。如此一來，清寧公主倒是能夠體會兒子此刻的心情，只不過看來這兩個孩子終究還是有緣無分。

現在看來，她這個娘親也幫不上什麼忙了，唯有希望兒子能夠早些從這段感情挫折之中走出來，對於一個男子漢來說，這樣的經驗也算得上是一次歷練，如此他才會更加的成熟，才會真正的長大。而天下好女孩也還有不少，她相信日後兒子一定能夠遇到一段真正屬於他的緣分。

清寧公主倒是很容易便想通了，畢竟是過來人，只是不知道自己那兒子還需要多久的時間才能走出來，想著若實在不行的話，到時她也只能親自找兒子好好談談心、好好開導勸解一番了。

「走吧，時候也不早了，咱們回去吧。」她朝著神色顯得有些拘謹的夏玉華笑了笑道：「放心吧，我不是老頑固，不會因為這些事而遷怒於妳。你們這些年輕人的事呀，我也不會去多管的，還是讓你們自己解決吧。」

說罷，也不再等夏玉華的回答，慢慢的抬步往回走去。見狀，夏玉華倒是微微吁了口氣，隨後靜靜的跟了上去。

先前看到清寧公主半天都不出聲，一臉的沈默，她還真是有些擔心，如今見公主如此的開明而客觀，卻是暗暗感嘆自己太過多心了一些。

兩人一路上都不再說什麼，慢慢往回走，而走到園子入口處時，夏玉華卻不由得停了下來，看著前邊不知何時站在那裡默默等候的李其仁有些不知所措。

與夏玉華一樣，清寧公主似乎也很意外，沒想到這個時候自己兒子竟然會出現在府中。一時間，不由得朝身旁的夏玉華瞧了瞧，也不知道自己在擔心些什麼。

「仁兒，你今日怎麼這麼早回來了？」清寧公主很快反應了過來，連忙朝著自己兒子笑了笑，一副若無其事的樣子解釋道：「那個……玉華好久都沒有來給我複診了，所以今日我特意讓人將她請了過來。」

李其仁見自己母親一副欲蓋彌彰的模樣，而夏玉華亦在看到他時神情顯得有些不太自在，頓時心中便有了底，怪不得母親會讓這些奴僕全都在園子入口候著，不准跟行，想來怕是找機會又跟玉華說了些什麼。

「娘，妳現在要是沒什麼事了的話，我有點事想跟玉華單獨談談，行嗎？」見狀，李其仁倒也沒有再猶豫，反正有些事總歸得挑明，倒是擇日不如撞日了。也不知道娘親到底都跟玉華說了些什麼，為了避免產生什麼誤會來，還是讓他自己說清楚些較好。

他這些天一直在想著這個問題，想著無論如何都還是得找個合適的機會跟玉華表白自己的心，不論最後結果如何，不論她到底接不接受自己，但最起碼，他不想連這個爭取努力的機會都錯過。而今日既然她在，那索性就趁此機會挑明吧，再這樣下去，他都懷疑自己能夠再忍多久，還能夠堅持多久而不致直接跑去夏家找她。

而聽到李其仁說的話後，清寧公主倒是想都沒想便應了下來，快速朝著一旁的奴僕，包括玉華帶過來的那個丫鬟一併揮了揮手，示意著都跟她先退下。

看這樣子，兒子今日是打算要跟玉華攤牌了。在清寧公主看來，如此自然是最好不過了，不論最後結果如何，總之作出一個了斷還比成天悶在心裡要強得多。

很快的工夫，清寧公主便帶著其他閒雜人等離開了，香雪見狀亦也沒有多問什麼，只是看了一下自家小姐，見小姐微微朝她點了點頭，便也跟著先行迴避了。

待眾人都走後，李其仁這才朝著夏玉華笑了笑，問道：「累嗎？」

「不累。」夏玉華搖了搖頭，看了李其仁一眼，心裡猜測著李其仁想跟自己說些什麼。

其實，大概的內容她也猜得到，只不過沒想到當著清寧公主的面，李其仁倒是如此直接的提出要單獨跟她談談，甚至於任何理由與解釋也不曾有。

聽夏玉華說不累，李其仁愣了一下，一時間似乎不知道說什麼似的，頓了頓後還是抬手指了指附近的一座涼亭，用商量的口吻說道：「要不，我們過去坐坐吧。」

站在這裡說話，總還是覺得有些彆扭，再者許多事也不是一、兩句便能夠說得清楚的，所以還是找個清靜的地方坐下好好聊聊。

見狀，夏玉華也沒有反對，點了點頭，而後便抬步朝涼亭走去。

涼亭裡，兩人面對面坐著，好一會兒都沒有人出聲。夏玉華是不知道自己這會兒能夠說點什麼，而李其仁似乎還在斟酌著先從哪裡開始。

氣氛顯得很尷尬，夏玉華真心很不願意與李其仁如此不自在的相處，她很懷念以前那樣的時光，兩人即便是獨處，亦能夠自在得跟兄弟姊妹一般其樂融融。

「你今日怎麼這麼早回來了？」見隔了好半天，李其仁卻都不出聲，她只好隨意找了句閒聊似的話說，再怎麼樣也好過兩人這麼一聲不吭的坐著。

李其仁終於抬起了臉，卻並沒有回答夏玉華的問題，而是看向夏玉華一臉認真的模樣，一字一句鄭重地說道：「玉華，若是我請人上妳家提親，妳願意嫁給我嗎？我喜歡妳，只要妳願意的話，我保證這一生我只會娶妳一人，不會再有任何其他的妾！」

這一回，李其仁索性拋開了所有的顧忌，用最簡單明瞭的方式道出了自己心中最真實的想法。他不想再含糊不清，不想再什麼都憋在心中，他只想讓玉華知道自己的心！

而夏玉華聽到李其仁突如其來最直接的表白，一時間整個人都不知如何是好。原本也想到了兩人今日這場談話肯定會涉及到這些內容，卻是沒想到這一下子竟這般的直接。

好半天，她都沒有說話，甚至於連目光都有些不敢正視李其仁，而李其仁這會兒卻也不再急著追問答案，只是默默的看著眼前的人，看著玉華的一舉一動，每一絲表情、每一個眼神，哪怕是最細微的地方都注意著。

他不由得一陣揪心，玉華的神情其實已經預示著答案，而他卻依舊不願死心，即便疼也不願放棄那僅有的一絲希望。

此刻夏玉華心中複雜無比，沒有誰能夠體會到她這一刻有多麼的為難。為難的不是自己願不願意嫁給李其仁，為難的是自己應該如何去回答才能夠盡可能的減少她對其仁的傷害。不但如此，她心中還有種莫名的恐懼，彷彿自己一旦說出了答案，其仁便再也不會理她，從此她便會永遠的失去這麼一個朋友。

可是，她卻知道無論如何這個問題卻是迴避不了，這一刻，她突然覺得自己實在是太過無用，竟然將這些事情弄得一團糟，既沒有快刀斬亂麻的魄力，亦沒有應有的果斷與勇氣。

偷偷看了一眼李其仁，看到那雙滿是期待甚至還有乞求的眼睛，她更是不知道怎麼開這個口，平生第一次竟生出了想要逃的感覺。

而李其仁則將夏玉華的為難完完全全的看在了眼中，他嘆了口氣，終究還是忍不住說道：「算了，妳不必回答了，我已經知道妳的答案。對不起，是我太過魯莽，讓妳為難了。

我知道妳是怕傷到我、怕我難受。妳那麼好，的確是我太一廂情願了。」

「其仁，你別這樣說。」聽到李其仁最後這般說他自己，夏玉華心中更不好過，連忙解釋道：「其實，你真的很好很好，對女孩子來說，能夠嫁給你肯定是一種莫大的福氣。只不過……只不過我一直都只是將你當成最好最好的朋友，甚至像家人。我們……」

夏玉華說到這裡，已經有些不知如何表達了，焦急的甩了甩有些混亂的腦袋後，索性也不再想太多，一口氣脫口而道：「我們可以當最好的朋友，可以做兄妹，可是我卻不能嫁給你，因為那是幾種完全不同的感情。親情、友情與愛情，這三者並不能夠等同，我對你有友情、有親情，但是真的很抱歉，卻唯獨沒有愛情。」

說完後，夏玉華不由得大口大口的喘了幾下，看著因為自己說的話而神色變得異常沮喪，甚至於有種絕望一般的李其仁，心中的罪惡感頓時無法壓抑。

「對不起、對不起、對不起！」她連聲道歉著，幾乎快要哭了，這一刻真的難過得要命，沒有人能夠體會到她此刻內心深處的那種滋味。

聽到夏玉華說的話後，李其仁只覺得自己的心好似被什麼東西掏空了一般，那種失落與難過瞬間幾乎讓他透不過氣來。

從第一次見到玉華到現在，整整兩年多的日子，對於玉華的感情他心中再清楚不過。他一直以為，玉華也應該是喜歡他的，所以他並沒有太過著急的去點破兩人之間的那層關係。他總是想著等到一個最合適的機會，卻不曾發現，原來許多事情並非自己所料想的一般。

一直以來，他都自信無比，從沒有想過玉華僅僅只是將他當成朋友，甚至於是當成親人，卻從沒有過男女之間的這種想法。他總是以為玉華可能因為年紀的關係，抑或者是受以前鄭世安的影響，所以還需要些時間來調整，並沒有往那些方面去想也是正常。可是直到那天在聞香茶樓看到她與莫陽在一起時，他這才突然意識到，也許自己……錯了，或者該說，是自己錯過了什麼。

自那天回來之後，他的腦海成天不由自主的浮現出那日玉華與莫陽相互對視時的情景，那樣的目光交融柔美得讓他覺得心慌而害怕。他下意識的告訴自己，那不過是一個極其普通的碰面，只是玉華與莫陽的一次不期而遇。

可是，心中另外一個真實的聲音卻真真確確的讓他明白，那樣的相處絕對不可能只是不期而遇，莫陽那種與平日的清冷大相逕庭的溫柔，玉華那下意識裡流露出來的柔情，那樣的他們，那樣的瞬間，實在是讓他無法說服自己，他們之間只不過是普通的朋友而已。

一個是他最好的兄弟，一個是自己喜歡了兩年多的女孩，他從來沒有想過，他們有一天會互生情愫，而自己還沒來得及向玉華表明心跡；他甚至於後悔當初不應該約玉華在聞香茶樓見面，不應該讓莫陽有機會認識玉華。

他喜歡玉華呀！不，那早就已經不是普通的喜歡，而是真真切切的愛呀！可是玉華卻只是將他當成朋友，並沒有那種男女之間的愛意。聽到剛才她咬著牙拚著勁一口氣說出來的話，那一刻他終於嘗到了什麼叫做絕望。可是，即便如此，他也不希望看到玉華這般的內疚與難受。

看到夏玉華拚命朝著自己道歉，一臉難過得幾乎要哭了，李其仁心頭一軟，終究發現他即便這會兒自己心碎不已，卻還是不願意看到眼前的女子如此的難過。他是男人，不論遇到什麼樣的事，都還是讓他一人來扛吧，沒必要讓喜愛的女子這般為難、這般自責。

「不，別說對不起，妳沒有什麼對不起我的地方。」他嘆了口氣，勉強笑了笑，不想玉華太過自責，同時也不想自己在玉華面前表現得太過難堪。「妳不喜歡我，這不是妳的錯，妳放心，我懂的，這種事情是不能夠勉強的。」

「其仁……我……」夏玉華看到此刻竟然還強裝笑顏來安慰自己的李其仁，心中更是難受不已，她也不知道自己怎麼這般沒用，竟然將事情弄成如此模樣。自己還真是當初那個敢愛敢恨的夏玉華嗎？

「玉華，妳什麼都不必說，也不必如此自責，」李其仁打斷了夏玉華的話，猶豫了一下，還是將心底那個最不願意提及、最不願意面對卻又是最想知道的問題問了出來。「玉華，是因為莫陽，對嗎？」

他真的很想知道，如果沒有莫陽，如果玉華從頭到尾根本就沒有見過莫陽的話，他們之間的關係會不會有可能進一步發展。如果沒有莫陽，說不定玉華是願意嫁給自己的，哪怕、哪怕她的心中並非像自己這般愛她一樣，但至少還是有可能接受自己的嗎？

他也不知道自己在期待著什麼，也明知感情的事情不能勉強，可偏偏就是無法這般放棄。頭一次，他發現自己竟然愛得這般卑微，甚至於覺得只要玉華能夠點頭、能夠回心轉意的話，他可以為之付出一切代價。這樣的想法瘋狂得可怕，但卻是他心中最最真實的渴望，不顧一切，甚至是不擇手段。

而聽到李其仁突然提及莫陽，夏玉華本能的愣了一下，片刻之後，這才搖了搖頭道：「不，其仁，不是你想的那樣的。與他沒有關係，也與旁的任何人都沒有關係。只是……只是因為從頭到尾我都覺得我們是朋友、是最好的朋友而已。」

她所擔心的事果然發生了，其仁提到了莫陽，這說明他的心中已經對莫陽有了芥蒂，她真的不希望因為自己而讓其仁與莫陽這　對好朋友產生不必要的誤會，那樣的話，會讓她更加的自責，更加的不安。

她很後悔當初其仁有這方面的意思而想要跟自己表明時便應該直接面對，直接好好的說明，而不是迴避問題，以至於如今事情越發的複雜，越發的讓她為難。

沒有關係嗎？是的，應該是沒有關係的吧，至少在認識莫陽之前，在與莫陽並不如現在這般熟悉前，她也依舊只是將其仁當成朋友，並沒有其他的男女之情。

可是，對於李其仁來說，似乎卻並非這般想的，聽到夏玉華的回答後，他先是沈默了一會兒，而後極其失落地說道：「即使不是因為他，可是妳終究還是喜歡他的，對嗎？」

這一問，頓時讓夏玉華再次愣住了，與先前清寧公主的問題相較，李其仁的問題更加的直接，也更加的讓她無法迴避。

猶豫了一會兒，她終究不再糾結，朝著李其仁慢慢的點了下頭。事到如今，她也不想再對李其仁有任何的隱瞞，也許坦承一切，才是最好的解決方法。

「我承認，我對他的確有好感。可這也不過是我近些日子才察覺的，真的與我們之間的事沒有任何的關係。」夏玉華也不再想太多，索性將自己心中的話一一說了出來：「其仁，其實，上一次我已經感覺到了你的心思，可是我怕一旦說破了的話，會……」

「妳怕一旦說破了，我會生氣，會與妳斷絕來往，連朋友也做不成對嗎？」李其仁苦笑一聲，替夏玉華將後面的話說了出來。

玉華果然是喜歡上莫陽了！這一次，他再也沒任何的理由自欺欺人了。莫陽那般優秀，就連唯一顯得清冷的性子在玉華面前都變得完全不同了，玉華會喜歡上這樣的莫陽，不也是意料之中、情理之內的事嗎？

他能夠說什麼呢？說到底，總歸還是自己不夠優秀，做得不夠好，否則的話，玉華怎麼可能會只是將他當成朋友，而從不往別的方面去想呢？

「其仁，我是真心希望我們之間能夠一直是最好的朋友。」見李其仁說出了自己的心聲，夏玉華點頭承認道：「對不起，是我之前的想法太自私了，只顧著自己，卻是不曾想過你的感受。或許，我應該早些跟你說明白的，這樣的話，也不至於讓事情變成現在這樣。」

「妳也是為了我好，不是嗎？」李其仁強行讓自己看上去顯得灑脫一些，他深呼吸了一下，而後略帶自嘲地說道：「我怎麼可能生妳的氣呢？除非妳日後不再理我了，否則的話我又怎麼可能與妳斷絕來往？」

朋友嗎？只是朋友。只是朋友那也比什麼都不是好一些吧。李其仁覺得自己心中滋味萬千，玉華的性子他自是明白的，自己還有機會去改變些什麼嗎？

他不知道自己還能夠做些什麼，也許他現在能夠做的唯有等待，等著有朝一日看著玉華嫁為他人婦後，他徹徹底底的死心，抑或者等待奇蹟發生的那一天，等待玉華改變心意，喜歡上自己的那一天？

可這些，此刻他卻都不能對玉華說上半句，他不想讓玉華覺得自己是在逼她，不想讓她覺得自己是一種負擔，一種糾纏不斷的麻煩。可是他卻真的不願就這樣放棄，不願就這樣只是以一個普通朋友的身分站在她身旁。

心中有萬千的不甘，但更多的卻還是不捨，還是放不下。玉華不明白自己有多喜歡她，而他終究還是想讓她明白呀！

「其仁……」看到李其仁這般自嘲，夏玉華皺了皺眉頭，真的不知道自己還能夠說點什麼。

安慰他？抑或者說些什麼天下還有許多比她更好的女子，他一定會找到更好的人之類的話嗎？她不是不想說，只是說過之後又能如何，終究還是無法避免自己帶給其仁的傷害，也無法一下子改變什麼。

也許，時間才是最好的良藥，可以沖淡一切，也能夠讓人忘記許多本不應該有的挫折與傷痛。

「我沒事，我真的沒事。」李其仁似乎終於發現了自己太過失態了一些，這樣懦弱的性子一定不是玉華所欣賞與喜歡的吧？他努力的調整著自己的情緒，笑著說道：「放心吧，我可是男子漢，再說，至少……至少我們還是朋友，不是嗎？」

雖然知道李其仁此刻心中一定不太好受，可聽到他這般說，夏玉華心中多少總算安心了一些。對於其仁的寬容與情義，她感激無比，一時間眼中竟有種濡濕的感覺，不禁動容而道：「對，我們永遠是最好的朋友！」

第七十八章

離開公主府的夏玉華此刻思緒萬千，一路上，她坐在馬車裡一言不發，神情迷茫，不知道在想些什麼。馬車很快將她們送到了夏家，才走下車，一直等在門前的鳳兒快步迎了上來。

「小姐，妳可回來了。」鳳兒邊上前扶住夏玉華邊說道：「妳瞧瞧，誰來了？」

鳳兒一臉的興奮，連話語中都帶著一股難以控制的喜悅，見到這樣子，一旁的香雪倒是笑著接話道：「鳳兒如此開心，來的肯定是貴客了，小姐，妳說是不是？」

香雪心中不由得一陣欣慰，先前去了趟公主府讓小姐心情很是低落，這會兒看來像是有什麼喜事一般，倒是可以讓小姐轉換一下心情了。

「誰來了呀？看把妳給樂得。」夏玉華只是隨口問了一聲，卻也沒有太過在意到底是誰，邊說邊抬步直接往裡走。

「小姐，是歐陽先生跟歸晚來了！」算了，既然如此，她也不再賣什麼關子，估摸著小姐這會兒怎麼也沒想到是先生他們來了。

一聽竟是歐陽寧來了，夏玉華頓時驚喜不已，不由得朝著鳳兒反問道：「先生來了？真的嗎？先生回京了嗎？什麼時候的事，我怎麼都沒聽說呀！」

看著小姐一臉不太相信的樣子，鳳兒連忙點頭肯定地說道：「是啊，就是先生來了，奴婢怎麼會騙妳呢？這會兒先生已經在廳裡，老爺正招待他。歸晚也來了，這小子現在都長得老高了！小姐，小姐……」

鳳兒說著說著，突然發現自家小姐根本就沒有再聽她囉嗦，而是徑直開心不已的快步奔了進去。一時間她差點沒反應過來，愣了一下這才喚了兩聲，急著跟了上去。

跑到前廳一看，果然是歐陽寧，身後還站著又長高了不少的歸晚，父親則在一旁相陪，兩人倒是說得挺投緣的樣子，估摸著先生應該來了好一會兒了。

看到夏玉華回來了，夏冬慶與歐陽寧之間的交談這才停了下來，歐陽寧看向夏玉華，眼神之中閃過幾分重逢的愉悅，同時還有一種無聲的鼓勵與讚許。

「先生，您回來啦！」夏玉華很高興的喚了一聲，又看了看站在後頭正朝著自己擠眉弄眼的歸晚，心情更是大好。

「今日剛剛回來的，一路上聽說了不少關於妳的事，所以回家一趟後便帶著歸晚找到這邊來了。」歐陽寧笑了笑，並沒有避諱些什麼，直接當著夏冬慶的面說道：「玉華，本來我還挺擔心妳的，不過剛才與妳父親交談過後，倒是可以放下心來了。」

「是呀夏姊姊，我可聽說妳現在都成了神醫了！」一旁的歸晚興奮不已的說著，畢竟還是個孩子，在他看來，抗旨啦、家道敗落之類的事都不算什麼，反倒是夏玉華妙手回春的幾件事讓他很感興趣，提起來都覺得帶勁。想來這京城除了先生以外，如今也就數夏姊姊的醫術最頂尖了吧。

聽到歸晚的搶白，夏玉華不由得笑了起來，對於神醫這種稱號，她自然是不敢當，忙示意歸晚別這般稱自己，歸晚卻調皮地又再次稱道著，兩人一來一回的打趣了起來，畢竟重逢後的喜悅實在讓人開懷。其他人看了不由得也跟著開心不已，孩子的世界總是特別的單純，沒有那麼多的顧忌與複雜，說笑間也沒那麼多的掩飾。

一陣喧囂之後，在香雪的提醒下，眾人再次重新坐了下來。歐陽寧這次離開京城也好一陣子了，不論是夏玉華還是歐陽寧在這期間都發生了不少事情。詳聊了一會兒後，夏玉華才知道這次歐陽寧回去事情進行得很順利，如今他師父的身體已經康健許多，不禁也替其高興不已。

歐陽寧雖然先前已經聽夏冬慶說了不少，不過卻還是詢問了一下夏玉華其他一些事，特別是行醫這一方面的，邊聽邊偶爾點著頭，似乎是在想著什麼。

又說道了一會兒，夏冬慶找了個理由先行離開，歐陽寧一回京城便直接來找玉華，想來除了關心以外，一定還有其他重要的事情。先前與歐陽寧單獨交談時也聽出了一點意思，而自己在這裡多少會有些不太方便，因此還是主動迴避一下的好。

夏冬慶離開之後，歐陽寧也沒有再問其他事，轉而看向夏玉華道：「玉華，我這次回京還有件十分重要的事想要拜託妳。」

「先生有事只管吩咐，玉華定當全力做好的。」夏玉華先前便覺得歐陽寧有些不太對勁，似乎早就有什麼話想要跟她說的。這會兒父親一走，便馬上聽他提及，看來應該是挺重要的事了。

見夏玉華一臉的鄭重，歐陽寧不由得笑了笑，隨即說道：「以妳現在的能力，我相信妳一定能夠做得很好。」

說著，他朝一旁的歸晚示意了一下，歸晚立即將身上所帶的一個小包袱取了下來，送到夏玉華身旁。

「夏姊姊，這個妳拿好了，先生在京城所有的家當可都在這裡了。」歸晚呵呵一笑，邊說邊拍了拍那小包袱，一副都交給妳了的模樣。其實在歸晚看來，倒真不是什麼貴重家當的問題，而是這些年來先生在京城所有的努力與付出。

見狀，夏玉華不由得站了起來，她並沒有伸手去接那包袱，而是一臉十分不解地看了看之後朝著歐陽寧問道：「先生，您這是什麼意思？」

歐陽寧也沒有馬上回答，只是再次看了一眼歸晚，歸晚倒也機靈，見夏玉華不急著接，便索性直接轉身走了兩步，把包袱交到了一旁鳳兒的手中，而後再次退回到先生身後，一臉不關他事的模樣。

一時間，夏玉華自是察覺到先生所說之事並非先前自己所想像的那般簡單，又見眼前這情景，她也不好再次催問，只是定定地望著先生，等著先生親口回答。

見夏玉華這樣看著自己，歐陽寧不由得朝她笑了笑，示意她不必如此擔憂。「玉華，這次回京城，我與歸晚估計最多也待不了幾天，而且這一次離開之後，也不知道以後還有沒有機會再回來。所以有些事情必須處理妥當。」

「離開？先生您要去哪裡？為什麼要離開？」夏玉華這會兒可真是有些急了。這不才剛剛回來，卻說馬上又得走，而且這一次還不同於以往的暫時離京，看樣子有可能再也不會回京城來了。所以她怎麼可能不著急呢？

見狀，歐陽寧也沒多繞圈，一臉平和地繼續說明道：「是這樣的，我得去找一個人，找一個對於我來說非常非常重要的人。這次回去給師父治病，得到了一些有關她的消息。正好現在不論是京城這邊還是師父那邊，都已經沒什麼放不下的事了，所以也是時候去試試，看看能不能找到她。」

說到這裡，歐陽寧不由得朝夏玉華笑了笑道：「妳也知道，找人不是一天、兩天的事，所以這一次我離開，也不知道到底需要多久的時間。運氣好的話可能很快便能夠找到，若是運氣不好的話，也許十年、二十年，甚至於一輩子也說不定。」

聽了這話，夏玉華不由得想到了什麼，轉而再次問道：「先生，您要找的人是誰？或許我有辦法可以幫您儘快的找到人。」

在夏玉華看來，能夠讓先生放下所有事，而專程去找的人一定是對先生很重要的，可是茫茫人海，單靠先生一人的力量怕是很難。說起找人這種事，想來莫陽的情報機構應該是能夠發揮很大的作用，如此也能夠讓先生儘快地找到人。

而聽了夏玉華的話，歐陽寧卻是溫柔一笑，搖了搖頭道：「不用了，這個人必須得我親自去找，否則的話就算找到了也沒有用。」

話說到這個分兒上，夏玉華也是聰明人，一下子便明白了過來，因此心中的離愁與擔心倒是不由自主的少了幾分，取而代之是對先生要找之人的好奇。可想而知，這人一定不是普通之人，而且還應該是對先生來說最為重要之人。

這兩年多來，先生都是獨自一人，默默的研醫治病，生活之中彷彿除了這個以外便再也沒有旁的什麼了。他沒有親人，朋友也極少，如今卻這般認真而甘心的放下一切去尋一個人，可想而知那人是何其重要，甚至於超過了先生對於醫術的熱愛與執著。

看著先生剛才那溫柔一笑，夏玉華突然覺得有種熟悉的味道，曾經有幾次，先生便是用這樣的眼神看著自己，略帶不經意間流露的寵溺與溫情，明明看著她但卻又不似在看她，如同透過她在看著旁的什麼人似的。當時，她便覺得先生一定有一些藏在心底的秘密，只是卻不好多問。

隱約間，她覺得先生這次要去找的人應該是一名女子吧，如果真是這樣的話，那她反倒是真心替先生覺得欣慰，畢竟，先生如今已經是三十出頭的年紀了。

「玉華，妳是不是很想知道我到底要去找誰？」看著玉華臉上的好奇之色越發的濃烈，卻又礙於種種原因不好追問什麼，歐陽寧倒是主動的替她說了出來。

夏玉華一聽，略微不好意思的笑了笑，卻也沒有否認，點了點頭道：「先生願意說給我聽嗎？」

歐陽寧一聽，也不由得笑了笑，不過卻是既沒點頭也沒搖頭，只是坐在那裡並不出聲。

見狀，夏玉華心中一陣激動，她與先生認識兩年多了，對於先生的性子多少還是了解的，因此這會兒趕緊抬眼朝一旁的鳳兒與香雪說道：「妳們兩個先帶歸晚下去休息吧，多準備一些桂花糕，他最愛吃了。」

兩個丫鬟一聽，倒也馬上反應了過來，趕緊答應了。只有歸晚似乎還沒反應過來，直嚷嚷著說道：「夏姊姊，我不累，再說，我現在都長大了，哪裡還喜歡吃桂花糕呀！」

歸晚挺直腰板，顯示自己如今可不再是兩、三年前的那個小孩子了，桂花糕什麼的以前他的確是很喜歡，可那都是小孩子、女人才愛吃的東西，他現在已經長大了，所以很少再吃這些東西了。

見歸晚還有些沒弄明白小姐的真正用意，鳳兒倒是一把上前將人拉住，邊往外拖邊說道：「不累也去坐會兒，最近京城發生了好多新鮮事，我好好跟你說道說道！」

香雪在一旁不由得抿嘴笑道：「對呀，不喜歡吃桂花糕還有其他好吃的呀，讓你走便走，哪來那麼多話呀！」

兩個丫頭說笑間便把歸晚給帶出了前廳，有到這極富喜劇性的一幕，夏玉華與歐陽寧不由得笑了起來。待廳裡不再有旁人打擾後，歐陽寧這才長長的嘆了口氣，如同回憶又如同自語一般，慢慢的說起了十年前的一段往事。

而夏玉華則靜靜地在一旁聽著，從頭到尾感受著先生所說的一切，一直到完全聽完，她不由得長長吁了口氣，真沒想到竟會是一個這樣的故事。

看著先生那陷入回憶時的專注與柔情，夏玉華突然覺得心裡頭有種說不清的感動。

原來，十年前歐陽寧還在師門的時候，有一個青梅竹馬、自小一起長大的小師姊。那小師姊比歐陽寧還要小上兩歲，不過因為早入師門，所以從小到大都一直讓歐陽寧管她叫師姊。

小師姊叫茉莉，是歐陽寧的師父在茉莉花開的季節收養的一名棄嬰，自小便被師父當成女兒一般養大。茉莉如她的名字一般，不但長得清新可人，而且極其聰慧，極受師門上上下下的寵愛。

不過茉莉天生性子倔強，又極其要強，是那種決定的事就算是撞到了牆也不願回頭的人。一直以來，歐陽寧的師父都極其擔心茉莉這種偏執的性子會讓她吃大虧，總是想改改她的性子卻並沒有什麼成效。

歐陽寧自小便喜歡這位比自己小兩歲的小師姊，而茉莉向來對歐陽寧也極好，師門上上下下的人，包括師父在內也都十分看好茉莉與歐陽寧這一對，卻是不曾想到茉莉十七歲時卻喜歡上了一位前來養病求醫的富家公子。

那富家公子長得的確英俊不凡，看上去也文質彬彬頗有才華，但歐陽寧的師父卻並不願意茉莉與這位公子有什麼瓜葛，還十分認真的告誡茉莉，說那公子不過是金玉其表、敗絮其中，若是嫁給這樣的人，日後定然不會有什麼好結果。

可是茉莉當時卻根本聽不進去，只當師父是想將她許配給歐陽寧，所以才故意這般說，也正因為如此，茉莉連帶著也討厭起了一直對她極好的歐陽寧。

也不知道那公子到底給茉莉灌了什麼迷湯，也不過幾個月時間，茉莉竟然不顧師父還有其他眾人的勸阻，執意要嫁給那富家公子。師父不得已，只好讓人將茉莉嚴加看守著，而後將那位已經治好了病的富家公子好言勸走。

本以為事情會隨著那富家公子的離開而就此結束，卻沒想到第二天晚上茉莉卻突然不見了，眾人到處找也沒有找到，只是在她的屋子裡找到了一張簡單的信箋，說是她今生非那公子不嫁，讓師父原諒，就當沒有她這個不孝的弟子，不要再去找她了。

歐陽寧的師父當時便氣壞了，茉莉這種行為不單單是辱沒了門風，而且也完完全全的辜負了他的一番苦心。他下令所有弟子都不准再去尋找茉莉，由得茉莉去，總有一天，等她撞得頭破血流之際，自然便會回來的。

可是，歐陽寧卻非常清楚茉莉的性子，倔強如她，即便真的有一天撞得頭破血流了，只怕更是不會再回來這裡的。所以，再三苦苦請求師父之後，他便趕往那富家公子的家鄉去尋找茉莉，下定決心無論如何也要帶她回來。

然而，等歐陽寧四處打聽，終於找到那富家公子所住的地方時，這才發現茉莉已經在月前獨自離開，至於去了哪裡，並沒有人知道。

原來，茉莉還在師門之際，便已經私下委身於那富家公子，所以才會不顧一切的跟著人跑了。但到了那富家公子的家鄉後，這才發現原來人家早就有了妻室，先前所說的一切誓言全都是哄騙她的。得知真相之後，茉莉當時便給了那富家公子幾巴掌，而後憤然離開。

茉莉未嫁便已經失身於人，還落了個與人私奔的名聲，因此自是無顏再回師門。但是歐陽寧不放棄，又輾轉託人打聽、四處尋找了半年後，終於才找到了茉莉。

歐陽寧向茉莉表明心跡，並且表示不論她經歷過什麼他都不會在意，只求能夠娶她為妻，一生一世都會對她好。他想要帶她回師門，重新開始新的生活，如果茉莉不願再回師門也沒有關係，他可以帶她去她想去的任何地方，兩人一起生活。

茉莉雖然被歐陽寧的癡情與真心所感動，但是卻始終無法面對過去自己所犯下的那些錯，也覺得如今的自己配不上歐陽寧，更是不願拖累他。因此拒絕了歐陽寧的求婚，甚至要將歐陽寧趕走。

歐陽寧苦苦相求不願放手，茉莉沒有辦法，只得提出一項約定，若是十年後歐陽寧還沒有成親，並且依舊願意娶她的話，她便同意嫁給他。之後茉莉再次悄悄離開，不想讓歐陽寧找到她，歐陽寧後來雖然又四處尋找，最終卻都徒勞無功，後來，他雖然並沒有再繼續尋找，但卻在心中一直默默地堅守著這個十年之約。

歐陽寧相信，十年之約即便不過是茉莉用來搪塞他的一個臨時決定，但是對於茉莉那種性子的人來說，既然說出口卻也是會如同他一般堅守著這個約定的。而他不收弟子的承諾亦是當年為茉莉而立，如此不論這十年間茉莉在何方，想必她都能夠明白自己的心志從沒動搖。

如今十年之期已至，歐陽寧自然不會只是再這般默默的等待。他已經等待了整整十年，也錯過了十年，但是他的心卻依舊如同十年之前一般，從未改變。

所以，如今也是到了他放下一切去尋找心中摯愛的時候了，他相信，這十年的等待終究不會白費，他一定會找到茉莉，娶她為妻，好好的照顧她一輩子！

歐陽寧告辭離開時，夏玉華一臉鄭重的保證著，一定會好好的打理先生留在京城裡的一切，絕對不會辜負先生的信任與厚望，同時也不會丟了先生的臉面。她會一直替先生看管著，等著有朝一日，先生重新返來，帶著那名女子一併回來，然後她再將這一切完好無損的還回到先生與那未來的師娘手中。

「先生，若是您找到了她，一定要帶著她回來呀！」看著歐陽寧離去的背影，夏玉華追了上去，朝著歐陽寧一臉興奮地說道：「到時我便可以真正的叫你們一聲師父、師娘了吧？」

聽到夏玉華帶著希望與期盼的聲音，歐陽寧不由得回頭一笑，沒有出聲回答，不過卻是點了點頭。眼前的這個姑娘有許多地方都與茉莉類似，這或許也是當初他會教她醫術的一個原因吧！許多時候看著她，總是讓他不由自主地想到茉莉。

可是，玉華與茉莉又有很多不同的地方，如果茉莉能夠如同玉華這般勇敢面對人生，那麼或許他們就不必蹉跎這十年的光陰。不過，即便如此又如何，他終究願意為她等候，十年又怎麼樣，一輩子亦無怨無悔。

兩天後，歐陽寧便帶著歸晚再次離去，而夏玉華也開始替他打理京城所開的兩間醫館。好在那兩間醫館裡頭的人員都維持原樣，並沒有因歐陽寧的離開而受影響，各自做著原本的工作，流程安排得井井有條。只不過自此以後醫館裡的一切事宜都得直接由她來打理。

這一日，夏玉華從家裡出來，正準備到醫館去看看，剛走了一小段路，卻見前方跑來一個五、六歲的小男孩，徑直來到了夏玉華面前衝著她咧嘴一笑。

「妳是夏玉華嗎？」小男孩稚嫩的聲音響了起來，兩顆葡萄般的大眼睛不時的眨著，如同有些不太確定般地問著。

夏玉華見狀，倒是奇怪不已，朝著一旁左右看了看，卻並沒有看到這小男孩的家人，也不知道這是哪家的孩子，竟然知道她的名字。

「我是啊，你又是誰呀？」她蹲了下來，伸手摸了摸小男孩子胖嘟嘟的面頰，好奇地問道：「你怎麼知道我的名字呀，你家的人人呢？」

「這個給妳，拿好了！」小傢伙將手上的一個紙團快速塞到了夏玉華手中，而後朝著夏玉華做了個鬼臉，轉身便跑開了。

看了一眼手中的紙團，夏玉華卻是很快明白了，也沒有馬上攤開來看，而是快速將紙團收了起來，不動聲色的朝香雪說道：「醫館那裡改天再去，咱們先回家吧。」

第七十九章

回到家後，夏玉華示意香雪不必跟著，去忙自己的就行了，而後自己一人進了屋子。關上門後，她從袖袋中取出了先前那個小男孩塞給她的紙團，小心的打開看了起來。看過之後也沒有多想，直接找來火摺子，將紙團給燒掉了。

搖了搖頭，夏玉華沒有再多想，再次確認門關好之後，便取下了身上的煉仙石，快速進了空間。一刻鐘後，她從空間裡出來，手上多了一個白色的長頸瓷瓶，小心的將瓷瓶收好之後，這才開門將香雪喚了進來。

「香雪，妳去將我的藥箱取來，裡頭的東西一一準備妥當，過一會兒我們得出趟門。」夏玉華吩咐了一聲，而後先行坐下休息。剛才在空間裡可沒浪費時間，這會兒還真是有些累了，因此自是得養精蓄銳一下，省得等一會兒出了什麼差錯。

而先前進去空間之際，她發現煉仙石的顏色似乎已經在開始產生新的變化了，因此心中多少有些期盼，不知道等石頭變成下一個顏色，打開空間第二個櫃子時，那裡頭會有些什麼令人稱奇的東西。

正想著，鳳兒走了進來，重新替她換了一杯熱茶，又見她一臉的倦色，便在一旁輕輕的替她按捏幾下，讓她能夠舒服一些。

鳳兒的手法是香雪親傳的，如今這丫頭心性也比過去沈穩了不少，練了些時日倒是手法相當不錯，夏玉華喝了一口茶後，索性微閉著眼，閉目養神起來。

香雪動作也很快，將藥箱準備好後便拿了過來，見到屋裡頭的情景，卻是輕手輕腳的在一旁候著不敢打擾。反正剛才小姐也沒說得馬上動身出門，想來讓她多休息一會兒應該沒什麼太大關係的。

只不過，香雪的心意雖好，但外頭卻很快響起了一陣通報聲，極不合時宜的讓小姐睜開了眼。香雪只得趕緊出去，片刻後進來朝著小姐回稟道：「小姐，是五皇子府的總管來了，說是五皇子病情突然發作，這會兒已經昏迷了。歐陽先生如今不在京城，所以只得請小姐您過去急救了。」

夏玉華一聽，不由得皺了皺眉，心中暗罵了一聲。真不知道鄭默然怎麼想的，她才剛剛得到信一小會兒工夫，那邊就開始了。不是說好了時間的嗎，怎麼好端端突然就提前了呢？好在她已經善用空間的優勢，提前作好了準備，否則的話，看他一會兒怎麼個死法。

不過，雖然心中有所不滿，但是卻也不敢再有任何的耽擱，萬一拖得太久，真因此而讓鄭默然丟了小命，那可就假戲真做，雞飛蛋打了。

到門口一看，五皇子府的馬車已經在那裡等候，那總管見夏玉華出來，連忙上前一臉焦急的請求道：「夏小姐，您可得救救我家主子呀，如今歐陽先生不在京城，我家主子這條命就指望您了！」

見總管一臉的哭相，說話的聲音也大得很，舉手投足好像是刻意演給什麼人看似的。夏玉華心中一動，不動聲色的朝一旁看了看，果然發現有些不太對勁。看來如今鄭默然的小日子還真是十分的不好過，就連總管趕著出來請個大夫都被人給跟蹤了，難怪先前要用那樣的方式向自己傳遞消息了。

「你家主子現在怎麼樣了？」她覺得總管是刻意這般朝自己大聲的請求，似乎有什麼情況要提前透露給她似的，因此便順著管家的意思問了一句。

聽到夏玉華的問話，總管連忙說道：「十分不妙，病發得急不說，而且這會兒已經昏迷了。小的出門前，太子與其他幾位皇子都來了，宮中的太醫也都趕到了，不過卻是束手無策。太子知道主子的病向來都是歐陽先生診治的，而歐陽先生如今不在京城，也只有您跟先生習過醫，還曾經替主子診治過。所以太子讓小的趕緊過來請您過去救命。再怎麼樣，得先將主子救醒再說吧！」

總管的話果然有意思，夏玉華一聽倒是馬上明白了過來，看來鄭默然也有失算的時候，卻是沒想到太子等人提前行動了，因此也沒有辦法，只得博上一次了。而總管幾句話便將如今五皇子府的大致情況給說了出來，卻又並沒有任何不妥之處，如此一來，夏玉華心中也更加有底了，而那些暗中跟蹤的人卻是難以發現有什麼不對勁。

「既然情況緊急，那趕緊走吧！」見總管並沒有再說其他，夏玉華也不再耽擱，朝著總管點了點頭道：「放心，我一定會盡力而為的！」

說罷，她便帶著香雪直接上了馬車，待她們坐好之後，總管連忙吩咐車夫趕車直奔五皇子府。夏玉華心中清楚今日之事的重要性，因此也不敢有半絲的大意。如今她與鄭默然是同一條船上的人，誰有個意外的話，對於另一方都沒有半點的好處。

更何況，今日替鄭默然解了這次燃眉之急的話，對她來說也是個好事，日後可以名正言順的靠她的醫術做一些相當關鍵的事情。如果她沒有記錯的話，過不了多久，將有一件大事發生，若是她能夠抓住這次機會的話，對於今後將會是極大的幫助。

夏玉華趕到五皇子府，跟著總管一併來到鄭默然的寢屋，看到果如總管先前所言，裡頭已經站滿了人。外間那些等候的侍從自是不必說，光裡頭便有太子、二皇子、四皇子等人全都來了。幾位太醫在一旁搖頭晃腦的不知道商量著什麼，但看那神情卻都知道，顯然是對此時躺在床上昏迷著的鄭默然完全沒有辦法。

夏玉華其實心中還是覺得鄭默然的方法太過冒險，如果有人想趁著這個機會除去他的話，真是再容易不過，只要不讓人找她來就行了。

也不知道這傢伙是從哪裡弄來的方子，竟然可以瞞天過海，不讓那些太醫發現他現在的身子與以前有多大的差別，可鄭默然難道就沒想過，要是萬一真有人暗中作梗，讓她不能夠及時過來給他醫治的話，這後果將會是什麼樣的？

除了她，還有她提前按鄭默然的提醒製出來的解藥，怕是這麼一會兒的工夫，根本就找不出哪個神仙來替他續命回天了。

而夏玉華一進寢屋後便察覺到了眾人的目光焦點全都集中到她身上，她心中也清楚這些人此刻都在想些什麼。因此，除了最開始那無可避免的一番禮節以後，這一會兒，她沒有再去多看任何人一眼，如同屋子裡沒有旁人一般，自行吩咐香雪作好準備，開始替此刻躺在床上已然處於昏迷狀態的鄭默然開始診治。

雖然已經提前知道鄭默然昏迷的原因，早就已經製好了解藥，不過，當著這麼多人的面，她自然不會那麼傻愣愣的便直接救人。如同毫不知情一般，應該先做什麼便做什麼，從容之中帶著一絲凝重，鎮定之間又給人一種情況危急之感。

演戲而已，她又怎麼可能不會，面前這群所謂的人上人，又有哪一個不是成天活在各自所精心掩飾的面具之下？

觀形、切脈、詢問一旁的管家……望聞問切一個不落的從容上場，不論背後有多少雙眼睛看著自己，不論那些眼睛中所包含的心思與目的是什麼，她所表現出來的只是一名醫者所應有的反應，不再多包含一絲一毫旁的內容與情緒。

「準備針灸！」片刻後，她頭也沒抬的朝著一旁的香雪吩咐著，而後示意總管幫忙做助手，替鄭默然將上衣稍微拉開一下，露出一會兒要針灸的地方。

因為一旁同時也有太醫看著，所以針灸時也不可大意，不能讓人看出什麼問題來，所幸來的路上便已經想好了，素手下去，針針所扎之處皆為一些危險穴位。針灸這東西玄妙得很，先生曾經教過她用力道與細微的點位控制達到想要的掩飾效果，也不會因此而傷到鄭默然。

這種手法是先生師門獨傳的，除非同是師門中人，否則根本沒有人能夠看得出任何問題。所以她心中非常清楚，如此一來，自然可以騙過所有人的眼睛，包括那些醫術高明的太醫，而真正替鄭默然達到瞞天過海的作用。

一旁的眾人看得都不由得緊張不已，那些太醫就更不用說，連連點頭著，似乎對於夏玉華的舉止相當的肯定。而那些皇子們，雖然不懂，但看那架勢與氣氛便覺得有種下意識的認同，特別是看到幾位太醫不住地點頭表示稱讚時，更是對眼前這女子刮目相看了。

兩刻鐘後，夏玉華這才拔去了鄭默然身上與頭部的銀針。她長長的吁了口氣，如同剛才的過程有多麼的凶險、多麼的艱難一般。而後，也不敢再有絲毫的停頓，馬上找出之前已經準備好的那瓶解藥。

當然，在找的過程中，她也沒有一下子便去挑那一瓶，藥箱之中本就有好些她平日裡製好的各種藥丸，對於一個醫者來說，這些都是極正常之事，所以只要作出一副稍微尋找的樣子，而後才從那些瓶瓶罐罐中找出提前準備好的白色瓷瓶來。

喚香雪取了點溫水過來，將藥丸化開之後，夏玉華在總管的幫忙下，終於把這真正能救鄭默然的關鍵解藥給餵了下去。時間掌握得剛剛好，鄭默然也真是太過大膽，即便情況突然有變，也不應該如此拿命去賭，萬一她有個什麼事沒有來得及，或者這解藥根本還沒配出來的話，那麼他這條小命可就真的麻煩了。

服過藥後，夏玉華便不再有任何的舉動，靜心開始等了起來，一旁的太子見狀，終於忍不住了，朝著她問道：「夏小姐，五弟現在情況如何了？」

「回太子，民女剛才已經給五皇子施針、用藥，想來過一會兒便能夠醒了。只不過……」夏玉華故意頓了頓，露出一副有些為難的樣子。

「只不過什麼，但說無妨！」太子看到夏玉華這神情，臉上一副緊張不已的樣子，雖說這五弟的性命於他來說並沒有多大的關係，不過身為太子，又是帶著父皇的關懷而來，當著這麼多人的面，他自然得作出一副十分擔心在意的樣子。

夏玉華見狀，微微嘆了口氣道：「只不過五皇子的身體長年處於極度羸弱的狀態，雖說這麼些年歐陽先生一直全力醫治，但也始終無法令其完全康復。如今先生不在，沒有得到定時的治療，五皇子的病情才會突然惡化。以我的能力，即便如先生一般長期替他診治，但最多只能保住五皇子的性命，卻無法如同先生一般令其出現明顯的好轉。」

聽到這些，太子與眾皇子心中反倒是完全放下心來。太子正欲出聲，忽聞一旁總管興奮不已的說道：「醒了，醒了！五皇子醒來了！」

眾人一聽，連忙將注意力都放到了鄭默然身上，而太子則馬上走了過來，坐到床邊擺出一副欣喜不已的樣子說道：「五弟，你可醒來了，剛才真是嚇壞我了！」

鄭默然見是太子，連忙想要起身行禮，不過掙扎了一下，卻馬上一臉極其痛苦的樣子，顯然是力不從心。

「別動別動，你剛剛才醒，可千萬別亂動，那些虛禮什麼的都別理了，好好將養身子才是！」太子連忙阻攔，一副親善大哥的樣子。

其他幾位皇子見狀也裝模作樣的讓鄭默然好好躺著，什麼都別想，養好身子才是正事。一時間，這屋子裡頭倒是一副兄友弟恭的氣氛。

鄭默然也努力擠出幾個謝字，一臉感動不已的配合著這幾個人，夏玉華看著眼前的一切，心中頓時覺得諷刺無比。

一旁的幾位太醫見狀，商量了一下後，其中一人上前一步，朝著正在那裡展現關愛的太子請求道：「太子殿下，臣等無用，沒有能夠幫到五皇子分毫，心中慚愧萬分。所幸夏小姐妙手回春，解了五皇子的危機，臣等雖不才，但回宮後卻還得覆命，所以懇請能再替五皇子看診一下，以便回宮後能向皇上如實稟明五皇子現在的情形。」

太子自然是不可能拒絕太醫們的請求，一小會兒工夫，幾位太醫輪流著給鄭默然再次把脈看診了一番，神情之中倒是對夏玉華更不敢小覷。看來這姑娘還真是得到了歐陽寧的真傳，不然的話，連他們這些太醫都沒有辦法的情況下，怎麼可能將病情危急的五皇子給化險為夷呢？

得到太醫們的再一次確認，眾人更是放下心來，同時也對夏玉華的醫術深信不疑。太子見鄭默然現在的狀況反正也是無法完全治癒的，因此倒也放心放意的扮起好人，施起順手恩情來，如此一來回宮裡也好向皇上表功一番。

「夏小姐，妳這一次讓五皇子化險為夷當屬大功一件，本太子回宮後，自然會如實呈報皇上獎勵於妳。」太子朝著已經自覺退避到一旁的玉華說道：「如今五皇子的身子還需要定期的診治、調養，而歐陽先生卻又不在京城，無法按時看診投藥，所以，本太子便將五皇子日後的診治事宜交付於妳，望妳繼續好生醫治，若做得好自是不會虧待妳。」

「民女遵命！」夏玉華恭敬領命，有了太子這番話，日後與鄭默然之間有什麼需要互通的地方倒是方便得多了，可以名正言順的聯繫，也不必再太過擔心其他了。

見事情至此已無大礙，太子自然不會久留，再次對鄭默然溫暖關懷了一番後，便帶著人離開了，其他幾位皇子也不多待，一併跟著離開。鄭默然這般樣子自然不方便相送，便由總管等人好生將太子一眾送了出去。

而夏玉華則受命在此繼續替鄭默然開方子調養之類的，所以倒是也藉此不必費那事跟著去相送。待人都走遠了，夏玉華這才自行找了張椅子坐下來，又先讓香雪到外頭去看著，而後朝著依舊裝模作樣躺在那裡的鄭默然說道：「人都走了，你還打算躺到什麼時候？」

第八十章

聽到這話，鄭默然卻是笑笑地坐了起來，下床之後也不急著回答，先行親自察看了一下，知道外頭有香雪守著便不再那般警惕，放心的坐到了夏玉華對面，端起桌上的茶喝了一口漱漱口。

或許是先前夏玉華餵給他喝的那藥當真味道極苦，這會兒還讓他有些不太舒服。雖說這麼多年喝藥早就喝習慣了，可他內心卻還是對這種味道極為排斥，只是從沒有提過罷了。

見鄭默然如此悠閒，夏玉華心中倒是有些氣悶，剛才若不是她，如今這傢伙哪有可能像個沒事人一般坐在這裡喝茶？可他沒道個謝也就算了，竟然連聲都不出的，真不知道在想些什麼。

「怎麼不說話？難不成剛才的解藥分量還不太夠？要不然，我再給你來一顆，反正這裡還有備用的。」夏玉華說罷，卻見鄭默然只是好笑地看著自己，還是不吭聲。顯然是並沒有將她的威脅當成一回事。

如此一來，夏玉華還真是有些想翻白眼了，想了想後，索性板著臉說道：「你還笑得出來，事情有變竟然還敢亂服那藥物，若是剛才我來遲一步，或者沒來得及配出解藥的話，這會兒工夫你怕是得去見閻王了！」

「這不是沒見閻王嗎，所以才笑嘛！」鄭默然總算是出聲了，順手端起桌上另一杯沒人喝過的茶遞給夏玉華道：「沒人喝過的，算是為了剛才的事謝妳。」

見狀，夏玉華也懶得跟這人計較，接過那杯茶，卻並沒有喝，繼續說道：「我不渴，茶就不必喝了，你是不是應該好好解釋一下？畢竟我們現在也是合作關係，你做事怎麼可以如此賭命？若是出了事的話怎麼辦？這可不是鬧著玩的？事情有變，你就應該臨時改變一下計劃，可你不但沒有延遲，反倒是不顧我那邊來不來得及，徑直就提前行動了，你這到底是在害我呢、還是要害死你自己呢？」

夏玉華的神情正經不已，語氣也較平時任何時候都要嚴肅，看到鄭默然這個時候還一副嬉皮笑臉的樣子，真是心中不來火都難。平時瞧著這主兒也是個極其謹慎之人，怎麼今日竟如此的沒輕沒重了？就算是如今處境極其不利，但也不一定非得急在這一時，事情有變的話，計劃稍微延遲一些不就行了，用得著這般賭命嗎？

聽到夏玉華一連串帶著擔心的質問，鄭默然不但沒有任何的不高興，反倒是開心不已。無論如何，這還是頭一回看到夏玉華對自己這麼擔心，他倒是覺得剛才的冒險算不得什麼，不但成功化解了自己目前的種種危機，而且更難得的看到夏玉華替自己擔心著急的樣子，當真是有意思呀！

「沒想到妳竟然如此擔心我，剛才之事就算是再凶險也是值得了！」鄭默然一副很是受用的樣子，笑意滿滿的盯著夏玉華瞧，目光之中透著濃濃的親暱，這會兒工夫連他自己都有些分不清到底是在逗這丫頭呢，還是自己最本能的一種反應？

而夏玉華聽到鄭默然這般說，不由得頓了一下，而後卻也一副早習慣了鄭默然這副不正經的樣子一般，耐著性子說道：「行了，五皇子您別再在這裡貧嘴了，若不是因為我們是合作關係，我才沒那麼多閒工夫擔心這些。怎麼都好，這一次也算是萬幸了，日後請您還是別再搞這樣的突發狀況，萬一真出了什麼事，影響的可就不只是你一人了！」

見到夏玉華似乎真有些生氣了，鄭默然也不再說這些閒話，轉而收起了些玩笑的神情，慢慢解釋道：「這一次的確是有些冒險了，不過當時我也真是沒辦法了。原本宮裡傳來情報，說太子他們下午才會過來的，沒想到他們竟然提前來了，而且還將宮中幾位醫術高明的太醫一併帶了過來要給我好好檢查一番身體，美其名為關懷，實則是想看看我如今的身體狀況到底是什麼樣子了。」

說到這裡，鄭默然的神情有種不由自主的冷漠，頓了頓後又說道：「前些日子我便有所察覺，身體的好轉即使是刻意掩飾也難免還是有些地方藏不住。不論是太子或是二皇子他們這些人，時刻都盯著身旁所有的人，但凡讓他們覺得有一絲的威脅成分，便一定會想方設法的要消除我這個隱患。如今，皇位之爭已經非常明朗化了，這種時候我自然不能夠冒出頭，不能夠讓他們將我給當成炮灰！」

鬥吧！儘量鬥吧，太子與二皇子還有七皇子這三夥人早就已經形同水火，這樣的時候，若是讓他們發現自己身體已經完全康復的話，不論他們知道了自己多少的事情，都會先行打壓，以絕後患的。所以，今日他才不得不出狠招，也顧不上夏玉華那邊是否有足夠的時間準備好解藥，一切只能賭上一把了。

而幸好他賭贏了，說來這夏玉華也算是自己的福星，經過今日之事後，至少太子等人的目光暫時不會再放到他這邊來，而是會集中精力去鬥他們覺得應該鬥的。不說自己能夠從他們的內鬥之中撿到多少的便宜，最少能夠保留足夠的實力，以便能夠藉勢起飛。

看到鄭默然的神情，夏玉華倒也不好再說什麼了。的確，今日之事雖然冒險，但如果是她的話，可能也來不及去想太多，否則的話後果恐怕更是承受不起的。有的時候，許多事情其實靠的就是賭及運氣，問題就看你有沒有這份敢賭敢搏的果斷與魄力了。

夏玉華也不是那種不知變通的人，只不過她仍有些地方不太明白，鄭默然為了不讓太醫起疑而提前服下的那藥的方子到底是從哪裡來的。

那個方子確實厲害，喝下去後，竟然能夠讓他的身子出現與以前類似的症狀，而且連那些經驗豐富的太醫們也絲毫察覺不出來。

這樣的配方顯然不是一般之人能夠做到，首先得極其精通藥理，而且還得十分瞭解鄭默然原先的病情；再者必須是鄭默然完全能夠信任之人才對。想來想去，能夠給鄭默然提供這個方子的也只有歐陽先生，可問題是，如果是先生的話，為何卻沒有提前將解藥給製出來呢？

還有一點她同樣也想不太明白，就算歐陽先生沒有想到這一層，但以鄭默然深謀遠慮的性子，按理說想到這一層並不難才對，可他偏偏沒有提前拿到解藥，反倒是將一切希望與賭注都押到她身上，按理說，這實在不正常呀！

想到這些，她也不隱瞞，徑直將心中的疑惑問了出來，而鄭默然似乎一早便猜到了她會有此一問，所以並沒有表現出任何的異樣，情緒平靜的解釋道：「妳猜得沒錯，方子的確是歐陽先生開的，不過當時我問他要這方子的時候並沒有告訴他要用來做什麼。或許他也猜到了一些，但是當時他急著離京，很是匆忙，因此並沒有多問什麼，怕是也沒有太多時間配製解藥。

「至於我為什麼沒有主動讓他替我準備好解藥，那是因為先生當時也說了，這解藥是難不倒妳的，所以我便也沒有什麼顧忌了。」鄭默然說罷，看著夏玉華笑了笑道：「如今我倒是有些好奇了，妳又是如何能在那麼短的時間內製好解藥的呢？當時服這藥時，我還估摸著這會兒讓妳提前配製好肯定是來不及的，所以也就將希望放在過來給我看過之後馬上配藥了，畢竟妳已經提前知曉原因，配起來應該不是難事，但妳還真是讓我意外不已。」

見鄭默然提到了配藥一事，夏玉華自然不會老實相告，若是沒有煉仙石的空間，那麼她絕不可能這麼快速的搞定。看著眼前這人安然無事了，而且困境也暫時解決，她應該說的、應該問的也都提出來了，便也不再久留。

起身站了起來，她不再回答鄭默然先前的問題，而是徑直說道：「五皇子，既然現在也沒什麼事了，那我便先告辭。日後這樣的法子還是少用吧，那藥雖然已經解了，不過總歸還是有些傷身子的。」說罷，也懶得講那麼多規矩，禮也沒行，轉身便想退出去。

「等等，妳都說總歸還是有些傷身子的，那多少還是給開個調養的方子呀，醫者父母心呀，好歹我剛剛也是九死一生，妳就不能多關心關心嗎？」鄭默然邊說邊跟著站了起來，幾步便走到了夏玉華面前，攔住了她的去路。

夏玉華見狀，盯著眼前的人，一臉無趣地說道：「不必了，您日後沒事別再亂喝藥就行了，剛才給您服用的解藥中已經加了些調養的成分。」

「原來妳還是關心我的，我真是高興！」鄭默然定定的望著夏玉華的眼睛，臉上的神情也不知道是不是有意為之，笑得十分的燦爛而喜悅。

看到他這副模樣，夏玉華已不是單純的排斥，如今鄭默然的說話與舉止是越來越過分，越來越讓她心中不喜。她下意識的朝後退了幾步，將兩人之間的距離拉開了些，而後說道：「五皇子說得極是，醫者父母心，這都是我原本應該做的。沒什麼旁的事的話，還請五皇子讓開一下，我得走了。」

「妳似乎有些本能的抗拒我，為什麼？」誰知鄭默然不但沒有讓路，反倒是保持著自己的提問方式，進一步提出他覺得應該繼續的話題。

夏玉華微微皺了皺眉頭，不論鄭默然是戲弄她也好，還是旁的什麼也罷，總之她都沒有心思，也不願意在這裡跟他繼續這種無聊的話題。

「五皇子覺得這樣的抗拒有什麼不對的地方嗎？我不覺得咱們之間熟絡到可以掏心掏肺

的地步。」她看了一眼鄭默然，繼續說道：「不論您心中是如何想的，在我看來，我們之間只是合作關係，旁的我自然不會多想，當然，也請五皇子您不要多想。」

她的話很直接的點明了一切，她與鄭默然之間於情於理也只是合作上的朋友關係，她並不希望再莫名的增加一些旁的麻煩。

如果是她誤解了鄭默然的意思，那再好不過，只當她是想多了，也沒什麼可丟臉的；如果她並沒有誤解鄭默然的那一層用意，那這回答便是最明確的，以鄭默然這般聰明的人自然是會明白的。她不想將他們之間的這一層關係弄得太過複雜，更不想糾結不清的，那樣的話對誰都沒有好處。

而聽到她的這一番話後，鄭默然當即便擺出一副苦惱不已的樣子，無奈地搖了搖頭道：「玉華，妳這話可真是傷人呀！難道，妳就對我一點好感也沒有？」

似認真又似玩笑般的話，讓夏玉華很有一種想要將鄭默然狠狠扁一頓的衝動。忍著翻白眼的衝動，她倒也沒什麼好猶豫的，直接答道：「五皇子，這些話您還是跟別的人去說吧，我們之間實在沒必要說這些，不是嗎？」

「看來是我說話的方式有問題，所以總是讓妳覺得我在說笑，對嗎？」鄭默然對上夏玉華的雙眸，而後很快換上一副很是認真的神情再次說道：「那麼現在呢，我說喜歡妳的話，妳不會還以為我是在說笑吧？」

這一回，夏玉華實實在在的被鄭默然給弄得很不自在起來，見其一副不容迴避的模樣，索性也懶得想太多，直直回了一句：「不論您是說笑還是旁的什麼，反正我是不會當真的，而且從頭到尾，我也只是將五皇子當成合作者，其餘的什麼都沒有。」

「如此說來，妳還真是沒有一點喜歡我的意思。」鄭默然的語氣帶著一絲遺憾，不過卻也並沒有什麼沮喪的成分。彷彿早就知道會是這樣的結果似的，因此自然也就少了那份落差。

「沒有誰規定我一定得喜歡您吧？」夏玉華這會兒倒也完全放開了，索性想到什麼就說什麼。「而且這並不會影響到我們之間的合作。五皇子是做大事的，犯不著將時間浪費到這些不著調的小事上。」

說罷，夏玉華真心不願再在此久留，見鄭默然不讓道，自己便繞開來走。而這一次，鄭默然並沒有再攔她的去路，只是在她走出好幾步之後，這才突然轉過身來，朝著她的背影說道：「妳喜歡莫家那個三公子，對嗎？」

聽到鄭默然竟提起了莫陽，夏玉華不由自主的停住了腳步，還沒來得及回頭，卻聽身後的人再次說道：「玉華，妳跟他不適合，你們兩人最終也不可能有什麼結果的。」

「五皇子，您管得是不是太寬了？」夏玉華心中很是惱火，轉過身朝著一臉很不在意的鄭默然說道：「我喜歡誰那是我自己的事，我跟誰適合也是我自己的事！有沒有什麼結果的，更是與您無關，請別再多管閒事了！」

說罷，她冷哼了一聲，管他眼前之人是皇子還是什麼身分，照樣沒給好臉色，徑直拂袖而去！她知道鄭默然勢力不弱，也知道關於自己的某些事情他若是想知道的話並不難，可就算如此，他也沒有這個資格來干涉她的私事！就連皇上也不行，更無法左右她的感情歸宿，而鄭默然自是一樣！

看著夏玉華一臉不快的離去，鄭默然卻是沒有再說什麼，如此看來，那莫陽在這丫頭心中還真是有不小的分量。他靜靜的笑了笑，卻並沒有將莫陽放在眼中，終究只是一介富商之子，能夠給夏玉華的也不過是沒有任何意義的錢財罷了。

而他則不同，他可以給她與之匹配的身分與榮耀，像玉華這樣特殊的女子，自然也得有最為特殊的地位來陪襯才能夠完全的彰顯她的價值。一介商人，終究太過庸俗，而日後，玉華一定會明白，他們倆才是最最合適的一對。

他並不著急，在他看來，笑到最後才會是真正的贏家，而那個莫陽，最終只能成為一個毫無輕重的過客，永遠的淹沒在夏玉華的記憶之中！

見夏玉華走出來，香雪也不敢多嘴問什麼，一直到出了五皇子府，上了馬車之後，香雪這才小聲的問道：「小姐，妳沒事吧？」

「我沒事。」夏玉華長長的吁了口氣，調整自己的情緒。每次來這裡，似乎都難免要被鄭默然給弄得有些情緒失常，真不知道是不是欠了這人什麼。「對了，香雪，前幾天我讓妳打聽的事怎麼樣了？」

香雪連忙點了點頭，一臉肯定地說道：「小姐妳放心，奴婢都打聽好了。」

「妳這丫頭，怎麼打聽好了也不主動跟我說一聲？」夏玉華一聽，倒是有些奇怪了，香雪向來心細如塵，斷然不會犯這樣的錯誤才是。

香雪見狀，連忙解釋道：「是這樣的，小姐，奴婢昨晚的時候還有一點小細節沒有弄清楚，所以沒有急著跟妳說，今日一早倒是全弄清楚了，但妳這一整天忙得不行，奴婢正尋思著回去後找個機會跟妳提這事呢。」

聽香雪這麼一說，夏玉華倒也沒有再多想，靠在一旁閉上眼睛說道：「妳都打聽到了什麼，現在可以說了。」

「是！」香雪連忙應了一聲，而後小小聲在夏玉華耳旁細細說道了起來。

第八十一章

原來，前些日子夏玉華讓香雪去打聽一下鎮國公家那位即將嫁入端親王府的蝶舞小姐的事情。上一次莫陽告訴過她，陸家與鎮國公府的明爭暗鬥似乎已經拉開了序幕，陸家雖然不能夠公然阻止鎮國公的小姐嫁入端親王府為世子妃，但是暗中似乎在密謀著什麼，應該是想暗中對那蝶舞小姐動手腳。

雖然具體的計劃並不清楚，但是陸家的野心卻是肯定的，所以夏玉華當日便讓松子暗中給鎮國公府的人通報了消息。而那蝶舞小姐也不是什麼吃素的，一旦得知此事之後，定然不會這般由著陸家人算計她的。香雪這些人所打聽到的事還真是印證了當初她的猜測。

外頭雖然並沒有傳開，但是香雪卻還是想方設法打聽到了。幾天前，那鎮國公府的蝶舞小姐跟著府裡幾名女眷去寺廟燒香拜佛，沒想到在回來的山路上竟然遇到了一夥盜賊，而那夥盜賊卻並非普通的盜賊，一個個凶狠粗暴不說，而且根本就不搶錢財，完完全全衝著蝶舞小姐一人，一看就知道是事先安排好了的。

好在國公府相信了上回松子暗中涌報的消息，提前作好了保護措施，這才算是有驚無險。畢竟對於這樣權貴的人家來說，這種關係到身家性命的事自然是寧可信其有，不可信其無的。與此同時，國公府的人亦順著那夥盜賊遺留下來的某些線索追查，發現這次的事情果真與陸家有關聯。

如今自家寶貝千金還沒有嫁過去端親王府，便遭到了來自世子妾室娘家一族的暗害，國公府自然是不會善罷甘休，雖然找不到十足十的證據，因此也不能明著對陸家怎麼樣，但是這心中自然是有數，兩家的明爭暗鬥亦更加激烈了。

而且香雪還打聽到，那蝶舞小姐因此對陸無雙是極度的憤恨，以她那樣的個性，沒過門便被人這般往死裡逼害，這口氣自然是無法嚥得下的。所以估摸著等她過門後，對陸無雙也絕對不會有什麼手軟的時候。

「小姐，依奴婢看，陸無雙日後怕是再也沒有閒工夫來害妳跟害咱們夏家了。真是惡人有惡報，等國公府的小姐嫁過去後，自然有人收拾她！」香雪一臉解恨地說著，如同已經看到陸無雙受到報應一般，心情都跟著開懷起來。

而夏玉華卻並沒有吭聲，她很清楚陸無雙的性格，事情怕並不是這般簡單。知道這次失手了，想必一定還會再想其他辦法的。

「香雪，妳覺得陸無雙是那種坐以待斃之人嗎？」夏玉華搖了搖頭，並不贊同香雪的想法。「算了，為了避免她到時被逼急了禍害到旁的人，我還是再做回好事，幫幫那國公府的小姐吧！」

「小姐，妳想怎麼做？」香雪一聽，頓時來了興趣，看來小姐一準是想到了什麼好辦法了。

夏玉華沈默了一會兒，目光看著前方馬車的車簾也不知道在想些什麼，片刻之後，這才移回目光，朝著香雪說道：「我不想做什麼，有些事情還是讓別人動手會更好。」

香雪這下卻是聽不明白了，一時間也不知道小姐到底是什麼意思，只好一臉疑惑地問道：「小姐，奴婢不明白。」

「不明白也沒關係，只是有件事妳得想法子去做。」夏玉華朝著香雪說道：「還記不記得以前我讓妳將陸無雙那條帕子給誰送去了？」

「記得呀，不是江顯嗎？」香雪點了點頭，小姐吩咐的事她自然是記得的，當時她還格外小心，找了個面生的丫鬟去做的，沒有引起江顯的懷疑。「小姐猜得沒錯，那江顯當真是對陸無雙有些心思的，收到那帕子後興奮得不得了。」

「這就行了，要是那蝶舞小姐知道江顯有那麼一條陸無雙的帕子，還時時帶在身上的話，剩下的事就不需要我們多考慮了，我想她自然會替他們安排的。」夏玉華說罷，再次閉上了眼睛不再出聲。江顯對陸無雙的心思說起來還是上一世無意間得知，如今一試果然還是沒賭錯。

而香雪聽到這話後，頓時豁然開朗，一下子便明白了夏玉華的意思，如此一來，她們也的確不必再多做什麼，只需靜觀其變，看好戲就行了。讓那國公府的小姐去收拾陸無雙那個惡婦吧，成天害這個、害那個的，早就應該有報應了才對！

說到底，小姐還是太善心了一些，要是她的話，早就讓那陸無雙萬劫不復了，那個惡婦做的壞事實在是多到讓人數都數不清了。

馬車很快便將她們送達了目的地，將小姐送進去之後，香雪交代了鳳兒幾句，很快便按照先前在馬車上時小姐的意思辦事去了。

這一次，她得親自出馬，交給其他的人去做自然不夠放心，而她自己去的話亦還得準備一下，再怎麼樣也不能夠因此事而影響到小姐或者夏家的。

鳳兒並不知道香雪這般興沖沖的跑出去幹啥，不過也沒有多問其他。只是到了晚上，香雪回來的時候她不禁嚇了一跳，那副打扮都差點讓她不敢認了。

「香雪，妳這是做什麼去了，怎麼將自己弄得跟個小叫化子一樣了？」鳳兒拉著一臉髒兮兮的香雪，邊問邊連忙幫著她撣了撣那一身舊衣裳上的灰塵，免得弄髒了小姐。

香雪卻並不在意，見夏玉華也看向自己，便笑呵呵地說道：「小姐、鳳兒，剛才呀，我出門給人說書去了。」

「說書？」鳳兒一聽，根本不明白香雪在說些什麼，而夏玉華卻是一副極為滿意的樣子，一看就清楚香雪說的是什麼。

「行了，妳也累了，趕緊下去清洗一下，吃點東西去吧。」夏玉華朝著香雪笑了笑，心中暗道果真是個聰明的丫頭，如今，她也不必再理會陸無雙那邊的事了，只需等著別人替她安排，然後看戲就行了。

香雪連連點頭，福了福後，準備退下，不過剛準備轉身，似乎又想到了什麼似的，趕緊上前兩步，也不避諱鳳兒，直接朝著夏玉華說道：「小姐，奴婢覺著那國公府的小姐聰明得很，奴婢雖然沒有留下什麼破綻，不過她就一定會按咱們想的去做嗎？」

見狀，夏玉華卻是並沒什麼擔心之色，微微搖了搖頭，當著鳳兒的面說道：「不必擔心，她就算明知妳有私心又如何，以她的性子不會在意這點細節，照樣會去做的。」

香雪聽罷，想了想後倒是不由得點了點頭。小姐說得對，以她這些日子打聽到的消息來看，那蝶舞小姐當真是那樣的人。人不犯她她也不會怎麼樣，但若是誰惹到她身上，必定是那種不能吃虧的主兒。陸無雙這一次算是碰到對手了。

想到這裡，她也不再擔心，朝著一旁的鳳兒點了點頭，示意她服侍好小姐，而她則先行退下了。

第二天用完早膳之後，夏玉華被父親叫進了書房，起先還真不知道所為何事，不過看到父親那一臉的笑容倒是安心了不少。想來應該是有什麼值得高興的事，畢竟這麼些日子以來，很難得看到父親沒事的時候這般開心的笑了。

關上書房之門，夏冬慶順手便遞給夏玉華一封信說道：「這是昨天晚上，妳黃叔叔命人送過來的。」

夏玉華接過信來，打開一看卻是完全看不明白，又仔細的看了一回，還是沒有半點頭緒。她不得不抬眼看向父親，一臉疑惑地問道：「爹爹，黃叔叔給您送這個過來做什麼？還在這上頭抄了一段又一段的古文詩詞，他這到底有什麼特別意思呀？」

見夏玉華這樣，夏冬慶不由得笑了起來，走到女兒身旁，指著那信說道：「妳想得沒錯，這信上的確是另有玄機。妳換一種方式再看看，單行看最後的字，雙行看最前面的字，如此一來自然便一清二楚了。」

夏冬慶所說的是他與自己那些兄弟同袍之間一種傳遞訊息的特殊方式，如此一來，像這些比較重要而隱密的情報訊息什麼的，就算是不小心被人給發現，也很難看出什麼名堂來。而且他們這種方式也不是一成不變的，反正這其中的門道也不是一時半刻說得清的，所以也沒有細說，只是簡單的告訴了夏玉華破解的方法。

按著父親所說的，夏玉華重新看了信，這一回果然看出了不同的內容。快速看完之後，夏玉華也不由得笑了起來，朝著父親說道：「爹爹，看來五皇子果然還有些能耐，如今西北的東方叔叔他們都沒有受到太大牽連，也保住了手中的兵權，不論皇上願不願意，這都已經成了定局，畢竟再怎麼說，他也不想看到西北動盪不安吧。」

「是啊，他們保住了，那麼為父日後才能夠有翻盤的機會。五皇子這個人情賣得不差，妳東方叔叔這些人都是一條腸子的性子，他日五皇子爭位，自然是會站在五皇子這一邊的。」

夏冬慶說到這裡，稍微頓了頓，而後看向女兒再次說道：「看來，以前為父還是太過迂腐了一些，也許早些與五皇子合作的話，今日也不會落到如此地步。皇上終究是得讓位的，皇子之中也終究得有人繼位，能夠推一個有能力又有胸懷者上位，對百姓有利，於我們也是有利。」

「爹爹，您不是迂腐，只不過太耿直了一些。如今也不算晚，咱們夏家沒有旁人那麼大的野心，只要能夠自保，能夠守住應得的榮耀便足矣。這一切，現在的皇上看不明白，所以咱們只能找一個看得明白的人合作，如此夏家方可長治久安。」夏玉華一句話點明了一切，忠心並非不可以，但是得視對象，對於一個不值得你忠心的人，還有必要那般愚忠嗎？

夏冬慶聽後也點了點頭，卻沒有再談這件事，轉而朝女兒問道：「對了，玉華，陸家的事現在查得怎麼樣了？」

「已經有了眉目，不過想拿到具體的證據，怕還得需要些時日。」夏玉華說道：「還有，爹爹，等咱們拿到確鑿的證據之後，是不是應該考慮找一個信任而又妥當的人去辦陸家之事？」

夏玉華的意思很簡單，就算拿到了確鑿的證據，可是以父親現在的處境是根本不可能出面的，就算出面也沒什麼作用，因此必須找一個他們能夠完全信任，同時在朝中具有這等勢力與說服力，而且還不能讓人看出此人與他們之間的關係。

「玉兒，這個妳放心，交給爹爹去辦便可，爹爹會找一個萬無一失的人去辦此事。」夏冬慶拍了拍女兒的肩膀道：「這些日子妳受累了，為了這些事情沒少操心，爹爹實在是汗顏呀！」

「爹爹，好端端的怎麼又說這些？」夏玉華笑了笑，扶著父親往一旁坐了下來道：「好了，爹爹可得答應女兒，日後別再說這些了。」

夏冬慶見狀，倒也依夏玉華所言，沒有再說這些話，只不過看著現在越來越懂事的女兒，心中總歸還是有些事情惦記著的。玉兒現在都快十八了，這樣的年紀一般人家的姑娘早就已經嫁人生子，可是因為他這個做父親的失責，到如今還讓她連門親事也沒訂，甚至上門提親的都沒有，這讓他如何不自責呀！

「玉兒呀，妳年紀都快十八了吧？」他揮了揮手，示意女兒在旁邊的椅子上坐下來。

夏玉華邊坐下邊應道：「是呀，再過幾個月就十八了，爹爹怎麼突然問起這個了？」

夏冬慶撫了撫下頷的鬍鬚，一副若有所思的樣子道：「是呀，一轉眼都快十八了。如今可是大姑娘了，爹爹也是得替妳的婚事上上心了。」

聽到父親提到婚事，夏玉華卻是不由得笑了笑道：「爹爹原來是在想這個，其實也不急，過幾年再說吧，女兒覺得現在這樣挺好，不想這麼早考慮嫁人之事。」

「不早了，再過幾年可就二十好幾了。雖說我家女兒又漂亮又有本事，可是這婚事也不能總拖著不管吧。現在還不留意的話，當真是不行了。所謂千里姻緣一線牽，就是有再好的姻緣，那也得動手去牽一牽才成呀。」

夏冬慶細細地看著女兒臉上的神色，試探性地問道：「玉兒，妳跟爹爹說說，是不是心中有喜歡的人了？」

「爹爹……咱們現在不提這個好嗎？」夏玉華覺得跟自己父親提及這些終究不太自在，只得索性撒著嬌，想糊弄過去。對於這些事，眼下還真不是細談的時候，所以能夠拖一天便算一天吧。

「哈哈，看來我女兒是有了心上人了！」夏冬慶高興的笑了起來，根本不給女兒迴避的機會，徑直說道：「傻孩子，男大當婚，女大當嫁，這有什麼不好意思提的呢？快跟爹爹說說，到底是哪家的小子？能被我女兒看中的，自然是不錯的，到時爹爹一定讓對方找最好的媒婆上門來說親。」

「爹爹，您越說越遠了，這八字還沒一撇呢！」看著父親替自己興奮不已的樣子，夏玉華卻是有些哭笑不得，真是沒想到父親甚至開口提到要讓對方找媒婆上門來說親什麼的，簡直越扯越遠了。

可誰知她這下意識的話一出，倒是讓夏冬慶更進一步的證明了女兒的確心有所屬了，他樂呵呵地說道：「八字還沒一撇也無妨呀，那妳就趕緊畫上兩撇不就行了？跟爹爹說說，到底是誰家的小子？是不是李其……」

他正想問是不是李其仁來著，一看那小子就知道是喜歡他家玉華的，清寧公主是個挺識大體的人，李其仁的父親也是個極好相處的人。從上一次清寧公主出面替玉兒求情便看得出來，那一家子肯定也是喜歡玉華的，所以如果是這樣的話，他倒是覺得很中意。

只不過這話還沒問出口，便被女兒給一把攔住了。只見夏玉華連聲請求道：「爹爹，您就別再問了，反正肯定不是您想的那樣。您以前也答應過我的，女兒的婚事不會多加干涉，您就由得我自己操心吧。如果真有了確定的對象，我肯定會跟您主動提的，好嗎？」

眼看父親要說全李其仁的名字了，夏玉華卻是下意識的沒讓父親說完，而夏冬慶見狀，瞧了女兒半晌後，倒是明白了什麼似的，也不再多說這個。

「好好好，妳的事妳自己作主，爹爹也沒有旁的意思，就是覺得妳年紀也不小了，是時候得自己多留意了。」看樣子，女兒心中喜歡的應該不是李其仁那小子。這倒是有些出乎他的意料，多好的一個女婿呀，倒是可惜了。

不過，夏冬慶卻也沒有多想，女兒的婚事終究是女兒一輩子的幸福，好不好的只有她自己最為清楚，因此，他也不想過多的去干涉什麼。

第八十二章

下午的時候，管家特意過來通報，說是外頭有人來請小姐出診。原本小姐已吩咐過，對於這些來請出診的，一般不予接受便行，但是這一次來的卻是莫府的人，而管家也知道小姐與莫家小姐關係非同一般，因此自是心中也有分寸，當即過來通報了。

聽說是莫府，夏玉華馬上便想起了之前與莫陽的約定。想來莫家老先生已經忙完回府了，所以莫陽這才派人過來報信，請她過去給莫老先生診治一番了。

見狀，夏玉華當即朝管家說道：「我知道了，你去跟來的人說一聲，我收拾一下，一會兒就會過去。」

管家一聽，連忙回話道：「小姐，莫家的人說了，若是小姐現在有空的話，他們已經備好了馬車在外頭候著，請小姐慢慢準備就行，不必著急。」

「我知道了，你先下去吧。」夏玉華一聽倒也在意料之中，莫陽本就心細，這會兒派馬車來接她去給他爺爺看診也是情理之中，所以也沒有再多說什麼。

管家退出去後，香雪便主動的去到藥房將藥箱收拾好，過來時還特意說道：「小姐，奴婢已經收拾妥當，前些日子您特意給莫老先生製的藥丸也收好了。」

「那就好，這會兒就走吧，別讓人等太久了。」夏玉華邊說邊站了起來，準備往外走。

不過，還沒抬步似乎又想到了什麼，停了下來朝著一旁的鳳兒說道：「去幫我找一身素雅些的衣裳換上吧。」

想了想，還是覺得換身衣裳稍微打扮一下比較好一點，倒不是旁的什麼因素，那莫老先生雖說同屬於看診的病患，可總歸是長輩，也是莫陽的爺爺，下意識裡，夏玉華卻還是多了一點考量。

見狀，鳳兒悄悄的朝著一旁的香雪露了個笑容，顯然對於小姐的細微心思很是贊同，而後很快便按吩咐去給小姐取衣裳，服侍著更衣。

換好衣裳之後，夏玉華又讓鳳兒給梳了個簡單而大方的髮式，臨出門前還特意添了兩樣飾物，素雅卻又不失身分。不會太過隨意，也不會顯得太過刻意。

這次去莫家，依舊是香雪同行，鳳兒留在家中沒有跟著前去，主僕兩人一出門便看到了停在一旁的馬車。

而看到夏玉華走出來，莫家派來的兩名僕人自是立即迎了上來，一番問候之後便請夏玉華上馬車。夏玉華抬眼往馬車上看了一眼，只見那上頭坐著的車夫似乎有些奇怪，大白天裡也沒多大的太陽卻戴了頂斗笠，硬是將整張臉都差不多給遮住了，只露出了一點點下巴來。

「夏小姐，您請上車吧！」僕人已經架好了踩著上車的凳子，見夏玉華朝車夫打量，便趕緊再次客氣地請她上車。

夏玉華應了一聲，便沒有再去多看那車夫，在香雪的攙扶下，很快便上了馬車。香雪也跟著上來，兩人都坐好之後，僕人這才放下車簾，而馬車則緩緩的行駛起來。

「小姐，妳剛才怎麼老盯著那車夫瞧呀？」香雪自是沒有遺漏小姐先前的舉動，只是不太明白小姐怎麼會對一個駕車的車夫產生興趣。

夏玉華並沒有馬上回答，似乎是在想著什麼，片刻之後這才側目看向香雪說道：「香雪，妳不覺得剛才那車夫有些奇怪嗎？」

她的聲音很輕，似乎是怕外頭的人聽到，因此刻意有所控制。

「奇怪嗎？」香雪一聽，連忙歪著頭，似乎是在回想著什麼，想了一會兒後，也學著夏玉華小聲的說道：「奴婢只是覺得他斗笠戴得太低了些，好像是怕別人看到他似的。其他的倒是瞧不出什麼來了。小姐，咱們不會是遇到什麼麻煩了吧？」

香雪頓時警覺了起來，下意識裡覺得她們可能遇到了什麼麻煩。也不知道是心理作用還是什麼，越想越覺得看那車夫這般神神秘秘的，當真是有問題。

難不成這些人根本就不是莫府派來的人？難道是什麼壞人打著莫府的名號想要劫持她家小姐……香雪想到這裡，頭皮都有些發麻了，一時間滿是恐懼地望向夏玉華，再次小小聲地說道：「小姐，咱們不會是遇上了騙徒了，這些人根本就不是莫府的人吧？」

如果真是這樣的話那就慘了，也不知道到底是什麼人，又到底想把她們帶到哪裡去。看這樣子，難道又是陸家或者是陸無雙這個壞女人在搞鬼嗎？昨兒個還在說陸家這回有得忙，陸無雙也沒閒工夫來找夏家與小姐的麻煩了，可今日卻馬上出了這種事，香雪可是真想給自己打個耳刮子，活脫脫是說好的不靈，說壞的靈了。

看到香雪如此緊張，夏玉華反倒是沒那麼擔心，她搖了搖頭，不緊不慢地說道：「放心吧，這些人確是莫府的人，先前那個跟我說話的僕人我見過，錯不了的。」

這一點，她倒是不至於犯那麼嚴重的錯誤，那個僕人是隨身服侍莫陽的，以前雖並沒有說過話，但總能見到他遠遠的跟在莫陽後頭。如果說這些人裡頭根本就沒有她見過的，全是些陌生面孔的話，她自然不可能這般輕易上車。

再者，除了莫陽以外，沒有旁的人知道他們之間的約定，也不可能藉著請她去給莫老先生診治的機會劫持她。所以前來的人應該是對的，去的目的地也不存在什麼問題，而她所奇怪的僅僅只是那名車夫而已，倒是讓香雪給誤會，聯想到旁的地方去了。

聽到小姐這般肯定的回答，香雪這才不由得鬆了口氣，略帶不解地問道：「小姐，既然是這樣，那妳到底在懷疑什麼呢？」

「香雪，妳不覺得那個車夫身形看上去有些眼熟嗎？」夏玉華說著似乎終於想通了什麼一樣，神色間隱隱露出一絲笑意，暗自搖了搖頭，剛才她怎麼就沒想到這個呢？

「眼熟？」香雪一聽，不由得回想了起來，又看了看小姐的神色，頓時像是猜到了什麼，也跟著偷笑起來，轉而朝著小姐說道：「小姐，妳的意思是，外頭那駕車的根本就不是什麼車夫，是莫公子本人？」

聽到香雪的答案，夏玉華更是肯定了，難怪覺得那車夫總有些怪怪的，現在仔細回想果真如此。雖然今日莫陽穿了身極其簡單的衣物，不過那衣著看起來還是比普通人的要講究許多，更別提身分完全不可相比的車夫了，再者那刻意壓低的斗笠更是如此。

起先她壓根兒沒想到會有這種可能性，所以沒往這方面去想，而現在細想起來，確實錯不了的。想到這裡，夏玉華悄悄朝香雪做了個噤聲的動作，而後輕輕的探身上前挑開了一點馬車簾子，看著坐在前頭專心駕著車的那道熟悉背影，很平靜地問道：「莫大哥，菲兒怎麼沒有跟你一起來呀？」

「她是想來著，不過我沒讓。」駕車之人下意識的回了一句，不過話一出口，馬上便明白出了問題。

莫陽當真是對這丫頭沒有半點設防的，因此沒想到不但被她一眼識破了自己的身分，而且還毫不猶豫的掉進這丫頭設的套裡去了。

他不由得快速回頭看去，此時那大斗笠也不再如先前壓得那般低，露出一雙頗為尷尬的眼睛。不過莫陽終究不是普通之人，向來沈穩的性子讓他那眼中的尷尬很快隱了過去，隨後換上的自是不言而喻的笑意。

「她這會兒應該已經在那裡等妳了。」一見狀，莫陽索性補充解釋了一句關於菲兒的事，雖然知道玉華剛才只是故意來試探，好讓自己露出破綻來，不過倒正好給了他下臺階。

他也沒問夏玉華是如何看出來，或是什麼時候看出來的。畢竟以玉華的聰慧，想要識破他的身分並不難，只不過卻沒想到這丫頭竟也有如此古靈精怪的一面。看到她那燦笑之中帶著幾絲狡黠的可愛，突然間覺得這樣的玉華才是她真正快樂時候的樣子。

「坐好些吧，當心別磕到、碰到哪兒了。」他還在駕車，自然不能總別過頭去跟夏玉華說話，雖然心中是極想的，不過當然還是得以安全為先。因此交代了這一句，便很快轉過了頭去，暫時不再看後面的人兒。

其實，今日倒也不是刻意要扮成車夫逗玉華玩之類的，只不過也不知道自己是哪根筋出了問題，就是突然想親自替她駕一回車，親自接送她出門及回家，感覺著一路與她相伴的那種快樂，所以才會臨時起意，換了一身最為簡便的衣服，親自駕車來夏家。

而夏玉華見莫陽並沒有刻意否認什麼，很快便一臉笑意的轉過頭專心駕車去了，卻是不由得笑了笑，也沒有再多說什麼，放下簾子重新坐回座位。

簾子一放下，香雪便忍不住偷笑著說道：「小姐，果真是莫公子，真沒想到他這會兒竟親自過來替妳當起車夫了。」

夏玉華一聽，倒也沒在意，只是腦海之中還迴響先前莫陽滿含笑意所說的那一句話：坐好些吧，當心別磕到、碰到哪兒了。一時間，心中似乎被什麼東西塞得滿滿的，簡單的小快樂卻也是如此的打動人心。

見小姐似乎並不太明白剛才自己所說的那句話的涵義，香雪倒是特意再補充解釋了一下道：「小姐，妳不知道吧，奴婢小時候聽老人說過，年輕男子若是願意替哪位姑娘親自駕車的話，那便說明他的心裡是喜歡這姑娘的，妳明白了嗎？」

而夏玉華聽到香雪的暗示之後，卻也還是沒有吭聲，只是下意識的笑了笑，心中不由得更是閃過一絲說不出來的甜蜜與喜悅。少女芳心暗動，這是她不會去刻意迴避的事情，對香雪如此，而自己亦是如此。

馬車走得很是平穩，也不知道是因為莫陽親自駕車的緣故，還是因為有莫陽的地方便特別的心安。約莫走了小半個時辰，這才慢慢停了下來，莫陽挑開了車簾，朝著夏玉華笑了笑道：「到了，下車吧！」

莫陽的舉止自然卻又帶著幾分內心裡頭流露出來的寵愛，這種感覺很奇怪，雖然讓人覺得有些興奮卻又不會讓夏玉華覺得有什麼不自在的地方，她點了點頭，很快起身，在一旁香雪的攙扶下走下了馬車。

「這是哪裡？」抬眼一看，這裡根本就不是莫府，四處園林花木、巧石泉水，一派的幽靜恬美，外觀倒像是個山莊。

夏玉華自然不擔心莫陽會將她帶到什麼不應該去的地方，只不過莫府她畢竟去過的，閉著眼睛都看得出來地方不對，因此也不知道莫陽這葫蘆裡賣的是什麼藥。

見狀，莫陽倒也不打啞謎，直接回答道：「這裡是莫家的一處別院，環境比較好，也清靜，沒那麼多人來來往往的打擾，所以爺爺回來後便搬到這邊來靜養，想好好休息一段時日。」

說話的工夫，僕人已經吩咐真正的車夫將馬車趕了出去，而後便有婢女上前朝著莫陽與夏玉華行了一禮，並向莫陽稟告道：「三少爺，老太爺吩咐了，請您到了後馬上去一趟書房，說是有要緊事要單獨交代您。」

聽到婢女的傳話，莫陽心中卻是有些疑惑，也不知道這個時侯爺爺突然要將他叫到書房去做什麼事。先前出門時，他們不是已經說好了請玉華來看診的嗎，怎麼爺爺明知玉華已經到了，卻偏偏讓人在這個時候叫他去書房呢？

「爺爺有沒有說是什麼重要的事情？」莫陽這會兒心中自然並不太願意這麼讓玉華一人留下而先行離開，可是萬一爺爺真有什麼重要事情的話，卻又是不能不先過去一趟，所以才想著問清楚，看看能不能先將玉華這邊安排好了再說。

婢女見狀，趕緊回話道：「回三少爺話，具體是什麼事奴婢並不知情，不過老太爺說了，讓您一回來便馬上去書房。至於夏小姐的話，由奴婢等人帶路先在別院裡四處轉轉。老太爺還說了，這裡風景不錯，夏小姐應該會喜歡的。」

這話等於是在替莫陽作出了安排，看來老太爺應該是真有什麼急事，否則的話也不至於連已經請過來的夏玉華都提前作出安排。只不過莫陽卻還是有些不太放心的看了看一旁的夏玉華，似乎是擔心自己一走，玉華會不會覺得這是莫家人故意冷落她而覺得不高興。

見狀，夏玉華倒是明白莫陽心中的想法，於是朝他笑了笑道：「莫大哥，你先去見莫老先生吧，正好這裡我也沒來過，有人帶路四處逛逛也是極好的。等你們忙完了再派人過來說一聲，到時我再去替老先生看診便行了。」

她知道莫陽擔心自己心中可能會有旁的想法，就算沒有，可能也會覺得特意將她請過來，卻臨時又生出這樣的事，難免不好意思讓她這般久等，因此索性主動出聲先寬他的心。

聽到夏玉華的話，莫陽知道這丫頭是怕他想太多，因此更是心中溫暖無比。見狀，他也沒有再多想，朝著夏玉華點了點頭道：「我先過去一下，一會兒馬上過來接妳。」

他怎麼可能隨便打發個奴才來通知一聲便行了，這會兒說實話都已不太願意離開，只是沒有辦法罷了。說完又朝先前那兩名婢女交代一番，讓她們好好照顧夏玉華，不准怠慢了半分。

兩句婢女自然連聲領命，同時不由得暗自朝一旁的夏玉華偷偷打量了一下，還真是頭一回發現三少爺有如此在意一個外人的時候。平日裡看到三少爺都是清清冷冷的，而今日對著這夏家小姐說話時卻是前所未見的溫柔。

除了對待五小姐，她們這些下人還真是從沒見過三少爺曾對哪個女子這般在意的，而且就算是對五小姐，也極少有這般溫柔的神情。幾個婢女心中都對此驚訝不已，不過畢竟是深宅大院調教出來的，再怎麼樣驚訝也沒顯露半分，做出半點與她們的身分不相符合的舉止來。

而莫陽交代好之後，再次看了夏玉華一眼，又朝她微笑著點頭示意了一下，這才轉身先行離開。待莫陽走後，兩個婢女自是不敢有半絲怠慢，笑容滿面地朝著夏玉華做出一個請的動作道：「夏小姐，您現在要是不累的話，請隨奴婢四處走走吧。」

夏玉華見狀，稍微點了點頭，而後喚了香雪，一併跟著這兩名婢女四處逛逛。

逛了一會兒，兩個婢女怕夏玉華累了，於是便將她引到旁邊一處涼亭裡暫時休息。其中一個婢女還吩咐另一個婢女去準備些茶水過來給夏玉華喝。

夏玉華本來並不覺得累，也沒有這麼快便口渴的，不過人家好心好意的也沒必要拒絕。行走之中觀其景，流動之美自然極好，但小坐片刻，靜看遠眺，個中情趣卻又是別樣的韻味。

那婢女剛走沒一會兒，豈料留在涼亭的婢女突然一臉難受的捂住了肚子，雖極力隱忍，但終究還是沒忍住地呻吟了一聲。

「妳怎麼啦？」一旁的香雪見狀，連忙替自家小姐出聲詢問了一句，看那婢女的表情應該是很不舒服才對，也不知道這會兒到底出了什麼狀況。

那婢女見狀，很是不好意思地說道：「奴婢、奴婢肚子不太舒服，也不知道先前是不是吃壞了什麼東西，想去方便一下。」

看到這婢女如此內急的模樣，夏玉華自然是點頭讓其趕緊去，都急成這樣了，還顧忌這、顧忌那的，看來這莫府的規矩倒是挺嚴的。婢女這會兒倒也真是一副深怕來不及的樣子，點了點頭後，二話不說便趕緊小跑步離去，一會兒就不見人影了。

看到婢女那副急匆匆的樣子，香雪笑著朝夏玉華說道：「小姐，妳瞧那丫頭，也不知道先前吃了什麼東西給鬧成這樣。」

夏玉華卻是並沒再想那婢女的事，如今身旁再無莫府家僕跟著，倒也更加自在不已。

坐了一會兒後，也沒再見先前的那兩名婢女回來，夏玉華覺得有些奇怪，不由得走出涼亭探看了一下，突然聽到身後有人問道：「咦，妳們是什麼人呀？」

第八十三章

夏玉華連忙回頭一看，只見一個七十來歲的老人家正站在她身後。這老者衣著樸素，一身長袍最多也就是七、八成新，而且樣式已經是好些年前的老款，身上也沒有一絲半點的飾物，不過卻是乾淨整齊得很。

老者精神狀態倒是不錯，整個人顯得很親切和藹，只是臉色略微顯得有些蒼白，上了年紀，身體多少總會有些這裡或者那裡不舒服的吧。

夏玉華見老者詢問，也沒有多想，起身很有禮貌地回答道：「老人家，我是大夫，是給莫老先生看診來的。不過這會兒他還有點事要處理，所以我這才先在府裡頭四處轉轉。」

「哦，原來妳就是夏家的那位大小姐呀！」老者一副原來如此的神情。

「老人家，我叫夏玉華，您是長者，叫我的名字便行了，不知道老人家如何稱呼？」夏玉華絲毫沒有擺任何的架子，對於老人家，她向來都是很尊重的。也並不會因為對方身分而有任何區別的看法與對待。

老者聽罷，暗道果真是個不錯的好丫頭，謙遜有禮，大方從容，也不會有半絲勢利，果真是極討人喜歡的丫頭。他再次笑了笑道：「我嘛！打小就在莫家出生長大，妳若不嫌棄，管我叫聲翔老伯就行了，我呢還是繼續叫妳丫頭算了。對了，如此說來，妳想必是精通醫術了？」

對於老者親切的喚自己為丫頭，夏玉華並不覺得有什麼不高興的地方，也覺得這位翔老伯挺有意思的。看他的年紀若打小便在莫家出生長大的話，最少也應該是跟著莫老先生身旁服侍過來的那一輩老人了。

大家族裡頭，這樣身分的老僕地位卻是不低，不但府中下人都得人人尊敬，就算是小一輩的少爺、小姐們也是得敬上幾分。這翔老伯親切慈祥，氣度從容，一看便是有經歷、有智慧的人，反正這會兒沒什麼事，夏玉華倒也自自然然的與之閒聊了起來。

「精通醫術不敢當，學醫不比其他，時時刻刻都要有提升與進步的空間，我亦不過學了那麼幾年，還有好多要繼續學習的地方，又怎麼談得上精通？」夏玉華這話倒也不是過度自謙，雖說因為有了煉仙石的緣故，讓自己的慧根變得比尋常人要好得多，可是單論醫術的話，若是沒有空間裡頭那些神奇藥材的話，許多的事情根本就不可能做得到。

她的語氣很是中肯，神色亦沒有半絲客套之言的樣子，完完全全是將自己心中最真實的想法說了出來。

那翔老伯出聲說道：「年輕人能夠時刻這般清醒的認識自己的確是件好事，不過既然妳能夠來替莫老先生看診，這已經可說是不錯的了。」

說到這裡，翔老伯忽然咳嗽了好幾聲，一時間連臉色都有些脹紅了。

夏玉華見狀，略帶擔心地問道：「翔老伯，您沒事吧？要不我替您把把脈，看您咳嗽應該不是一天、兩天了，上了年紀，還是得注意一下才好。」

「我這個呀，也是老毛病了，這上了年紀都這樣，不是咳嗽就是氣喘的。」翔老伯緩了緩，不在意地笑了笑，而後說道：「妳能幫我看脈，我自是高興，不過老頭子我可沒什麼銀兩，付不起太貴的診金。像妳這樣的身分，又親自出診，診金肯定是不便宜的吧？」

「翔老伯，您放心吧，我不收您的診金。」夏玉華亦笑了笑，而後指著先前休息的那處亭子說道：「咱們去那邊坐吧，我替您仔細瞧瞧。」

見夏玉華說不收診金，翔老伯一臉開心的點著頭答應了，跟著轉身往亭子方向走去，邊走邊再次說道：「丫頭，那我可真不付診金的哦！」

香雪見狀，忍不住笑著說道：「老伯，您就放心好了，我家小姐從不騙人的。她要是願意診治的，一個銅板不收，倒貼藥錢都行，她要是不願意診治的，就是拿著金山、銀山給她也沒用。」

聽到這話，翔老伯倒是好奇地問道：「那妳家小姐都願意給些什麼人診治，又不願給哪些人診治呢？」

「很簡單呀，我家小姐只給好人還有真正有需要的人診治，壞人的話肯定不會治的。」香雪一臉理所當然的表情，雖然小姐從沒有明確說過，不過她自然是看得明白的。「我家小姐日後還打算多開幾家醫館專門給沒錢看病的窮人看診呢。」

「香雪，就妳話多。」夏玉華見香雪說著說著，語氣之中忍不住帶著幾絲驕傲與神氣，不由得打斷了那丫頭說話。有些事，自己心中有數就好了，沒必要四處跟人說道，否則多少會有藉機沽名之嫌。

香雪一聽，也馬上意識到自己有些太過多嘴了，連忙朝著自家小姐不好意思的笑了笑，而後閉上了嘴。一旁的翔老伯見狀，卻也不再多問什麼，心知那丫鬟是一番好意，而夏玉華也並沒有真正責備之心，只不過是不想太過高調張揚罷了。

在涼亭裡坐下之後，夏玉華開始替翔老伯診治起來，先詢問了一下大致的情況，查看了一下口眼喉鼻，而後又細細的把起脈來。

「丫頭，看好了？」見夏玉華收回搭脈之手，一旁的香雪已經將小墊子給收了起來，翔老伯這才出聲說道：「沒什麼大問題吧？」

夏玉華露出一個放心的微笑，搖了搖頭道：「沒什麼大問題，您應該是前段時間感染了風寒，而後引起咳嗽。風寒雖然治癒了，不過這咳嗽卻還是有些沒根治。加之這些日子勞累，沒有好好休養，外寒而體熱，因此使得咳嗽時好時壞，總不見痊癒。

「還有，您服用的藥物過多，但都沒有醫到重點上。是藥三分毒，用多了反倒讓身子更加虛，這咳嗽也就更是難好了。」夏玉華繼續說道：「您這情況，我建議倒是沒必要再開方子了，主要以膳食調理為主，多注意休息，多食用一些清咳潤肺的蔬果就行了。」

聽了夏玉華的話，翔老伯倒是不由得點了點頭，聽她這麼說，倒真是相當內行，而且是極其負責的醫者，怪不得小小年紀便能有如此造詣，這認真二字最為讓人有所感悟了。

「您再等一下。」夏玉華說完基本的囑咐後，轉而朝一旁的香雪說道：「香雪，幫我取一瓶前幾日專門配製的治咳嗽藥丸子出來。」

香雪一聽，不由得看了看那翔老伯，而後靠近自家小姐，小小聲說道：「小姐，那不是妳特意給莫老先生配製的嗎？」

香雪聲音雖小，不過涼亭總共就這麼一點大，翔老伯就坐在對面怎麼可能聽不到呢？只不過他卻也沒吭聲，當作沒聽到一般，暗自觀看這主僕兩人如何處理。

誰知，夏玉華根本沒有半點的猶豫，也不避諱什麼，徑直朝香雪說道：「沒關係的，我多製了一些，反正一下子也用不了那麼多，到時不夠再製便是。」

香雪一聽，也覺得在理，的確是自己一時太過小氣了些。而且還讓人這般看著，難免誤會了自家小姐。其實她也只是擔心這藥丸是特製的，數量有限，給了翔老伯的話，一會兒給莫老先生診治時就不夠了。

那莫老先生不也是咳嗽嗎？所以香雪才會有所顧忌，如今聽小姐這般說，倒是連忙朝著那翔老伯解釋道：「老伯，您別多心，奴婢只是擔心我家小姐帶的數量不夠，畢竟是先說好了要來給莫老先生診治的，奴婢也是怕失信於人不太好，倒真沒旁的意思。」

「無妨無妨！」翔老伯不在意的笑了笑道：「小姐心好，丫鬟心細，我這個老頭子又怎麼會多想呢。」

香雪一聽，倒是不好意思的笑了笑，而後快速從藥箱裡取了一瓶小姐提前製好的藥丸來。

夏玉華接過藥瓶，親手遞到翔老伯手上道：「這個您拿好，每天早晚各服一丸，直接用溫水吞服便可。這些藥丸跟一般的藥不太一樣，成分比較特別，不會對身體造成旁的副作用，您只管放心服用便是。按您的狀況，還得服上一瓶才能見效。等回去我再特意製一些，讓人給您送過來便行了。」

話音剛落，夏玉華卻突然聽到莫陽的聲音不知打哪裡傳了過來：「爺爺，您怎麼在這裡？」

她抬眼一看，只見莫陽正快步朝著涼亭這邊跑了過來，而後頭還跟了個一臉神色不太好、如同犯了什麼錯誤般的莫菲。

夏玉華還沒來得及搞清狀況，莫陽已經大步跑進了涼亭，他先是朝夏玉華看了看，見其神色並沒有什麼異樣，於是便直接朝著那位翔老伯說道：「爺爺，您不是說有要事找我嗎？怎麼這會兒您反倒跑到這裡來了？還讓菲兒在那裡纏著我，不讓我過來，您這到底是什麼意思呀？」

莫陽還是頭一次用這種帶著不滿情緒的語氣跟爺爺說話，也是頭一次當著這麼多人的面表露出自己焦急而不淡定的一面。這會兒工夫，他心中也已經有了些底了，想來必是爺爺故意為之，支開他而自己跑過來見玉華。

也不知道爺爺都跟玉華說了些什麼，這麼做會讓玉華心裡怎麼想？莫陽此刻心中擔心無比，卻又不得不耐著性子先問一下爺爺，想聽他解釋。

而夏玉華與香雪看到眼前的情況這才知道，原來這位翔老伯根本就不是莫府的老家僕，而正好就是她們今日要診治的對象，莫老先生。

「您、您就是莫老先生？」夏玉華早在莫陽走進來時便已經站了起來，而此刻心中卻是驚訝不已，不知道到底怎麼一回事。

先前莫老先生不是說有事要找莫陽的嗎？怎麼突然出現在自己面前了？這到底是怎麼一回事，又到底是想做什麼呀？

「三哥、夏姊姊，你們別誤會，事情不是你們想像的那樣的。」一旁的菲兒趕緊上前，看看這個又看看那個，而後拉著夏玉華的手解釋道：「這事都怪我，不關爺爺什麼事，都是我出的主意。早上我一個勁兒的跟爺爺說菲兒可喜歡夏姊姊了，爺爺說我把人都誇到天上去了。我不服氣，所以便讓爺爺親自看看，以一個旁人的角度好好看看，所以、所以才讓爺爺……」

「好了菲丫頭，這事爺爺也有錯。」莫老太爺倒也是有擔當，笑著站了起來，直接朝著夏玉華說道：「丫頭，我呀也是一時好奇，所以便想了這麼個點子，沒讓陽兒跟著，先自個兒單獨來看看妳到底是個什麼樣的丫頭。要知道我這小孫女可是很難對一個人這般服氣的，妳沒生我的氣吧？」

夏玉華沒想到莫老先生竟然是一個如此隨興之人，生氣什麼的自然談不上，再者細想之下人家也並沒有騙過她什麼。從頭到尾，他都沒有說他不是莫老先生，只不過是自己沒有想到罷了。

「莫老先生，您客氣了，玉華怎麼會生氣？」她搖了搖頭道：「其實您都說了您是打小在莫府出生長大的，是玉華愚笨，沒有想到罷了。」

「玉華，我爺爺性格就是這樣，想到什麼便做什麼的，妳別多想，他真的只是一時好奇罷了。」而莫陽則還是有些過意不去，雖聽玉華那般說，卻還是忍不住替自己爺爺多解釋了一句。

莫老先生見狀，不由得笑著說道：「陽兒呀，爺爺這不都跟玉華道歉了，玉華也說沒事來著，你怎麼還這般不放心呢？放心吧，玉華這姑娘大度著呢，才沒你想的那般小心眼。爺爺就是跟玉華聊了一下，順便把病也給看了，我們還聊得很投機呢，是不是呀玉華？」

夏玉華一聽，亦跟著笑了笑道：「莫老先生說得對，莫大哥你不必太放在心上。我先前還以為莫老先生是府中的老家僕，聽到他咳嗽聲有些不太好，就順便給看診了一下。」

「瞧，人家姑娘真是不錯，連這麼好的特製藥都給我了。」莫老先生得意的揚了揚手中的藥瓶，如同孩子般笑著說道：「玉華還把我的診金都給免了，還把一些醫囑都交代得詳詳細細的，有耐心、心地又好、醫術也好，我今日見了可算是知道咱家菲兒丫頭為什麼這般喜歡玉華，一口一個夏姊姊的叫個不停了。」

看到莫老先生一臉的開心，而夏玉華也並沒有因為這一個小小的風波而生出什麼旁的不快來，莫陽總算是心中鬆了口氣。

夏玉華倒是對於莫陽的爺爺用這樣的形式來瞭解自己並沒有什麼不能接受的地方。畢竟他也沒有做出什麼傷害自己或者有什麼不好的心思，只是單純的想要看看她最真實的一面。而這樣的好奇心人皆有之，自然也沒什麼必要覺得不滿，或者心中不舒服的地方。

再加上自己在外頭的傳言也的確不少，不論是從她的為人處事，還是到醫術技能都是如此，老先生心中有所猜測，想單獨找個機會先瞧瞧，印證一下心中的好奇也沒什麼不合理的。

先前找藉口半路離開的婢女這會兒也已經回來當差，還帶著其他幾名僕人在主子們就座之後，很快速俐落的呈上茶點、水果等，以供主子們食用。

那名裝肚子疼的婢女在給夏玉華上茶的時候略帶歉意地朝著其笑了笑，也算是替先前善意的謊言表示道歉。而夏玉華也知道這些事不是身為下人的婢女能夠自己決定，她連莫老先生都沒有責怪的意思，又怎麼可能遷怒於一個小小的婢女呢？

不動聲色的看了那婢女一眼，在目光相遇的瞬間朝那婢女微微笑了笑，表示自己並沒有將剛才的事情放在心上，也示意她不必太在意。看到夏玉華充滿善意的回應，那婢女不由得鬆了口氣，而後這才開心的退了下去。

莫老先生此刻很是高興，倒也並非是因為得了這瓶良藥，畢竟還沒服用，效果到底如何自然還得等過些時日才看得出來。他只是覺得心中溫馨無比，以前人人都敬他、對他好，這都不出奇，因為他的身分、家業明擺在這裡。而剛才那一刻，在夏玉華眼中，他只不過是一個普通的老家僕，卻依然得到一份真誠而可貴的關心與重視。

這樣的感覺，許多年不曾有過，而這樣好的姑娘，卻也的確是難得。難怪他這孫女這般稱讚欽佩，又難怪他這個輕易不對任何人動心思的傻孫子這回也無可避免的起了愛慕之意。

不經意的觀察之間，倒覺得這兩個孩子頗為匹配，看上去也應該像是互相都有點意思，不過莫老先生終究是聰明之人，男女之間的事不像做生意，不需他去說破什麼，還是由那兩個孩子自己去吧，這種事情可是急不來的。

這老老小小的，倒是聊得極其開心，不過莫老先生年紀終究大了一些，先前也出來好一陣子了，因此這會兒顯得有些乏了。身旁長年服侍的僕人提醒著下次再聊，老太爺得先去休息，卻是提醒了兩次後，莫老先生這才結束了話題。

見狀，夏玉華將原本就打算留給莫老先生的另一瓶藥丸也一併拿了出來給他，約好過些日子再來替他複診。莫老先生看上去是真心喜歡玉華這丫頭，連連叮囑讓玉華平日有時間的時候多來玩玩，也不一定非得等到複診時才來。

懷著美好心情，菲兒終於跟著莫老先生先行離開了，等他們走後，莫陽這才動身準備送玉華回去。他這會兒心裡頭也非常愉快，因為剛才爺爺轉身離開時偷偷跟他說了一句話，那句話只有他一人聽到了，而且也真正的說到了他心坎裡頭。

爺爺悄悄的跟他說玉華是個好姑娘，值得他去追求！爺爺還頑皮地朝他眨了眨眼，偷偷做了個鼓勵的手勢，讓他興奮不已。

得到了爺爺的認可，這比什麼都令他開心，而他接下來所要做的便是，如同爺爺所說的一般盡心盡力的去追求心中所愛。

到了門口時，馬車已經在外頭等候，夏玉華看到莫陽一副想繼續當車夫的樣子，便笑著說道：「你不會還想再當一次車夫吧？」

「有何不可？」莫陽微微一笑，親自取下馬凳，好讓夏玉華踩著上車，今日他只能坐在車夫的位置上，最近距離的與玉華一併同車，送她回家。而他希望日後有一天起他能夠與她同坐一輛馬車裡，陪著她去任何她想要去的地方。

夏玉華見狀，微微想了想，而後略帶俏皮地朝莫陽說道：「既然有了現成的車夫，那又怎麼能夠浪費，不好好利用一下呢？」

聽出了夏玉華的言外之意，莫陽開心不已，點頭答道：「很樂意做妳的專用車夫！說吧，想去哪裡？不論妳想去哪裡都行！」

「先上車吧，一會兒我再告訴你！」夏玉華舒心一笑，卻故意賣了個關子不道破，而後快速上了馬車。

第八十四章

馬車在京城轉了兩圈之後，夏玉華終於將目的地告知了莫陽，請他送自己到歐陽寧先生的宅子。原本前幾天便準備要去的，不過一下子這個事、那個事的給耽擱了下來。今日正好順路，倒是一併過來看看，有些東西也得替先生收拾整理一下。

下了馬車，莫陽抬眼看了一下，雖然沒有來過這裡，倒是很快猜測出是什麼地方。對於歐陽寧，他雖經常聽人提及，可從沒有機會見過，不過前一陣子他卻是聽聞歐陽先生已不在京城，也不知道這會兒玉華來此做什麼。

「玉華，歐陽先生不是離開京城了嗎？」他朝院子裡頭看了看，雖然從外面看不出什麼來，卻覺得這地方有種寧靜致遠的感覺。

夏玉華點了點頭。「是的，前幾個月先生回師門替他師父治病，一直都不在京城。之後回來了一趟又匆匆忙忙的離開了，這一走也不知道什麼時候才能夠回來。」

先生找師娘去了，夏玉華在心中偷笑著補充了這一句話，當著莫陽的面，倒是不好說這種比較敏感的話，因此只能大略帶過去。

莫陽並不知道歐陽寧有回來過一趟的事，對於其再次匆匆離去的原因也不是非得知道，畢竟每個人都有自己的事，來有來的理由，去也有去的因果。只不過夏玉華明知先生不在，為何今日卻偏偏又跑過來呢？

「那妳今日特地來這裡有什麼事嗎？」與玉華有關的事他自然是在意的，直接便問了出來，似乎他自己也沒有察覺，跟夏玉華在一起的時候，他的話明顯要比平常多很多。

「先生說要好長一段時間才能回京城，當然也有可能不會回來了，所以交代了我一些事，他這裡可有好多寶貝，我得替他好好收拾保管著。我相信先生總有一天會回來的，到時我也可以將這些東西完好無缺的還給他呀！」夏玉華漸漸的也已經習慣了與莫陽之間的這種相處方式，簡單的解釋了一下，便徑直轉身準備進去。

莫陽見夏玉華說完便顧自的走了，一時間倒有些不知所措，正猶豫著要不要再叫住她說些話，或者自行到外頭等她之類的，卻見玉華站在臺階上回頭朝他問道：「你要不要一併進去看看？」

聽到這話，莫陽頓時開心不已，連忙點了點頭，三兩步便走到了夏玉華身邊，說道：「我來敲門！」

一旁的香雪見狀，心中早就樂得開花了。她一早就看出莫公子想陪小姐一併進去，只不過不好意思開口罷了，見這會兒竟然將她的差事都給搶了，只得識相的站遠一些候著，順便替這會兒正忙著去敲門的莫公子交代一下，讓僕人將馬車趕到一旁等候。

聽到敲門聲，裡頭很快便有人來開門，歐陽寧留了一名僕人看宅子，那僕人自是認識夏玉華，也知道先生臨走前的交代，因此連話都沒問便直接將人給請了進來。

「你去忙你的吧，一會兒送些茶水到書房就行了。」夏玉華簡單交代一下那名僕人，而後便自己帶路，引著莫陽往書房而去。

先生的宅子不大，所以也沒有必要特意帶著莫陽先去轉上一圈，走到書房時基本上就已經看了個完整，當然，後院那一大片的藥園除外。先生不在，藥園則由那名僕人打理著，夏玉華以前偶爾也會過來看看。

再過些日子，她會讓醫館裡的人來將成熟的藥草分批收去，一一入藥，藥園漸漸也就會空出來的，等先生日後若有機會回來這裡時重新再開始種植也不遲。

進到書房後，香雪倒是乖巧地幫那僕人泡茶去了，待上好茶後，找了個藉口先行退出了書房。

莫陽喝了一口茶，很快將書房打量了一遍，而後若有所感地說道：「歐陽先生的書房果然與旁人的不太一樣，一眼看去便知是個專心研習醫藥精髓之人。」

整個書房，除了身為醫者必備的用品外，就剩下滿書櫃的書了，而他粗略看了一下，絕大多數的書都是醫書，普通之人莫說深入研習，就算是粗略將這些書都看上一遍都不知道得花多久的時間。

聽了莫陽所說，夏玉華但笑不語，若是讓莫陽知道自己的閨房就跟先生這書房差不多的話，還不知道他會驚訝成什麼樣子呢。

看到夏玉華的表情，莫陽只當是自己說錯了什麼，抬眼朝夏玉華看去，輕聲問道：「怎麼啦？」

「沒事。」夏玉華這回倒是出聲了，只不過肯定不會將剛才心中所想說出來，說罷又是淺淺一笑。

見狀，莫陽也不再多想，放下手中的茶杯，站了起來問道：「現在我可以幫妳做點什麼？」玉華來這裡，肯定是有事情要做的，所以他也不會閒著，自然是要幫忙才行。

「好多事要做呢，不怕累的話咱們就開始吧！」人都被她給叫來了，夏玉華自然也不會跟莫陽客氣什麼，正好這滿滿幾大書櫃的書要整理出來可不是件容易的事。

兩人相視一笑，開始準備分工忙碌。夏玉華先交代了一下如何整理這幾櫃子的書，如何分類、如何擺放。莫陽何等聰明，稍微點一下便馬上明白了夏玉華的意思，他個子又高，連梯子都省掉了，很快便忙活了起來。

原本夏玉華只是想讓莫陽稍微幫個忙，卻沒想到這樣一來，反而成了莫陽為主，自己當助手了，兩人一起做事，有時也會交流上幾句，但更多的時候並不需要太多的言語，卻顯得默契無比。

那種一起忙碌的親近與快樂讓書房內頓時溫馨無比，偶爾的交談，不約而同的目光交會讓他們相視而笑，兩顆心也在這點點滴滴的交融之中貼得更近。

這樣的溫馨時光總是過得很快，不知不覺間，兩人便將所有的書全部按照事先商量好的方式整理出來。莫陽甚至有種希望再繼續忙下去的心理，只可惜總不好再次將這些醫書重新打散再整理一次吧。

夏玉華卻是高興不已，她將一些最重要的書挑了出來，打算一併帶回家中，然後放到空間裡頭慢慢學習，而另外一些則存放到書房一側的書箱裡，避免被灰塵掩蔽，而剩下的那一部分較常用的則依舊分好類擺放在書櫃上，只不過找了塊布來遮蓋一下。

弄好一切之後，時候也不早了，夏玉華看了看外頭的天色，正準備叫香雪進來幫忙將整理出來的醫書一併搬出去帶回家時，還沒來得及說話，卻聽到自己肚子竟然不爭氣的咕嚕響了兩聲。當著莫陽的面，一時間真是讓人覺得尷尬萬分，聲音並不很大，只不過在原本便很安靜的書房內自然是聽得格外的清楚了。

「餓了嗎？」見夏玉華不由得紅了臉，莫陽倒是不覺得有什麼不好意思的，只覺得玉華臉紅的時候特別的可愛。

夏玉華也很快恢復正常，沒有否認，微微點了點頭。她也是個凡人，自然難免會有肚子餓的時候，剛才忙活了這麼久，早上吃得又不多，說不餓那才是假的。

見到夏玉華點頭承認，神色也很快恢復正常，莫陽卻是笑了笑，如同想到了什麼似的，一臉的神秘。「妳先坐著休息一會兒，剛才也忙活了這麼久，喝口茶在這裡等一等，我去去就來。」

說著，他便轉身想要往外走，夏玉華見狀，自是不明白莫陽想做什麼。這裡可不是莫家，他人生地不熟的，還能跑到哪兒去呢？

「莫大哥，你要去哪兒呀？」她連忙喚了一聲，一臉好奇的問著。

莫陽聽到夏玉華問的話，稍微停了一下，扭頭再次朝著夏玉華笑了笑道：「一會兒就知道了，好好坐在這裡休息一下吧。」說完，便大步的走了出去。

見狀，夏玉華不由得笑著搖了搖頭，也沒有再叫住莫陽，隨他去了，反正先生這宅子總共就這麼一點大的地方，諒他也去不了多久的。

看到莫陽都已經走出了書房，她也就乾脆坐下來休息。忙活了大半天，這會兒一坐下才發現還真是有些累了，一旁桌子上的茶已經涼了，不過在這裡也講究不了太多。

端起茶杯，正準備喝時，香雪快步走了進來，見小姐準備喝茶，連忙邊走過來邊道：「小姐，茶已經涼了，讓奴婢去替妳換杯熱茶過來再喝吧。」

「不必了，這裡不比家中，喝兩口解解渴就行了，反正一會兒就要回去了。」夏玉華也不是那種太過講究細節的人，便就著冷茶喝了幾口。

見狀，香雪也沒有再堅持什麼，又朝著門外方向看了一眼道：「小姐，莫公子剛剛急急忙忙的跑出去是要做什麼呀？難不成他有急事得先走了？」

雖然這般問，不過在香雪看來，這種可能性應該很小，莫公子應該不可能單獨這麼扔下小姐一人，自己先離開的。興許是去如廁吧？她在心中暗自笑了笑，覺得這種可能性應該更大，只不過不好意思當著小姐的面說出來罷了。

夏玉華這個時候倒是沒有去注意香雪的心思，微微揉了揉有些痠疼的手腕回答道：「我也不知道，他只說去去就回，讓我在這裡等他一下。」

真是的，沒想到剛才就那樣搬了幾卜書手腕都有些痠了，她不禁覺得自己這身子還是太過嬌氣了些，剛才莫陽幹的活兒可比她多得多，卻沒有半絲疲累的樣子。雖然男女有別，不過人家畢竟也是富家少爺，平日裡估摸是什麼都不用自己動手的。

「小姐，奴婢來吧。」看到小姐揉著手腕，香雪連忙上前半蹲著替夏玉華按捏，而後繼續說道：「剛才奴婢看到莫公子急急忙忙的走出去，也不知道在想著什麼，奴婢叫他，他卻好像沒有聽到，頭也沒回的就跑走了。」

「隨他去吧，正好我也有些累了，休息一下，等他回來了咱們便回去吧。」夏玉華指了指一旁收拾好的那一堆書說道：「香雪，等會兒記得把這些一起搬到車上帶回去，別遺漏了。」

「是！」香雪進來的時候便看到了擺放在一旁的那一小堆書特別顯眼，除此之外她還注意到那幾個大書櫃上其他的書都與先前進來時看到的不太一樣了，想是剛剛全都已經被小姐與莫公子收拾整理好了。

交代好之後，夏玉華也沒有再說話，坐在那裡靜靜的休息著，也不知道在想些什麼。而香雪見狀自然也不再多嘴打擾，默默的做著自己的事，仔細地替小姐按捏著，希望能夠讓她舒服一些。

稍微休息了一會兒，最多不過一刻鐘的樣子，莫陽果然很快便回來了，只不過莫陽這次回來卻讓夏玉華與香雪都大大的吃了一驚，看著他手中如同變戲法一般多出來的東西，一時間也不知道到底是怎麼一回事。

「妳不是說餓了嗎？先吃碗麵墊墊胃吧，來嚐嚐看好不好吃？」莫陽將手中的托盤放到了一旁的桌上，而托盤上則擺放著一碗熱氣騰騰的蔥花麵條，麵條上頭還蓋著一個煎得香氣四溢的荷包蛋。

將東西擺放好之後，莫陽一臉笑意的催促著夏玉華趕緊來吃麵，一副怕她餓壞了身子似的。

看到眼前的情景，夏玉華先是愣了一愣，而後下意識地問道：「你剛才出去就是去弄這個？」

「是呀，妳不是說餓了嗎？」莫陽倒是淡定得很，一副理所當然的樣子，絲毫沒有什麼覺得彆扭的地方。而且，當時他的想法也的確很簡單，玉華餓了，那自然就得趕緊去給她弄吃的而已。

「可是……」夏玉華還是覺得有些意外，看著已經在桌邊的凳子先行坐下的莫陽，再次說道：「可是這個時候這裡應該沒有旁的人了，先前香雪上茶的時候，說是宅子的僕人出門去了的，你連廚房在哪裡都不知道，這碗麵又是從哪裡弄來的？」

「莫公子，這麵不會是您親自煮的吧？」香雪倒是馬上反應了過來，想到這麼一種可能時，心裡頭也不知怎麼搞的，竟然比自家小姐還激動，脫口便迸出了這麼一句話問道。

如果真是這樣的話，那這事可就實在太非比尋常了，香雪連帶著看向莫陽的眼神都不同了，似乎看到了什麼不可置信的事一般，等著莫陽肯定或否定的答案。

而聽到香雪的問話，夏玉華與莫陽兩人則是完全截然不同的表情，夏玉華眼睛瞪得大大的，一副不可思議的樣子看著莫陽，如果香雪猜得沒錯的話，那麼她實在是無法說清自己心中的驚訝。起先看到這碗麵時，她第一個反應是莫陽跑去找看家的僕人煮的，不過想到那僕人現在根本不在宅子裡，因此也只是又想到可能是跑到外頭找哪家麵館的人做好帶過來的。

只不過，聽到香雪所說的可能性之後，她倒還真是有些懷疑自己先前的猜測了，畢竟先生住的這個地方比較偏僻，離最近的麵館或者飯店也有些距離，算上來去的腳程，再加煮麵的時間，怎麼也不應該這般快的。

難不成，這麵真是莫陽自己親自煮的？一時間，她覺得自己的心都有些要蹦出來的感覺，無法形容出那份複雜的心情。只能定定地盯著眼前的男子，等待他的回答。

而莫陽卻是一副稀鬆平常的樣子，玉華跟香雪的驚訝自己完全能夠理解，在世人的眼中，像他這樣的出身，自然都是飯來張口、衣來伸手便可，怎麼可能會做這些呢？

「宅子裡頭沒人，我轉了一圈倒是很容易便找到了廚房，看到裡頭有麵條，因此便順手煮了一碗。」他一臉含笑地說著，神情平靜不已，並不覺得煮一碗麵有多難似的。

聽到這答案，夏玉華與香雪算是完完全全的被眼前這個男子給震懾了，怎麼樣也想不到，堂堂莫家三少爺竟然還會自己煮麵，這若不是親眼所見、親耳所聞的話，無論是誰來說她們都不可能相信的呀！

「天呀！莫公子，您竟然還會自己煮麵，奴婢長這麼大，還從沒聽說過哪家的公子、少爺會這些活兒呢！」香雪有些不太相信自己的耳朵，一臉不可思議的搖著頭，而後朝著夏玉華說道：「小姐，妳說是不是？」

夏玉華這才有點回過神來，看著那一碗熱氣騰騰的麵，盡力掩飾著心中的喜悅，朝莫陽問道：「你怎麼會這些？」

「小時候過生辰時，我娘親都會親自下廚給我煮麵、煎蛋。娘親說，親手做的意義不同。」莫陽也沒打算隱瞞，朝著夏玉華說道：「後來長大了一些，有一次娘親過生辰時，我想來想去也想不到送什麼禮物給她好，所以便打算也像娘親給我煮麵一般，親自煮一碗麵給她吃。那一天我試了很多次，最後總算是煮出了一碗勉強能夠吃得下去的麵，娘親卻吃得很開心。後來慢慢的手藝也進步了一些，只不過會做的也就只有煮麵與煎雞蛋了。」

聽到莫陽所說的這些，夏玉華頓時如同穿越了時光，跟著他的講述一起回到了莫陽小時候一般，看著眼前這個男子，心中越發的有種溫暖如春的感覺。不說其他，單就一個能夠親手為母親煮麵的男子，如今也願意親手為她煮麵的男子，這樣的他便足以讓她動容，讓她永遠的記在心中。

一時間，心中想起了很多很多。長這麼大，活上兩世，她從沒有機會吃過母親親自煮的麵，也沒有能夠給自己的母親煮過麵，這樣的遺憾終生也無法彌補。可是，同樣她也更加懂得好好珍惜身旁的人，珍惜這些愛著她，以及她愛的人，不要再讓自己留下更多的遺憾。

看到夏玉華的情緒突然發生著一種說不出來的變化，莫陽不由得問道：「玉華，妳怎麼啦？」

香雪見狀，也不由得擔心起來，先前小姐還好好的，看著莫公子替她煮的麵開心不已，怎麼這一會兒的工夫看上去竟然有些淡淡的傷感了呢？

「小姐，妳沒事吧？」香雪連忙也跟著問道。

「沒事，我沒事。」夏玉華笑了笑，很快便調整好心情。「就是突然想到了旁的東西。」

聽到夏玉華說的話，莫陽倒是很快明白了過來，玉華自小便沒有娘親，因此肯定是對先前他所說的那些話有所感觸。一時間，心中不由得升起一陣憐惜之情。

「好了，趕緊吃麵吧，涼了就不好吃了。」見狀，他也沒去道破，只不過卻是儘量的轉移夏玉華的注意力，不讓她再去想那些讓人傷感的事情。「沒人幫忙添柴火，那個灶我還真不大會用，可是費了大半天勁的，妳就給個面子，多吃點吧！」

聽到後面這一句，夏玉華不由得笑了起來，一想到莫陽為了煮麵，重新添加柴火時手忙腳亂的樣子，心中更是甜蜜無比。隨即也不再多說，點了點頭，走到桌邊坐下，拿起筷子準備吃麵。

看到夏玉華那滿足的笑顏，莫陽亦不由得輕柔一笑，目光之中透露出連自己都沒有察覺的寵溺。

第八十五章

麵條的味道很不錯，不說麵條本身，單單只是心理上的滿足就已經足以讓這味道變得無可比擬，而除去這一層情感因素以外，夏玉華細細的品嚐後卻是真心覺得很不錯，若是自己的話，怕是連水都很難燒開的。

香雪倒是識趣得很，不知什麼時候竟然悄悄的退了出去，將這份溫馨留給了莫陽與夏玉華兩人獨自體會。當著莫陽的面，夏玉華倒也並非第一次進食了，只不過這一次似乎更是特別，因為她所吃的東西是眼前這個男子一點一滴親手所做的。

她倒也沒什麼放不開的，再加上肚子真是有些餓了，莫陽煮麵的分量又控制得很好，所以一口一口便將碗中的麵與雞蛋都吃完了。

「真好吃！」她放下了筷子，捧著吃得一乾二淨的空碗朝著莫陽笑得格外的甜美，而這一刻她的心扉已完完全全地為眼前的人打開了。

不為別的，只為有這麼一個人能夠在她說餓的時候二話不說便跑去替她親自煮麵；只為有這麼一個人能夠時時刻刻將自己所說的每一句話都如此的放在心上，如此的用心對待。

看著夏玉華一口一口的將那碗麵全部吃完，看著她用那略帶撒嬌一般口吻的語氣對著自己說真好吃時，莫陽的心也醉了！

「以後妳若是還想吃的話，我再煮給妳吃！」此刻，他也想不出其他多感人的話來，只是露出孩子般開心的笑容，一臉認真的說著。

夏玉華見狀，心中被莫陽的實在給逗樂了，不過她並沒有笑，反倒是很認真的點了點頭，並且說道：「以後教我煮吧，我想學會之後，煮給我爹爹吃，煮給梅姨吃，煮給成孝吃。」

聽到夏玉華說的話，莫陽不由得有些小小的失落，不過卻還是很高興的應了下來。「好，只要妳願意，我隨時都可以教妳。」

夏玉華倒是將莫陽那不經意間流露出來的小失落完完全全的看在了眼中，她不由得笑了起來，稍微收斂了一下後，這才一本正經地說道：「嗯，再讓我想想……」

「想想？想什麼呀？」莫陽被夏玉華這一笑一正色之間的轉換給弄得有些糊塗了，也不知道這丫頭到底是突然又想到了什麼。不過看到她剛才那般開心而無所顧忌的笑，卻讓他也不由得輕鬆不已。

「我想到了，」夏玉華站了起來，對著一臉有些不知所措的莫陽說道：「這樣吧，等他們都試吃過後，能夠拿得出手時，我也煮一碗讓你試試吧！」

最後這一句也應該算是一種承諾吧，夏玉華用這一世極少有的俏皮與促狹的方式戲弄了一下莫陽，這樣的舉止自然而然的表露出他們之間的距離越發的拉近了。

莫陽一聽，原本心中那一點的失落感頓時一掃而空，取而代之的是無比的欣喜與期待。

煮成什麼樣子重要嗎？對他來說完全不重要，只要是玉華煮給他吃的，那便都是世上最美味的！

那份小小的情愫在兩人心中慢慢的生根，發芽，沒有一見鍾情的那種驚心動魄，但卻如同美酒一般隨著時間的積累而漸漸沈澱，越發的醇香。

從先生宅子回去後，夏玉華將帶回來的那些醫書放進了空間裡頭慢慢的查看學習。對於學醫，她時刻都沒有放鬆過，即便是再忙也會經常抽空進空間裡學習。拿回這些醫書後，正好這幾天也沒有什麼旁的事情，所以她便待在空間裡好好研習了一段時間。

用過早膳，夏玉華帶著香雪先行去給夏冬慶與阮氏請安。過去的時候，父親已經出門了，聽阮氏說是約了兩個朋友下棋，成孝也早早的去了學堂，家中只剩下她與阮氏兩人了。

「爹爹什麼時候喜歡上下棋了？」她不由得朝阮氏問了一句，一直以來她都知道父親並不怎麼喜歡下棋，而且棋藝也相當一般。

阮氏一聽，神秘地笑了笑道：「下棋嗎？依我看也不過是個幌子，妳爹爹那下棋的水平咱們還不清楚嗎？不過他的事，向來都不讓我多過問的，問了反正我也不懂，所以也沒怎麼多問。不過估摸著應該是有重要的事吧，妳爹爹出門時可是特意換了一身最喜歡的衣裳，還帶了一小罈他藏了好多年的上好女兒紅。」

聽到阮氏說的話，夏玉華倒是不由得想起前些日子爹爹說過的話，看來今日他出門應該是去見那位合適出面的人才是。

想到這裡，她倒是心中有數了，也不再多問，又與阮氏閒聊了一下家中最近的情況，知道一切都還妥當之後，便放下心來，又坐了一小會兒，方才起身離開。

剛剛回屋，卻見鳳兒已經在屋裡等著了，一副氣喘吁吁的樣子，一看便知道是跑著過來的，也不知道什麼事把她給急得這副模樣。香雪見狀，不由得說道：「咦，鳳兒，妳不是跟王嬸買東西去了嗎，怎麼這麼快就回來了？」

鳳兒也不回答香雪問的，徑直朝夏玉華興奮地說道：「小姐，陸無雙出事了！奴婢聽說昨日她在外頭與江顯私會，正好被鄭世子給撞了個正著，世子看到時，她正與江顯兩人摟抱在一起，一看就知道做了什麼好事！世子當下便把江顯給打了一頓，而後甩頭就走了！」

「天啊，這可真是一等一的大事，難怪傳得這麼快！」香雪一聽，臉上是無法克制的興奮，而後趕緊看向夏玉華，滿是解恨地說道：「小姐，陸無雙這次可算是徹底栽了，偷情這樣的事都做得出來，端親王府豈還能容得下她！」

夏玉華並沒有急著出聲，心中卻是知曉必是蝶舞故意設的局，不知使了什麼法子讓陸無雙竟這般輕易的跳了進去。倒是鳳兒趕忙又說道：「自然是容不下的，昨天下午端親王府便把陸家人叫了過去，當場便給了休書將陸無雙掃地出門了。陸無雙這回不但丟了端親王府的臉面，而且把陸家的臉面也丟了個一乾二淨。陸相當場打了她幾個耳光，而後便甩手離開，不認她這個女兒了。最後還是陸家大人給她暫時安排了一處住所，要不然的話只得流落街頭了！」

「活該，這樣的人沒被當場浸了豬籠（注）已經算是天大的運氣了，若不是看著陸家的臉面，端親王府怎麼可能就這樣一紙休書作罷？」香雪咬著牙說著：「這個女人做的壞事實在是太多了，如今總算是遭到報應了！」

香雪心中清楚，這事肯定與國公府的蝶舞小姐脫不了關係，一定是那位小姐從中動了什麼手腳，否則的話即便陸無雙與江顯私會也不可能正好讓鄭世安給撞見。如今這樣的結果倒真是令人稱快，親眼讓鄭世安看見了，那陸無雙就算真是清白的也是跳進黃河都洗不清了，更何況她還真不信這個女人與江顯之間沒有半點的姦情，不然的話怎麼可能被撞見時還正好摟在一起呢？

鳳兒與香雪兩人妳一言我一語的議論開來，兩個丫頭都是一臉的喜悅，想想這些年這個可惡的女人對自家小姐還有夏家做的事，再想想如今這惡女人總算是得到報應了，自是痛快不已。香雪也知道陸無雙的報應看似偶然，實則必然，而鳳兒雖然並不完全清楚，不過多少猜到了一些，因此心中也有一股總算是報了仇般的快感。

相對於兩個丫頭激動的情緒，夏玉華反倒顯得平靜不已，一來她早就猜到了陸無雙的大

注：浸豬籠，是封建社會裡對不守婦道的女人一種殘酷刑罰，將人裝進豬籠，而後將豬籠推入水中讓人活活淹死。

致下場，二來對於如今的她來說，一個小小的陸無雙也只不過是她計劃中最小的一步而已，而真正的好戲才剛剛上演，日後整個陸家亦會如此，下場只會比陸無雙來得更難看！

不但如此，更重要的是父親與整個夏家的重新崛起，這才是最重要的！

正在這時，卻聽管家在外間稟報，說是外頭有人想要見小姐一面，卻又不曾留下名姓，只說是來向小姐道謝的，請小姐務必出去見上一面。

聽說有人這個時候過來找自己，而且還是來給她道謝的，夏玉華很快想到了來人是誰。難怪當時香雪說這主兒聰明得很，怕是一早就已經猜出了香雪的身分，自然也就知道她的底細了。

夏玉華讓管家將人先請到前廳，她這就過去，卻不料管家說來人不願進來，只道就在門口相見。夏玉華想一想，決定親自去會見，便請管家先去回覆一聲。

看到夏玉華帶著鳳兒及香雪走出屋子，馬上便有婢女上前行禮說道：「夏小姐，我家小姐請您上車一敘。」

上了馬車後，夏玉華終於見到了久聞其名的蝶舞小姐，說來倒也有些意思，前世再加上這一世這麼多年，她竟然一直沒有與蝶舞正式碰過面，這倒不是旁的什麼原因，不過是因為這蝶舞小姐早年也不知道是什麼原因一直寄居在外，直到這兩年才回京城。

再加上蝶舞小她幾歲，這兩年她又潛心於學醫一事，很少跟外頭的人多加接觸，如果不是因為陸無雙的事，加上蝶舞也夠聰明，說不定到現在，她們也不可能有見面的一天。

「不知蝶舞小姐今日來此有何貴幹？」夏玉華看了一眼眼前不過十五歲左右的小女孩，自行找地方坐了下來，也沒有旁的多餘話，直接便詢問了起來。

眼前的女子長得不算極美，但是卻有著一種唯我獨尊的貴氣與盛氣，還有那種從骨子裡面透出來的精明與果斷，只消一眼，便讓她一下子記住了這張鬥志昂然的臉龐。

「妳就是夏玉華？」蝶舞沒有回答夏玉華的問話，只是從上到下仔細的打量了一遍，而後說道：「我還以為是多麼特別的人，原來也不過如此，並沒有什麼三頭六臂嘛！」

蝶舞的話帶著一股習以為常的盛氣凌人，不過卻並沒有嘲諷與不屑的意思在裡面，許是養尊處優慣了，許是從小到大被人給寵慣了，所以向來便是這種有什麼就說什麼的性子。

夏玉華也不在意，蝶舞的性子的確不太討喜，不過那又如何，反正她也沒有要結交的想法。「我就是，本來就只是普通人一個，哪裡會有什麼太特別的地方？三頭六臂的自然更是不可能的了。」

她只是平平靜靜的回了一句，看不出喜怒，也聽不出半絲的情緒。

見狀，蝶舞這會兒倒是收起了打量的眼神，挑了挑眉道：「妳別在意，我這個人向來說話就是這樣，倒也沒有瞧不起妳的意思。妳的事我多少也聽說過一些，能夠有膽子違抗聖旨，就衝著這一點，便已經有資格與我平起平坐了。」

蝶舞果真不是一般的不太會說話，當然，或許她也不是真的不會說話，只不過是得看什麼人，看跟她說話的人值不值得她去費那麼多的心思修飾婉轉，討好費力了。畢竟侯門家的子女沒有哪個不懂得戴著面具虛言應酬的。

「我並不在意，聽管家說妳是來向我道謝的，這一點倒是讓我不太明白，我與妳之間從無交往，謝字一詞不知又從何而來？」夏玉華的確沒有在意什麼，因為重生之後，她便只在意她所在意的人，旁的不相干的人，又怎麼可能讓她多費心思？

聽到夏玉華說的話，蝶舞倒是不由得笑了笑，神色之間帶上了幾分自嘲，而後朝著夏玉華說道：「我們之間有沒有什麼交往倒是不必細說，妳也是聰明人，既然今日我來找妳，便說明一切大家都已經是心知肚明，沒必要再說旁的什麼虛話。而且……」

頓了頓後，她再次說道：「而且一開始我也在想到底有沒有必要謝妳來著，畢竟說來說去，妳也不過是想藉我的手除掉陸無雙，替妳自己出口惡氣，報個仇罷了。」

蝶舞果然是個直腸子的人，夏玉華見她直接道破了一切，倒也不再如先前那般，坦誠說道：「既然如此，咱們的確還是開誠布公來得好一些。我並不否認藉妳手的動機，所以也覺得妳的確沒有謝我的必要。不過話說回來，到底也是件雙贏的事，我想咱們之間卻是沒有必要生出旁的誤會來就行了。」

「妳倒是個坦誠的人，就衝著妳剛才說的話，我也不會對妳抱持旁的想法了。」蝶舞直言道：「以妳夏家如今的處境，許多事的確不好出手，更何況想來妳也是不想再與端親王府有什麼牽連，而我很快便會嫁給世子，成為世子妃，所以這種清理內患的事本就是我應該做的。更何況妳還曾經讓人去國公府通風報信，這才讓我躲過一劫，算來算去，謝一聲也是應該的。」

這番話一出，夏玉華倒是對眼前的蝶舞不由得高看了幾分，倒是個恩怨分明之人，也不會一味的去鑽什麼牛角尖，就事論事，頭腦清醒，怪不得這一次能夠將陸無雙的事情安排得如此的滴水不漏。

見狀，夏玉華卻只是笑了笑，也不矯情，算是接受了這一聲謝，而後也不浪費時間，徑直說道：「妳來此，應該不僅僅只是為了特意向我道聲謝的吧？」

蝶舞也沒賣什麼關子，徑直點頭道：「沒錯，那不過是順道，最主要的還是兩件事，第一，我有幾個小問題想要問妳，第二，一會兒我帶妳去見個人。如何？這兩件事妳敢不敢都應下，不單單要如實的回答，並且跟我去見那個人？」

「先說問題吧，能夠如實相告的我一定不會騙妳半字，不能夠說的只能道聲抱歉了，見人的話好說，反正這會兒我也沒什麼緊要之事。」夏玉華微微一笑，說來她倒是挺喜歡蝶舞這股直截了當的勁，比起那些腸子彎彎曲曲的人來說，反倒是容易打交道。

「爽快！這一點妳讓我很喜歡！」蝶舞也不掩飾自己的看法，朝著夏玉華伸手比了比道：「就三個問題，不是什麼不能說的秘密，只是想聽聽妳的真心話罷了！」

見夏玉華再次點了點頭，蝶舞繼續說道：「第一個問題，妳以前是不是真的很喜歡鄭世安？」

「是的。」夏玉華坦誠的說出了答案，對於這樣的問題，她並不意外，以這女子的性子，有些東西不完全弄清楚的話恐怕是永遠無法真正安心的。

「很好！」對於夏玉華的回答，蝶舞顯然覺得很真誠，她眨了眨眼，伸出兩根手指頭再次說：「第二個問題，那妳現在還喜歡他嗎？」

「自然是不喜歡了，否則的話我幹麼冒著抗旨的大罪拒絕賜婚呢？」夏玉華再次笑了笑，心中釋然。果然這姑娘是在意鄭世安的，或者說是相當在意的，否則的話也不至於連她這種永遠不會有機會成為情敵的人也放不下心。

「為什麼？」蝶舞挑了挑眉，一副很疑惑的神情看向夏玉華道：「為什麼原本很喜歡，突然就不喜歡了？我想知道真正的原因！妳放心，這就是第三道問題，除了這個再無旁的問題了。我希望妳能夠親口回答我！」

夏玉華點點頭，認真地答道：「兩年多以前，我的確十分喜歡他，但是那樣的喜歡只不過是一個情竇初開的少女，固執的以為自己找到了一輩子的真愛。現在想想，那時候的自己任性得就像個孩子一般，越是得不到的便越想抓到手中。與其說是喜歡，倒不如說是一種占有慾罷了。

「後來，突然發生了一件十分特別的事，讓我徹底的醒悟過來，看清了一切，也明白了自己的心。至於到底發生了什麼事，很抱歉，我不能夠告訴妳，但是我可以明確的告訴妳，如同突然喜歡上一樣沒有理由的狂熱，而一旦清醒過來了，便發現自己真的已經放下了。我無法說清楚具體的理由，可說就是一種最本能的頓悟、一種感受。不喜歡了就是不喜歡了，只不過並非像以前的那種任性與衝動，而是一種理性的釋懷；覆水難收，過去了便是過去，再也不可能回到當初，妳明白嗎？」

「好，我相信妳！只要妳不與鄭世安有其他什麼曖昧不清的關係，那我們之間便不會成為敵人！」

她的話是承諾但同時也是警告，這是蝶舞一向的風格，人不犯我、我不犯人，人若犯她，那她就會毫不手軟，馬上出手！

見狀，夏玉華不由得笑了笑，承諾也好，警告也罷，一切挑明了來說便好。「妳放心，我不敢說我們能成為朋友，不過卻絕對不可能有任何的機會成為敵人。」

「那就好，現在咱們就一併去見一個人，完成妳答應我的第二件事吧！」蝶舞的態度不由自主的親和了幾分，也不似先前那般的盛氣凌人，也許是下意識裡對於夏玉華的認同，也許是敵意的徹底消除，總之，這細微的變化卻是在不知不覺中發生了。

馬車很快離開了夏家，轉而朝著前方行駛而去。陸無雙如今住的地方不過是陸家在京城偏僻地段的一處最簡陋的房子。

昨日被趕出端親王府後，陸無雙也不知道自己究竟是如何來到這裡的，只是等她腦子稍微清醒後，才發現身旁除了唯一的陪嫁丫鬟跟著以外，再也沒有其他人。

懷中還揣著世安寫給她的那封休書，可是她卻再也沒有勇氣拿出來看上一眼。她無法相信自己竟然真的被世安休了，被端親王府趕出門，同時也被自己的親生父親、被陸家無情拋棄的事實。

眼淚不斷的往下掉，如同無窮無盡一般，可是任憑怎樣哭，也永遠洗刷不掉她所背負的這個污名，永遠無法讓她再次回到端親王府，回到世安的身旁。

這一刻，陸無雙終於體會到了那兩個字——絕望！

第八十六章

這一刻，她的心中如同有成千上萬的惡魔存在一般，再也無法控制這最後的瘋狂。

抬起眼，她仰天狂叫起來，將滿腔的怨恨都撕心裂肺的咆哮出來。一旁的丫鬟見狀，嚇得不行，連忙上前想要扶住她，怕她這般模樣會有個什麼好歹。

可是，還沒來得及靠近，卻見陸無雙突然衝到一旁的桌子前，抓起桌上的東西便往地上砸去，邊砸還邊大聲的喊著：「去死！去死！夏玉華，妳給我去死！」

丫鬟這會兒可是不敢再上前，只得趕緊躲開了一點，無奈的看著陸無雙發洩般的摔著屋子裡各種各樣的東西，一時間，屋子裡頭一片嘈雜，但凡能夠搬得動、推得倒的東西全都被陸無雙給砸遍了。

同時，陸無雙的嘴裡亦不停的狂罵著、詛咒著各種各樣難聽的話，而所罵的、詛咒的人全都是同一個人：夏玉華。

一直到沒有了半點力氣，連話都說不出來，陸無雙這才身子一軟，坐倒在地上，大口大口地喘著氣，大滴大滴的流著淚。

而躲在一旁的丫鬟也終於敢探出些頭，確定這會兒陸無雙已經沒什麼攻擊力之後，這才小心地走了過來，蹲下去想扶她起來。「小姐，起來吧，地上涼！」

「滾開！」陸無雙氣力倒是恢復得很快，馬上大吼了一聲，一把將那丫鬟給推倒在地，瞪著眼睛表情猙獰不已地說道：「你們沒一個好東西，都想害我，都想害我！」

那丫鬟摔倒時，手正好按到一塊碎瓷片上，頓時鮮血直流，嚇得哭喪著臉道：「小姐，奴婢沒有，奴婢真的沒有想害您！」

「何必拿一個奴才出氣呢？雖說是被人休了的小妾，雖說是庶出的，可好歹也是豪門權貴之家長大的，怎麼成了現在這般模樣？」一道帶著嘲笑的女聲突然響起，讓原本混亂不堪的屋子裡氣氛變得更加的緊繃起來。

陸無雙抬眼朝聲音傳來的方向看去，只見門旁不知何時多出了幾個人來，幾個婢女擁著一位神情傲慢的女子，正慢慢朝她這邊走了過來。

一直到離她只有五步之遙的時候，那神情傲慢的女子這才停了下來，在婢女的細心收拾下，就著一旁的椅子徑直在自己面前坐了下來。

「妳來做什麼？」陸無雙自然一眼便認出了這張臉，這張比起夏玉華來說也好不到哪裡去，讓她討厭無比的臉。

她邊說邊撐著地想要站起來，卻顯得有些力不從心。剛才哭得太過劇烈，發洩得太過厲害，這會兒才發現竟然連站起來的力氣都沒有了。

「死人嗎？還不快扶我起來！」陸無雙朝著一旁手受了傷的丫鬟怒罵著，不論自己敗落到何種程度，也不想在蝶舞這個女人面前低頭。

可誰知那丫鬟竟然跟沒聽到一般，只顧著拿手帕包紮自己受傷的手，根本就沒有再理她。無雙氣得不行，再次朝著那丫鬟人吼一聲道：「聾了嗎？還在磨蹭什麼，趕緊過來扶我！」

見狀，蝶舞不由得笑了起來，片刻之後這才朝著那個對陸無雙早就不理不睬了的丫鬟說道：「行了，妳主子叫妳呢，趕緊過去扶上一把吧，弄得這般狼狽，跟條狗似的趴在地上也實在太不像樣了！」

丫鬟聽到蝶舞的話，連忙行了一禮，應道：「是！」說罷，趕緊上前準備扶陸無雙。

看到這情景，陸無雙完完全全愣住了，她怎麼也沒想到，跟在自己身旁這麼多年的丫鬟竟然不聽她的話，反而聽那個死女人蝶舞的話。一時間心中倒是豁然開朗，那種被人背叛的憤怒感更是讓她再度要發狂。

怪不得江顯約她見面的事竟然會這般巧合的被世安給撞到，怪不得世安怒斥自己時，這個丫鬟只是一個勁兒的求世安原諒她！怪不得，怪不得！原來她竟然一直被人給出賣了都不知道！她一直以為從頭到尾都是夏玉華那個賤人陷害自己，卻沒想到竟然是蝶舞這個死女人！

「妳給我滾開！」她再次用力一推，將那丫鬟給推了開來，滿臉厭恨地罵道：「吃裡扒外的東西！」

說著，她也不知道打哪裡來的力氣，竟然一把從地上撐著站了起來，而後自行移到了一旁鄰近的椅子上坐了下來，與那滿面得意的蝶舞對視著。

被推的丫鬟這一次倒是有了心理準備，輕易的閃避開了，而後很輕蔑地反駁道：「小姐，您可別這樣說奴婢，奴婢跟了您這麼多年，也沒哪裡對不起您的。您想想看這些年來都是怎樣對奴婢的？高興時賞兩個銅板，不高興時又是打又是罵的壓根兒沒將奴婢當人看過。奴婢是身分卑微，可好歹也是個人，如今雖然是背叛了您，可是相比於您這些年做的那些壞事來，又算得了什麼呢？」

丫鬟的話一字字的扎進了陸無雙的心裡，讓她氣得幾乎連話都說不出來，她抖著手指向那丫鬟，喘著氣道：「妳、妳……」

「行了，都什麼時候了，還不改改妳的脾氣，回頭氣死了可就真是活該了！」蝶舞不在意的說了一句，而後朝著那丫鬟道：「妳先下去包紮一下傷口吧，一會兒還得來服侍妳家主子，別讓這手耽誤了正事！」

「是！」丫鬟微微一笑，很快的退了出去。

看到這一切，陸無雙更是氣得快吐血了，一雙眼睛死死的盯著此刻得意不已的蝶舞，呸了一聲道：「原來是妳陷害我！妳這個賤人如此陰險、惡毒，一定會有報應的，妳不得好死！」

「陰險？惡毒？」蝶舞一聽，頓時覺得無比的好笑，真是沒想到這樣的字眼竟然也能夠從陸無雙這種人的嘴裡說出來，而且還是用來形容別人而非她自己。

她搖了搖頭，嗤之以鼻地說道：「陸無雙，妳覺得妳還有資格說別人陰險、惡毒嗎？與妳相比，我覺得我簡直太過善良了。別以為妳做過的那些事沒人知道，別以為妳自己是個什麼好東西，竟然還敢說人家陰險惡毒，我看妳真是沒臉皮了！」

聽到蝶舞的話，陸無雙反倒是不在意地笑了起來，既然如此，那明人面前倒也沒必要說什麼暗語，她恨恨地說道：「上一次怎麼就沒把妳給弄死呀？誰讓妳想跟我搶男人，誰讓妳想做端親王府的世子妃？跟我作對的人，我自然不會放過！上次算妳運氣好，否則的話妳也沒機會在這裡跟我耀武揚威了！」

蝶舞還真是沒想到這陸無雙竟然如此的無恥，不過細想一下倒也沒什麼奇特，這女人但凡有一絲正常的心思也不至於落到今日這樣的地步。與這樣的人生氣確實完全沒有必要，這會兒還能嘴硬厲害，一會兒看她怎麼個死法！

「運氣好？」蝶舞笑著說道：「妳難道以為我只是因為運氣好而已嗎？陸無雙，雖說我自有天佑不假，可是說來說去終究還是妳自己壞事做太多了，所以才會人神共憤，才會有那麼多的人都想著找妳報仇。像妳這樣的人不遭報應的話，怕是連老天爺都看不過眼的。」

「妳給我住口！妳是什麼東西，敢這樣跟我說話！」陸無雙顯然被蝶舞的話再次激怒了，她噌的一下子站了起來，伸手指著蝶舞罵道：「妳這個自以為是的傢伙，國公府的千金小姐又如何？嫡出又如何？就妳這長相，還成天一副清高驕傲的樣子在得意什麼？我如今不過是暫時被你們這些渾蛋陷害，才會落得這般地步，終有一天，世安會看清妳的真面目，會知道我是被冤枉的，會還我清白替我作主的！」

「妳就別再作夢了，真是太可笑了，就妳還有什麼清白可言？」蝶舞忍不住大笑了起來，毫不顧忌名門之女的形象，一臉妳怎麼那麼笨的神情朝著陸無雙說道：「沒錯，我這個嫡出的國公府千金小姐是沒什麼，不過我很快就是世子妃了，這世子妃的位置妳不是一直都想要想得發瘋嗎？只可惜，像妳這樣的人就算是費盡心思、不擇手段卻也永遠得不到這原本就不屬於妳的東西！而我呢，什麼都不必做，只需輕輕鬆鬆的準備嫁人便可，一切就這麼順理成章，一切就這麼簡單。所以，這就是我與妳的區別，這會兒妳應該懂了吧？」

「妳這個不要臉的女人！還我世子妃的位置，還我！」陸無雙被氣瘋了，一把衝了上來想去抓蝶舞的脖子，想要直接一把掐死這個死不要臉的女人。

只不過她還沒來得及過來，就被蝶舞身旁早已經有防備的婢女給攔住，並且狠狠的推倒在地上。

「瘋子！」蝶舞冷哼一聲，異常鄙夷地朝地上心靈醜陋到了極致的陸無雙說道：「妳這想法，連作夢都太荒唐了！世子妃就是再怎麼輪也輪不到妳的頭上！莫說妳現在已經身敗名裂，就算是以前，妳也永遠沒有這個資格！更何況，像妳這般歹毒又無恥的女人，不論過多久，世子也只會越發的看清妳惡毒可恥的一面！妳還想著再翻身，再得到世子的原諒？告訴妳，這比登天都難！」

「啊！妳去死、去死……」陸無雙如同瘋了一般掙扎著起來，想再次攻擊蝶舞，可蝶舞身旁幾名婢女顯然都是練家子，其中一人上前便輕鬆的將其給制伏了，根本讓她沒有半點的機會。

蝶舞眼見這般，更是繼續冷聲說道：「陸無雙，我實話告訴妳吧，妳以前做過的所有壞事，很快便會一件件、一樁樁的被世人所知，同樣也會被世子知曉，包括妳從前是如何不擇手段去害夏玉華、害夏家、給人下毒、找殺手取我性命等等，每一件都不會遺漏，每一個細節都不會省略！我早就說過了，別以為妳做過的事沒人知道，這世上沒有不透風的牆，而妳也不可能只是一個簡單的偷人這樣的污名便可以掩蓋妳所做過的壞事！」

「不、不、不……」陸無雙這下算是徹底的慌了，她清楚的知道眼前這個女人有多大的能耐，而這個女人所說的一切若是成真的話，那麼她這一生一世便真的是再也沒有半點可以翻身的機會了！

她清楚鄭世安的心思，清楚如今的夏玉華在鄭世安心中的地位，若是讓他知道這一切，那她就是徹底的完了！

「求求妳，不要……不要告訴他，不要告訴他！」她下意識的跪了下來，再也不復先前的那種氣焰，大聲的乞求道：「只要妳不告訴他，我什麼都答應妳，什麼都願意替妳做，求求妳，求……」

「行了，妳就別再讓我作嘔了，就憑妳這樣的人還能替我做什麼？」蝶舞異常不屑地說道：「做牛做馬我都嫌妳太髒了！今日我之所以來，只不過是想讓妳明白，我蝶舞可不是隨便什麼人想動便動得了的！凡是對不住我的人，我會讓她付出十倍、百倍以上的代價！」

「不、不要……」陸無雙死死地抱住頭，痛苦地大喊起來。「妳這個賤人、賤人，我詛咒妳不得好死！妳跟夏玉華那個婊子一樣，都是這世上最下賤的東西，妳們都不得好死！」

聽到這樣的詛咒，蝶舞原本不願生這種閒氣的都有些忍不住了，她雙眉緊皺，霍地一下站了起來，準備好好教訓一下陸無雙，讓這個惡毒的女人受到懲罰。

不過，就在這個時候，卻見夏玉華從門外走了進來，邊走過來邊朝著那還在繼續咒罵著的陸無雙說道：「難道到了這樣的時候，妳還不曾覺得自己錯了嗎？」

聽到夏玉華的聲音，陸無雙終於停了下來，目光一轉，瞬間便鎖住了剛剛進來的夏玉華身上，而後一臉終於完全明白了的樣子，惡狠狠地破口大罵道：「賤人、賤人！妳們兩個賤人，沒想到妳們竟然狼狽為奸，聯手來害我……」

「像她這樣的人，是永遠不可能認錯的！」蝶舞在一旁冷眼旁觀著，突然覺得夏玉華的想法十分的幼稚。「但凡她有過一絲的悔悟，也不至於到了現在還只會詛咒他人，將自己所犯的錯全都推到他人身上！」

蝶舞的話似乎再一次刺激到陸無雙，只見她越發的瘋狂起來。「我沒錯！我沒錯！錯的是妳，都是妳們這些賤人！我只不過是想得到自己想要的東西，可妳們卻全都出來搗亂！特別是妳——夏玉華，一切都是妳的錯，是妳！」

說到這裡，她激動的朝四周看去，伸手想抓些什麼東西似的，不過滿地除了已經被她砸碎的東西之外，已經找不出什麼具有分量的東西。她更是氣得不行，索性隨手抓起旁邊的一塊碎瓷片用力朝著夏玉華扔了過去。「去死吧妳！」

一旁的丫鬟一時沒有防備這突來的攻擊，好在夏玉華反應快，輕輕一閃便躲了過去，而那塊瓷片卻因此不偏不倚地打到了另一邊的蝶舞身上。

「小姐！」幾個丫鬟一見，頓時嚇得不行，見那瓷片最終不過是打到了蝶舞的裙襬上並沒有傷到人，這才總算是鬆了口氣。

「找死呀妳！」其中一個丫鬟衝上前，一個巴掌朝著陸無雙揮去。「若是傷到我家小姐，妳十條賤命也不夠賠的！」

啪的一聲，清脆響亮，陸無雙頓時被打翻在地，她憤怒的撐坐了起來，原本白皙的臉頰上頓時現出清晰的紅色指痕。她大吼一聲，歇斯底里地喊道：「打吧，有本事打死我呀！我承認這一次我是輸給妳們了，但我永遠沒錯、沒錯、沒錯！」

蝶舞還真是沒見過如此死不知悔改的人，剛才看這死女人差一點傷到自己，這心中更是火冒三丈，朝著一旁的丫鬟吩咐道：「妳們幾個，給我好好教訓教訓這個不要臉的女人，把她的臉給我打花了，看她還能猖狂到什麼時候！」

幾個丫鬟一聽，連忙領命，她們在這裡都有些看不下去了，果真是沒見過這世上竟然還有如此不知死活又死不悔改之人。幾個丫鬟不由得笑了笑，提了提袖子，正準備好好動手一番，卻聽到夏家小姐出聲了。

「慢著！」夏玉華很快制止了這幾個丫鬟的舉動。

蝶舞一聽，不由得皺著眉頭不滿地說道：「夏玉華，妳不會是瘋了吧，竟然還想為這個女人求情嗎？妳可別忘記了，這個女人害過妳多少次，我讓妳來是要妳好好看看她的下場，不是讓妳來替這種無恥之人求情的！」

「妳別誤會，我不是要替她求情。」夏玉華看了一眼此刻已經狼狽到了極點的陸無雙，沒什麼感情地說道：「對於這樣的人，何必弄髒我們的手呢？況且，妳打她，只會讓她身體受點痛，卻無法真正懲罰到她這樣的人，又何必呢！」

「那妳想如何？」蝶舞一聽，倒也覺得在理，因此便反問了一句，想來應該是有更好的點子吧。

而一旁的陸無雙見狀，終於露出了恐懼之色，身子不由得縮成一團盯著夏玉華道：「妳這個賤人，妳想對我做什麼？」

夏玉華看到陸無雙那驚懼不已的表情，並沒有半點的憐憫，而是一字一句用冷到骨子裡的聲音朝著地上那個十惡不赦的女人說道：「妳放心，我不會弄花妳漂亮的臉龐，也不會讓妳去死，因為，我想讓妳——生不如死！」

第八十七章

離開之際，蝶舞吩咐那名被瓷片割傷手的丫鬟日後要好好地「照看」她家主子，平日裡記得將門給鎖好，免得陸無雙亂跑出去傷人傷己。如今連陸家都不會再關心陸無雙的死活，萬一再跑出去生出什麼事端的話可真是沒人救得了，還不如待在屋子裡好好靜養著。

將門鎖的鑰匙遞給那丫鬟後，蝶舞再次交代道：「記住了，如今這裡也就剩下妳一人照看了，雖說妳家小姐瘋瘋癲癲的，早就被陸家人給遺棄了，可好歹也是妳家小姐，這一日三餐還是別少了她的，就是當心些別讓她跑出來再把妳給傷到了！」

「是！奴婢知道怎麼做了！」那丫鬟連忙回話。「請您放心，奴婢自會讓小姐在裡頭好生靜養著。」

「妳們這些渾蛋，快放我出去！妳們才是瘋子，妳們才瘋了，我沒瘋、我沒瘋，妳們別想這樣關著我！」陸無雙在屋裡頭拚了命的敲門，這一刻她是前所未有的絕望，她不想就這麼被關在這裡一輩子，甚至死在這裡呀！

「夏玉華，妳這個惡毒的女人，妳的心怎麼這麼毒，竟然要將我關在這裡面，想關我一輩子，妳好毒的心呀！有本事妳殺了我，殺了我呀！」陸無雙如同瘋子一般大叫著。「我不會讓妳得逞的，大不了我自盡，別以為可以折磨到我，妄想！」

隔著門，夏玉華卻是微微一笑，搖了搖頭道：「陸無雙，妳想自盡的話，屋子裡頭多的是東西，不過妳若是自盡而亡，那麼不就是完完全全的坐實了偷情一事嗎？無地自容羞慚自盡，想想妳死後京城又將是何等的熱鬧？更何況，妳不是一直想著有一天鄭世安能夠還妳清白嗎？若是死了，豈不是得一世都背著這等污名？」

「妳不能這樣對我！夏玉華，妳太狠心了！」陸無雙叫囂著，卻又無可奈何，夏玉華當真是狠毒，這般逼著讓她生不如死呀！

夏玉華太了解陸無雙了，所以根本不擔心這一點，聽到狠心兩字，她不由得失聲笑了起來，片刻之後這才朝著裡頭的人說道：「妳總是這樣，永遠看不到自己犯錯的一面。若說狠心，有誰比得過妳？我不過是以牙還牙罷了，既然妳能夠做出那麼多害人的事來，又怎麼可能沒想到會有這樣的結局呢？善惡到頭終有報，不是不報，是時候未到罷了！」

說罷，夏玉華不再有任何的停留，轉身抬步徑直而去。這種地方她半絲不感興趣，而以後的日子，便讓陸無雙好好嘗嘗前一世她所過的那種日子吧！那種絕望與求死不能，那種日日在痛苦與煎熬中掙扎，那樣的折磨才算是真正的懲罰！

見狀，蝶舞也沒有再作停留，快步跟了上去，一併離開了這個讓她同樣厭惡不已的人與地方。

出到門外，夏玉華並沒有再坐上國公府的馬車，不過她倒是很誠懇的朝著蝶舞說了一聲謝謝，而後便帶著鳳兒與香雪步行離去。

看著夏玉華離開的背影，蝶舞站在那裡半天都不曾出聲。良久之後，她才長長的嘆了口氣，而後上車離去。

一個月後，如蝶舞所說，陸無雙曾經做過的那些壞事，樁樁件件全部都被傳了開來，陸家出了一個這樣的女兒更是讓陸家人覺得顏面盡失，並且也因此而影響到了陸家在朝中的地位，如此一來更是沒有半個人去理會陸無雙的生死，那處簡陋的屋子亦成了陸無雙被關押之地，用她的後半生自由與痛苦償還著從前所犯下的那些罪。

隨後不久，莫菲的出嫁成了京城裡的一件盛事，莫家向來不喜張揚高調，逢婚喪喜慶也從不過分鋪張，但這一次卻為了莫菲而破例。

好幾百人的送親隊伍，一直鋪到城門外的紅地毯，以及成車成車拉著的嫁妝，甚至還請動了官府的官兵一路護送。這一切足以說明莫家對這位五小姐的重視，也無疑是作為娘家的莫家替這個寶貝女兒的一種撐腰場面。

身為接班人的莫陽與莫家幾位公子一併親自送嫁，這樣的排場與氣勢不知羨煞了多少人。而夏玉華真正替菲兒高興的並不是這些表面的風光，而是菲兒能夠找到一個自己滿意的如意郎君，必然能夠一生幸福！

菲兒嫁人後，夏玉華繼續著醫館與家裡兩點一線的日子。今日出了門，剛轉身往左，沒走幾步卻是不由得停了下來。

一旁的樹底下，一道熟悉的身影正站在那裡看著她，一時間讓她無法再邁開腳步，本能的停了下來。

微微一愣，夏玉華這才反應過來，看著那慢慢朝她走過來的人露出一抹微笑。

「其仁，你來了怎麼也不進去？」眼前的李其仁似乎瘦了，夏玉華遲疑了一下，在李其仁走到自己面前站定時終究還是不知道說什麼好，下意識的說出這麼一句話來，倒是顯得有些生疏。

很明顯，李其仁來這裡肯定是找她的，但是又不進去找她，而是在外頭等著，估摸著也是心裡頭猶豫著要不要進去，碰巧遇到自己走出來。

聽了夏玉華的話，李其仁遲疑了片刻，而後才出聲道：「玉華，我是來跟妳道別的。」

「道別？」夏玉華這下子卻是驚住了，不由得看向李其仁，反問道：「你要去哪裡？」

這段日子，她也不知道是刻意還是無意，極少得知李其仁的消息。原本他們之間的聯繫就不多，再加上這樣的迴避，因此更是幾乎沒有聽說過李其仁的什麼消息。她並非無情，也不是根本不在意這個朋友，只不過覺得這樣的時候還是先讓李其仁平靜一下才好。

而現在，李其仁卻突然出現在自己面前，說要跟她道別，夏玉華的心中再次無可避免的閃過不安。以李其仁的身分，又能夠去哪裡呢？她之前從來都沒有聽他說過有什麼事需要離開京城去辦，如今他卻來跟自己道別，不論是什麼事情，她內心明白終究還是與她及她之前的拒絕有關吧！

見玉華一臉的驚愕，李其仁也沒有再多保留，馬上繼續說道：「前些日子皇上想要挑選合適的人派往隴南那邊體察民情，我想了想，覺得自己也是時候該離開京城去歷練一下，所以便向皇上請了旨。」

「皇上同意了？」夏玉華這會兒腦子不太靈光，說的也都是些禁不起推敲的話，皇上不同意的話，這會兒李其仁還能來跟她道別嗎？

李其仁倒是沒有多想其他，靜靜地看著夏玉華，點頭說道：「同意了。」

「可是隴南地處偏僻，又是亂賊出沒之地，你去那裡豈不是很危險？」她是真心替李其仁擔心，好端端的為什麼偏要主動請旨去那種地方？就算因為她的事心中不痛快，但也沒必要這樣對待自己呀！「其仁，你還是再跟皇上說說，別去了，那裡……」

「玉華……」李其仁打斷了夏玉華的話，臉上露出一抹安慰的笑。「我知道妳是擔心我，聽到妳這些話我也沒什麼遺憾的了。妳放心，隴南之行，我並非一時衝動，也不是……也不是為了逃避什麼。」

他頓了頓，繼續說道：「我是男子漢，如今已經二十有餘，也是時候增加歷練了，如此的話才能夠有真正成大器的一天。這是我自己的志向所在，連我娘親都已經同意了，等我從隴南回來後，你們一定會看到一個完全不同的我。」

這些日子以來，他總算是給自己找到了一條行得通的路，暫時離開京城一些時日吧，暫時先將那份讓他無法割捨的兒女之情放在心底吧，無論如何，先讓自己真正成熟強大起來再說，或許到時一切都會不同也說不定呢？

當然，他並不會將心中所想說出來，也不希望讓玉華將他去隴南的原因歸責到她的身上。

而聽了李其仁的解釋，夏玉華也不好再多加勸阻，雖然她明知這一次隴南之行肯定與她有關，但是李其仁說得也對，適度的歷練對他來說總歸是好事。

再者，既然連清寧公主都沒有反對的話，這事更是沒什麼好說的了。如今隴南雖不很太平，可其仁也不是孤身一人前往，不論是以朝廷欽差的身分，還是他本身小侯爺的身分，在安全保護上都應該不會有什麼大意怠慢之處。

而說不定這一次的歷練亦能夠讓他放下心中那些不愉快之事，讓他能夠徹底的釋懷，若能這樣確也是一件好事。

她微微嘆了口氣，也不再多說，只是抬眼看向李其仁問道：「那這一趟得去多久？」

「暫時還不知道，得視那邊的情況而定。估計最少得大半年吧，慢的話一年多也說不定。」李其仁據實回答，而後又道：「那邊的事情很急，所以，明天便要動身了。我……我就是想來跟妳道個別，其他也沒什麼別的意思了。」

是啊！這一走也不知道多久才能夠再看到玉華，李其仁心中自是不捨，但此刻卻並不想顯露出太多那樣的情緒，總歸他現在是清楚玉華的心思，也不想讓玉華覺得有什麼負擔。

「明天就走，這麼快?!」聽說明天就要走，夏玉華下意識的說了一聲，心中多少還是有些傷感的。

杜湘靈出嫁了，菲兒出嫁了，如今，連李其仁也要離開了，她真是覺得心中有些空蕩蕩的感覺。

「是的，那邊事急，所以已經不能再多耽擱了。」李其仁遲疑了一下，還是說道：「玉華，有件事……我想拜託妳。」

夏玉華聽到李其仁在離開之前說有事要拜託她，當下連想都沒想便應了下來。在她看來，如今還能夠有機會替李其仁做點事是她求之不得的，又怎麼可能拒絕呢？

「你說吧，不論是什麼事，我一定盡力辦好。」只不過，她確實想不出自己能夠替其仁做些什麼，所以只能一臉認真地看著他，等著他接下來說的話。

看到玉華如此認真而鄭重的神情，李其仁心中滋味萬千，他毫不懷疑玉華是在意他的，只不過正因為這樣的在意卻僅僅只能夠停留在朋友的階段，所以才會越發的讓他失落。

微微笑了笑，李其仁很快調整好自己的情緒，若無其事般平靜地朝玉華說道：「是這樣的，因為這次走得比較急，所以沒有什麼多餘的時間跟其他朋友一一親自道別。莫陽……」

提到莫陽，他稍微頓了頓，見玉華也不自覺的眨了眨眼，又繼續說道：「莫陽那裡，我怕也沒時間再跑一趟跟他道別了。他還不知道我要去隴南的事，所以我想請妳替我跟他說一聲，免得到時有什麼事他卻找不到人了。」

李其仁只能如此說，只能推說是時間上不好安排，所以沒辦法親自去跟莫陽道別。可是，他自己心中清楚，最主要的原因肯定不是這個，他不得不承認現在的自己還無法對莫陽完全釋懷，猶豫了好久還是沒有打算去親自道別。

而聽到李其仁要拜託自己的事竟然是這個，夏玉華心中頓時複雜起來。一開始，她最擔心的便是其仁與莫陽之間的關係，而現在看來，多少還是影響到了。

本想說上兩句，可是這會兒以她的立場又能夠說什麼呢？她總不能夠強迫李其仁無視心中的感受，當作什麼事也沒有一般去跟莫陽親自道別吧？就算真是那樣，就算李其仁聽了她的話真的去了，可是心中的隔閡又怎麼可能說化解便化解了呢？

見夏玉華不出聲，微低著頭似乎在想著什麼，李其仁也不再多提這件事，只是說道：「好了，我也差不多得走了，家中還有些東西得回去親自收拾呢。」

他明白玉華現在的心思，也沒有再提代為轉告莫陽的事，但卻知道玉華一定會如實轉告的。保重了，玉華，他在心中默默的說了一聲，而後也不再停留，轉身離去。

看到李其仁離開的背影，夏玉華這才回過神來，她張了張嘴，只覺得嗓子裡頭被什麼東西堵住了一般，好半天卻只是說出了兩個字──

「保重！」她無法再用其他的言語來表達此刻心中的感受，一聲保重卻是代表了自己最大的希望。

李其仁也好，還是杜湘靈或者菲兒，對於這些一個個離開自己的朋友，唯有一聲保重，真心希望他們都能夠各自珍重。

李其仁稍微停下了腳步，回頭朝著夏玉華笑了笑，如同無聲的安慰，而後再次轉身離開，不再回首。

一直等到李其仁徹底從自己視線之中消失，夏玉華這才不由得長長的嘆了口氣。鳳兒見狀，走上前來，輕喚了一聲：「小姐。」

「走吧！」夏玉華並沒有多說其他，有些事情本就如此，順其自然吧，想太多亦是徒然。

第八十八章

轉眼又到冬季，天氣越發的寒冷了，而歐陽寧那間專門給窮人看診的醫館裡頭，病人也越來越多。大多數的患者都是因為嚴寒的天氣裡沒有得到足夠的保暖，所以傷風感冒的病症也就更加的增多了。

今日夏玉華在專門給窮人看診的醫館忙了一整天，仔細而耐心的替排隊求診的病人免費診治。由於看診的人實在太多，醫館裡頭地方小，隊伍都排到外頭去了。夏玉華擔心那些本就生了病的患者在外頭吹久了風，病情會更加的嚴重，因此盡可能加快速度，爭取時間早一點看完診。

回到家用過晚膳之後，鳳兒突然說道：「小姐，奴婢今日收到蝶舞小姐派人送過來的口信，說是陸無雙沒了。」

「沒了？」夏玉華手中的動作頓時停了下來，她喃喃自語的說了一句，一時間也不知道自己的心中到底是什麼滋味。

自從陸無雙被蝶舞買通的丫鬟變相的軟禁在那間屋子後，到現在不知不覺也已經三個多月了，這些日子她幾乎都沒有再想起那個女人。而現在猛然聽到這消息，不必說，她也能夠想像到這三個多月的日子會是何等的情況，可是對於陸無雙這樣的人來說，這樣的懲罰並不為過。

以陸無雙那樣好強而極度自負的性子，那樣的生活比讓她去死還要難受，可偏偏她卻又不能自尋短見。陸無雙的死聽似偶然，可實際上卻又是一種必然。那樣的日子她能夠忍上這麼久也不容易，只是不知道這不可一世的女人最終到底是以何種方式離開這個人世。

見小姐似乎有些不太相信的樣子，鳳兒連忙再次說道：「是真的沒了，來的人說昨兒個晚上沒的。還說一個月前已經開始有些瘋瘋癲癲的了，成天不是哭就是叫的，腦子都不怎麼正常了。昨兒個也不知道怎麼回事，一整天都沒有怎麼鬧騰，那看守的丫鬟晚上跑過去看了一下，卻不想人竟然就已經沒氣了，查看過了也沒有外傷，應該不是自盡。

「後來丫鬟通知了陸家的人，但陸家卻沒有一個人親自過去看一眼，只是打發了幾個奴才過去，今早收了屍，送到城外找了塊地給匆匆葬了。」

鳳兒說罷，倒是不由得感慨道：「這陸家人也真是夠薄情的，好歹也是親生女兒，連死了都沒過去看上一眼，怪不得陸無雙這般無情無義、陰毒狠辣，當真是什麼樣的人家教出什麼樣的女兒來。一家都是這樣的人，陸無雙又怎麼可能好到哪兒去呢！」

「這事端親王府知道了嗎？」片刻之後，夏玉華這才繼續著手中的動作，挑了本書後半靠在一旁的暖榻上，朝鳳兒問了一句。

鳳兒一聽，搖了搖頭道：「陸家沒有派人給端親王府送信，陸無雙被休了便不再是端親王府的人，陸家自己人都一點也不在意了，又怎麼會沒事找事跑去端親王府送信呢？依奴婢看，如今的陸無雙可不比當初，死了便死了，倒是乾淨，連他們陸家人都不上心，旁人更是沒誰會怎麼去在意的。」

「鳳兒，明日妳去打聽一下陸無雙葬在什麼地方。」她沒有再多想，隨口吩咐了一句，便低頭翻看起手中的書本來。

而鳳兒聽到自家小姐的吩咐卻是十分不解，不明白小姐為何讓她去打聽陸無雙葬在哪裡，難不成小姐還想去給那個惡女人上墳不成？

「小姐，妳讓奴婢打聽這事幹麼？」鳳兒猶豫了一會兒，還是忍不住出聲多問了一句。

「不做什麼，到時讓妳去給她上炷香，燒點紙錢。」夏玉華也沒抬頭，平靜的說了一句。

聽說不是小姐自己要去，鳳兒這心裡頭多少放心了一些，不過小姐也真是的，未免太過善良了吧，陸無雙那樣壞，不知害了小姐多少回，小姐竟然還讓她去給那個不知好歹的死鬼上什麼香。

「小姐，妳也太好心了吧，難道妳不記得陸無雙當初怎麼害妳，又怎麼害夏家的嗎？」鳳兒倒也不明著說自己不願意去，只是微微嘟著嘴提醒小姐別總是那麼好心。這年頭是人善被人欺，馬善被人騎。

夏玉華聽到鳳兒的問話，這回倒是抬起頭，看了鳳兒一眼，停頓了片刻才說道：「我不是可憐她，只不過既然人都已經死了，那麼也沒必要再費勁去記著一個讓自己不快的那些仇恨了。縱使她有再多的錯，死了多少也算是抵銷了。總歸也是相識一場，妳去上過墳後，我與她之間前世今生所有的恩恩怨怨，一切便都化解了。」

當這樣的放下一切自然而然的從心底流露出來之際，夏玉華腰際的香囊隱隱閃過一道亮光，那香囊雖然隔著一層衣裳，但那道亮光卻依舊透了出來，瞬間讓屋子變亮了不少。

「咦，什麼東西這麼亮呀？」鳳兒一下子被這道光將走神的思維拉了回來，不過那道光很快便消失了，所以剛回神瞬間還真找不出發光的光源具體在哪裡，竟然能這般照亮屋子，當真是讓人覺得新奇不已。

而原本看著書的夏玉華也不由得被那道光給吸引住了，她下意識的看向自己的腰際，很快明白了剛才那道光一定是從香囊裡頭的煉仙石發出來的。心中頓時一陣說不出來的驚喜，難不成這塊石頭終於開始發生第二次的顏色變化嗎？

所幸鳳兒先前在想著旁的事，也沒看她這一邊，所以應該沒發現，夏玉華見狀，便朝鳳兒說道：「沒有呀，妳看花眼了吧？」

鳳兒不由得揉了揉自己的眼睛，定睛再看，也沒有發現屋子裡的光亮有什麼異常，於是不好意思地笑了笑道：「估摸真是奴婢給看花眼了，小姐對不住，下次奴婢會注意的了。」

待鳳兒走後一小會兒工夫，夏玉華這才將香囊取了下來，果真看到藍色煉仙石出現在自己眼前。

她不由得一展笑顏，沒想到這麼短的時間內，煉仙石就由原本的紅色變成了現在的藍色。如此一來，空間裡那扇藍色的櫃門應該是能夠打開了。

沒一會兒工夫，夏玉華便進入空間，她走到了大櫃子前，打開了櫃門，直接伸手去拉那扇藍色的小門，而這一回，隨著她手上的動作，藍色小門一下子便打開了。

不似之前已經打開的紅色小櫃，這藍色櫃子裡頭顯得空空蕩蕩的，就只有兩層，上頭那一層擺了一個小小的瓶子，下頭堆了四、五本看上去已經發黃得厲害的厚書。

夏玉華瞅了瞅，還是先伸手將上層的小瓶子拿起來看個究竟，瓶子很普通，瓶口處用紅色布團簡單的塞著，看不出有何特別之處。將瓶子在手中轉了一圈，細看了一會兒後，總算在瓶子底端看到了三個極不起眼的小字——如意丸。

如意丸？究竟是什麼東西，能讓人如意嗎？夏玉華不由得笑了笑，卻是完全看不明白，想了想後便拔開了那團紅色布做成的塞子，往瓶子裡頭打量了起來。

瞄了一眼，也看不太清楚，只是大概看出有幾顆黑色的小藥丸，普普通通的，看不出什麼門道來。見狀，夏玉華索性將瓶子裡頭的東西全倒在了手上，這回倒是一目瞭然了，藥丸數目也不多，總共就五顆，每顆如黃豆般大小。

放到鼻子下聞了聞，也沒什麼特別的氣味，夏玉華細看了半天卻還是沒有研究出個什麼名堂來，只得先把這五顆小藥丸再次裝回了瓶子，並塞好布團。

如意丸是什麼東西？有些什麼作用呢？她歪著頭再次看了看手中的瓶子，帶著疑惑先將瓶子放回了原處。而後目光移到下層那幾本厚厚的書上，也沒多想，下意識的便拿了一本先行查看。

這幾本書一看就知應該是十分稀罕的古書，想著第一個紅色櫃子裡頭全是珍稀藥材，而剛才那什麼如意丸雖不知道到底有什麼用，可看上去也像是藥丸一類的，所以夏玉華覺得手上這書應該也是與醫藥有關的書籍。

不過，這一次，她的猜測倒是完全錯了，只見書封上寫著四個大字——太虛心經。

看到這幾個字，夏玉華再次愣了一下，回過神後隨手翻開書頁看了看，看到上頭寫的那些東西，她不由得皺了皺眉頭，一副完全搞不清狀況的樣子，而後又翻看了幾頁，卻還是根本就看不明白這上頭到底寫的是些什麼。

不是說不認識上頭的字，而是壓根兒就看不懂這些字組合在一起是什麼意思，看了半天，最多估摸著可能是跟佛教的那些什麼心經類似的典籍吧，應該是對於幫助人性教義上有什麼特殊作用的吧。

因此，她倒是不再費力氣了，後頭幾本翻都沒去翻。看到這藍色櫃子裡的東西後，她倒是對最後一個紫色櫃子沒有以前那般大的好奇心了。不過，卻也並沒有半點的失望之色，畢竟這空間裡頭的東西於她而言都是意外收穫，能夠得到那麼多的珍寶藥材，還有這麼大一個自由自在的第二空間，她已經是相當的知足了。

見外頭時間還不算晚，她又在空間裡頭待了好久，這才出了空間上床睡覺。

次日，天氣依舊冷得緊，也不見太陽出來。不過好在風停了，倒是沒那麼颳得人骨子裡透著涼。

夏玉華一早便過去給父親與梅姨請安，正好看到成孝也在那裡，聽他似乎說到阮氏身子有些不適。

「娘，您哪裡不舒服？怎麼也不說呢？我現在幫您瞧瞧吧！」她走上前去，在阮氏一旁的椅子上坐了下來，主動想去拉阮氏的手，替她把把脈。

阮氏一見，連忙擺了擺手道：「不用麻煩了，我自己的身體自己知道，真沒什麼事，興許是天氣太冷，身子走動得太少了，回頭我多走動走動便行了。」

「妳就讓玉華給妳瞧瞧，家裡頭有個醫術精湛的女兒還怕什麼麻煩。」夏冬慶見狀，邊說邊揮著手示意阮氏別推推拖拖的，玉華如今都管她叫娘了，孩子幫娘看個診的還有什麼不好意思的。

「是啊娘，我就替您把下脈，很方便的，一點也不麻煩。」夏玉華笑著安撫了一下，只當阮氏是不太喜歡看診的緣故，有些人的確如此，心中或多或少的對於生病看診有種下意識的恐懼心理。

見狀，阮氏倒也不好意思再拒絕，伸出一隻手讓夏玉華把脈。

「怎麼樣？」夏冬慶見阮氏神色有些怪怪的，又見玉華把了一會兒脈卻並不出聲，而是一臉驚喜的模樣看著自己，一時間有些搞不清狀況。「沒什麼事吧？」

「有事！」夏玉華卻是輕咳了一聲，朝著父親還有成孝看了看，大聲說道：「而且還是大事呢！」

「什麼？那怎麼辦？」成孝一聽馬上急了，一早他便覺得娘親有些不對勁的，沒想到竟然真的有事，他趕緊上前拉著夏玉華的手道：「姊姊姊姊，娘親的身子到底有什麼問題呀？」

「是啊玉華，到底是怎麼一回事，嚴重嗎？以妳的醫術應該沒什麼問題吧？」夏冬慶一聽也是急得很，剛才都還好好的，若不是成孝提到，他壓根兒不知道，怎麼一會兒工夫就說有事了呢？

看到父親與成孝都被自己給唬到了，夏玉華不由得看向阮氏，阮氏一臉極不自在的樣子，想來也是早就心中有數的，因此便笑著朝他們說道：「爹爹、弟弟，你們別問我了，問應該問的人吧。」

說著，她再次將目光移到了阮氏臉上，阮氏見狀越發的不好意思，臉都有些脹紅了。而夏冬慶父子兩人一見，更是摸不著頭腦了，都直直的盯著阮氏瞧，連聲問到底怎麼一回事。

阮氏被追問得沒法子，只得微低著頭，小小聲地說了一句：「其實也沒什麼事，就是我有了……」

特別是最後兩個字，聲音更是小得出奇，不過她說話的時候，屋子裡的人可都是個個屏住呼吸，連針尖掉地的聲音怕是都不會漏下，又怎麼可能沒聽到呢？

但聽到歸聽到，這父子兩人可是完全不同的反應，夏冬慶一臉不敢置信的樣子，神情狂喜不已，張著嘴一時間不知道說什麼好。

而成孝顯然更是搞不清狀況了，一頭霧水的，不知道他娘親到底有什麼了，脫口問道：「娘，您可別嚇孩兒，您到底有什麼了呀？」

「我……」阮氏被自己兒子這一問，一時間臉更是紅得不行，這會兒可是連話都有些說不出來了。

「少爺，夫人是有喜了，您很快要當哥哥了！」一旁的鳳兒見狀，倒是忍不住心中的喜悅，笑著出聲提醒還搞不懂狀況的夏成孝。

說來，夫人如今也近四十的年紀，如今竟然還能懷上胎，當真是可喜可賀，夏家本就子嗣單薄，又不似旁的人家有別的妾室能夠添子添丁的，所以這回懷胎當真算得上是夏家的一件大喜事了。

聽到鳳兒的提醒，夏成孝這才反應過來，一時間興奮不已，連聲詢問自己娘親是不是真的。得到娘親含笑的點頭後，這才又是蹦又是跳的快活喊道：「太好了，太好了，我要做哥哥了，我要做哥哥了！」

所有的人都被這份突然降臨的喜悅給感染了，一旁幾個奴僕紛紛上前恭喜夏冬慶與阮氏，歡聲笑語充滿了許久不曾這般熱鬧的屋子。

「一大早聽到這般好的消息，實在是讓人高興不已！」夏冬慶連連笑著點頭，轉而朝著阮氏道：「看妳這樣子，自己應該早就知道了，可為何一直不說呢？這可是好事，何必收著藏著的，咱們家人丁本就不多，妳我也算是老來再得子，可是極得意之事呀！」

這話一出，阮氏更是不好意思了，當著孩子的面老爺連得意二字都說出來，看來真是開心得不行了。

「我也是這幾天才知道的，這不剛剛才有嗎，所以想著等再過些日子說也不遲，沒想到今日成孝這麼一嚷嚷，弄得你們個個都緊張不已，玉華醫術這般好，她這一搭脈，便是想藏也藏不住了。」阮氏見狀，索性也跟著笑了笑，不再那般羞澀，她也沒想到如今都這個年紀了，竟然還能懷上，心中自然是喜悅無比。

「這麼大的喜事，自然是早讓我們知道才行，如此我們也好早些高興呀！」成孝興奮地說道：「娘，下一次您可不能再這般瞞我們了，得馬上告訴我們，知道嗎？」

成孝這一聲下一次可真是將所有人都給逗樂了，阮氏不由得再次臉一紅，夏冬慶倒是坦然得很，點著頭連聲贊同道：「說得對，說得好，成孝這話一點也沒錯，哈哈……」

見家人都說得這般開心，夏玉華卻是喚一旁的鳳兒去取來筆墨，準備開個安胎的方子。

聽到這聲吩咐，夏冬慶連忙問道：「玉兒，妳娘的胎象沒什麼問題吧？怎麼要開安胎的方子呢？」

這一問，倒是讓包括阮氏在內的所有人都不由得有些緊張的看向了夏玉華。剛才只顧著高興，倒是忘記問這麼重要的事，要知道這懷孕可不是一般的小事，自然是得當心些才行。

見大夥兒都盯著自己，一臉的緊張，夏玉華自然也不賣什麼關子，徑直說道：「爹爹只管放心，娘才剛剛懷胎一個月的樣子，不過胎象一切正常。之所以開安胎的方子，不過是讓腹中的胎兒更加穩妥罷了。再者，我開的方子與一般的安胎藥不太一樣，除了安胎以外，還可以增強娘的體質，便不會再有頭暈什麼的了。」

懷胎前三個月本就是比較不穩的，更何況阮氏如今年紀不小，向來身子也不是特別好，所以夏玉華自然要多一分用心，好好的替阮氏保住這一胎。

聽到夏玉華的話，眾人不由得鬆了口氣，夏冬慶想了想後卻是繼續問道：「玉華，妳娘如今這年紀，身子又一向不太好，再懷上孩子會不會對大人身子有什麼不好的影響呀？」

夏冬慶對阮氏還是很有感情的，自玉華的娘親過世後，他便一直沒再娶，好幾年後才納了阮氏這一房，這麼多年來，不論風風雨雨的也都是一路陪著他過來的，對玉華也是打心底裡的好。夏冬慶本就是有情有義之人，這樣心地善良又對他好的女人，他自然也是放在心上的。

「父親大可放心，一切都沒什麼大礙的。從今日起，娘的身子交給我親自調理，女兒保證讓他們母子都平安。」夏玉華露出一副大可放心的神情，以她現在的醫術，替阮氏安個胎是完全沒問題的。想到自己又將多一個可愛的弟弟或者妹妹，這麼重要的事情，她自然是得盡心盡力了。

之後，夏玉華每日都會去給阮氏請平安脈，調理了一些時日後，精神和氣色都日漸好轉了，也不再有頭暈、頭疼的毛病，就連害喜的症狀也很少出現。成孝則每日從學堂回來都會先來看母親，而夏冬慶則將家中的各種事都分擔了過去，儘量不讓阮氏有太過操勞費心的地方。

新進府的僕人亦善盡職責，廚房裡每日變著花樣做好吃的讓夫人滋補身子，而阮氏的近身婆子也開始帶著新進府的繡娘替尚未出生的小主子準備各種各樣的衣物用品。

這樣的喜悅感染著每一個人，甚至於連宅子裡的氣溫都似乎變得不再那般寒涼，隱隱生出了一絲暖意。

再過半個月便是除夕了，阮氏懷孕也已經三個多月了，因為有夏玉華照看著，因此身子調理得很不錯。前兩天玉華把脈診出這一胎八成是個男孩，眾人不由得又是歡喜慶賀了一番。

家中的僕人也開始準備起過年的事宜，這幾天下大雪，外頭天寒地凍的，卻並沒有影響到夏家人高漲的熱情。就連向來不太會手工活兒的鳳兒，也興致勃勃地跟人學起剪些喜慶的窗花之類的，準備迎接新年的到來。

今日天氣太冷，醫館那邊早早便派了夥計過來給夏玉華報信，說是就診的人不多，讓小姐就不必受寒跑過去了。夏玉華見狀，便給了來報信的人一點賞錢，那跑腿的自是歡天喜地的回去了。

夏玉華難得清閒不必出門，給阮氏請完平安脈回屋裡後，便坐在暖炕上挑了本閒書隨意的翻閱。書還沒翻到一半，香雪跑進來通報，說是莫陽來了，這會兒已經在前廳暖閣那邊等著了。

第八十九章

夏玉華倒是有些意外莫陽會來找她，這幾個月裡她與莫陽也不是沒有見面，只不過這是莫陽頭一次跑到家裡來找她，而且事先連招呼都沒打，也不知道是不是有什麼急事。

想到這裡，夏玉華自然馬上起身，一邊讓香雪先去暖閣那邊回稟一聲，說她馬上就過去，一邊讓鳳兒替她更衣。

「香雪，等一下！」她突然想起了什麼，而後叫住了快到門口的香雪問道：「莫陽來了，老爺知不知道？」

香雪停了下來，回過身答道：「知道，管家過去通報的，老爺聽說是找妳的，也沒有多問，讓奴婢直接過來告訴妳，說見或不見隨妳自己作主。」

「知道了，妳先過去吧。」夏玉華一聽，不由得笑了笑，看來父親還真是極其開明，換作旁的人家，怕是根本就不可能讓自家女兒作主見或不見了。畢竟莫陽是男子，而她還是個未出閣的姑娘，若是真講究起來，這可是極不合規矩之事。

快速換好衣裳後，夏玉華帶著鳳兒一同往前廳暖閣。到了暖閣，莫陽正在那裡等著。

「莫大哥，這麼冷的天，你怎麼來了？」外頭這大風大雪的，夏玉華上下打量了一下，見其並沒有受寒的樣子，心中稍微放心了一些。

見夏玉華來了，原本坐著的莫陽自是馬上起身站了起來，事態緊急，所以他也沒有耽擱，直接說道：「玉華，事情已經查得差不多了。」

聽到這話，夏玉華頓時明白了，見一旁除了鳳兒與香雪外還有旁的僕人，便朝他們幾個揮了揮手道：「你們先退下吧！」

「是！」幾個僕人應聲後便退了出去，而香雪與鳳兒則機靈的往後退了幾步，一來不會打擾到小姐與莫公子談事情，二來也可以替小姐看著點。小姐讓那幾個新來的僕人退下，她們便明白一定是有什麼重要的事情。

等身旁沒有別人之際，夏玉華這才高興地朝著莫陽說道：「真的嗎，可都有實證？」

不必細問，他們兩人都心知肚明說的是暗查陸家之事。而花了這麼久的時間，如今總算是有結果了，夏玉華自然開心不已。

「有，我已經帶來了。」莫陽邊說邊拿起放在一旁的小包袱遞給夏玉華道：「不過，其中有一樣最為關鍵的帳本還得花點時間先查實一下，我已經命人暗中去辦了，估計最多十日之內就能夠有回音了。」

「太好了！」夏玉華邊說邊準備打開包袱查看。

不過她還沒來得及打開，莫陽卻伸手阻止了她。「等一下，玉華！」

「怎麼啦？」她不太明白的看向莫陽。

莫陽微微皺了皺眉，似乎有所擔心。「玉華，此事關係重大，我覺得最好還是先跟妳父親商量一下。我不是不相信妳的能力，但畢竟這事關係到整個夏家，多一個人總是多一分力量，行事起來也能夠更加的保險而周全。如果可以的話，我想跟妳父親見上一面，這些蒐集到的證物，他或許比妳更懂得如何運用。」

這些話句句在理，夏玉華自是明白莫陽是真心為自己著想，只是她似乎忘記告訴莫陽，自己早就已經與父親達成協議了。不過，有一點她倒是覺得有些不解，因此朝著莫陽問道：「你見我父親自然是沒問題的，不過，你不擔心這樣一來會讓你的另一層身分被他發現嗎？」

說到另一層身分時，她不由得壓低了些聲音，一副頗為神秘的樣子。

見到玉華這副小心翼翼的可愛模樣，莫陽不由得笑了笑，柔聲說道：「無妨，他是妳父親，又不是旁人，總歸也是會知道的。」

這一句話當真是一語雙關，夏玉華一聽，倒是不由得雙頰微紅，卻故意裝作沒聽懂這話中其他意思的樣子，別過頭道：「既然你自己不擔心，那我自然是沒意見的。」說著，她朝著門旁的香雪喚道：「香雪，老爺這會兒在哪兒呀？」

「回小姐，老爺這會兒在書房呢！」香雪回著話，卻是邊說邊不由得朝一旁的莫陽看了看，心中暗道莫不是小姐要帶莫公子去見老爺？

剛想到這裡，果然便聽小姐再次說道：「妳先過去通報一聲，就說我一會兒要帶個朋友過去見他。」

「是！」香雪一聽，微笑著應了下來，而後便快速轉身出去了。

見香雪先去通報，夏玉華再次朝著莫陽指了指手中包袱道：「我可以先看看嗎？」

莫陽笑了笑，卻是將包袱拿了過去。「一會兒再看吧，這個讓我先拿著，好歹也是頭一回正式見妳父親，就當成是見面禮算了。」

又一句一語雙關的話從莫陽嘴裡說了出來，夏玉華這會兒也不好再裝聾作啞，笑了笑，倒是大方地說道：「隨你吧，這還真是份大禮，父親一定會喜歡的。」

聽了香雪的稟報，夏冬慶卻是不由得琢磨了起來。

關於莫陽，他所知道的並不算太多。京城首富莫家的三公子，受人敬重的莫老先生最疼愛的寶貝孫子，當然，也聽說過莫陽能力過人，小小年紀便展現出了驚人的經商天賦。據說此人性子沈穩，大器聰敏，眼光獨到，魄力十足，大有當年莫老先生的風範。

不過，除此之外，他對這個莫陽便再也沒有旁的什麼了解了。而今日先聽管家說莫陽來找玉華時，還並不覺得奇怪。一則玉華與莫陽的妹妹交情十分深厚，他想著有可能是莫菲託付了什麼事，所以莫陽才會特意跑一趟，二則，先前他曾聽玉華說起給莫老先生看診的事，所以估摸著也有可能是再次親自來請出診的。

而現在，玉華竟說一會兒要帶莫陽來見他，如此一來，這其中的關係應該便不只是先前自己所想的這般簡單了。也不知怎麼回事，夏冬慶隱隱的竟覺得這一直在暗中幫助玉華的神秘人士有可能便是莫陽。畢竟，除此之外，他實在想不出玉華還認識哪些特殊的人物了。

可問題是，以莫陽的身分，按理說也不可能有這麼大的能耐才對，調動朝廷中那麼多有分量的官員替其求情，這可不是單靠有錢就能夠辦到的。以五皇子的勢力都不一定能夠辦到這個層面上，更何況莫陽只不過是個在商場中頗有建樹的富家子弟呢？

一時間，夏冬慶更是有些想不太明白，同時也不知道這會兒玉華帶莫陽來見自己到底又是為了什麼事。想著想著，腦子突然靈光一閃，不由得笑了起來。難道，玉華與莫陽那小子之間彼此有意？

想到這裡，夏冬慶更是覺得越想越在理，以前玉兒便曾說過，若是有了意中人，一定會告訴他的。如今玉兒眼看著就要十八了，也是時候應該談婚論嫁了。偏偏玉華又不讓他們替她操心這事，自己能夠認識的人也有限，莫陽是莫菲的哥哥，想來平日裡也接觸過，所以說還是很有這種可能性的。

如果真是這樣的話，倒也是一門挺不錯的婚事。莫陽年輕有為，長得也算是一表人才，雖說性子稍微清冷了一點，不過身為男人這也沒什麼不好的地方。聽說到現在仍沒有婚配，家中卻連妾室也不曾納。更重要的是，他以前還聽說過，莫陽這小子也是個性十足的人，在莫家子孫裡頭，是唯一一個得到了莫老先生的默許，可以自主選擇婚事，不必受家族長輩的管束。

這麼大的自由許可權那可不是一般人都有機會得到的，莫說是莫家這樣的名門望族，就算是寒門小戶，這兒子的婚事那都是關係到整個家族的利益，得好好謀劃才行，哪裡可能由得兒子自己作主去挑的？萬一選擇個門不當戶不對的，那指不定得讓一家人都反對。

而莫老先生既然能夠同意莫陽自個兒選親，這完全可以說明莫陽在莫老先生心中的分量，不但是疼愛，更加是放心與信任。其實在婚事這一點上，莫家與其他的權貴之家確實也不太一樣，對兒女的婚事都較為寬容；一般人家雖然也都會徵詢一下子女的意見，但像這種完完全全的放手，任其選擇何時、與何人結親的方法卻的的確確還是頭一遭。

雖說，如今夏家不似以往，不過是個普通平民百姓之家，可是夏冬慶卻絲毫不覺得自己女兒若嫁入莫家有什麼配不上的，因此，若是這兩個孩子彼此有意的話，他自是沒有半點意見，重點只要玉兒幸福就行了。

正想著，門外響起了一陣敲門聲，而後玉華的聲音傳了過來。「爹爹，我們可以進來嗎？」

「進來吧！」夏冬慶沒有再多想其他，眼下人都快到面前了，自然還是得先看看再說。好或不好，他這雙眼睛可不是瞎的，自然能夠看個分明。

聽了夏冬慶的應允後，夏玉華帶著莫陽一併進了書房，莫陽之前與夏冬慶有過一面之緣，因此倒也不算完全不認識。

進來書房後，莫陽主動向夏冬慶躬身行了一禮，而後說道：「莫陽見過夏將軍，多有叨擾，還請見諒。」

他的話不多，不過舉止神情一看便是帶著極其誠懇的敬意。夏冬慶本就是一位值得他尊敬的將軍，更何況還是玉華的父親，所以更是沒理由不敬重。

「莫陽！嗯，不錯不錯，咱們先前好像見過一面。」夏冬慶仔細打量了片刻，而後笑著說道：「好了，我現在也不是什麼將軍了，既然你是玉兒的朋友，若不嫌棄的話，喚我一聲伯父便可，至於叨擾什麼的，自是太過客氣了，坐下再說吧！」

夏冬慶倒是顯得熱情不已，大有一種岳父看女婿的神情，確實對莫陽也是越看越滿意。

「伯父記得不錯，上次我與我家小妹還有其仁一起來看玉華時，見過一面，不過當時不便久擾，您與伯母回來後沒一會兒便先行離開了。」莫陽說罷，又謝了一聲，而後便在夏冬慶所指的座位上坐了下來。

夏玉華看著眼前這兩人一進來便自行說得起勁，她倒是跟多出來似的一般話都插不上，不由得覺得有些好笑，正好這會兒一旁僕人上茶，這才趁著空檔朝著父親說道：「爹爹，莫大哥今日過來，可是準備了份大禮送給您的。」

聽了夏玉華的話，莫陽倒是略顯無奈的笑了笑，這個丫頭還挺會找機會下手的，先前那句話他不過是隨口說說，可沒有真打算擺上檯面自稱大禮的心思。

夏冬慶倒是將這一對小兒女的神情完完全全看到了眼裡，心中更是對先前的猜測肯定了不少。自家女兒自己最清楚，十有八九是故意要拿這話去激莫陽，而莫陽那小子看著自家女兒的眼神分明就是根本沒法掩飾的喜愛。

打進來到現在，他看到莫陽那小子哪裡有旁人所說的那般清冷呢？看來，這一回女兒的婚事還真是有譜了，他也總算是有了盼頭，終身大事到底還是得上上心才行，姑娘家很快都接近二十了，自然不能再像以前一般壓根兒就沒有半點想法才行。

「哦，還有大禮？」夏冬慶笑得更加開懷，卻是直接朝著莫陽說道：「你這孩子也太客氣了吧，難不成是想一併將聘禮給送來？」

「爹爹，您說什麼呀！咳咳……」夏玉華正喝著茶，猛的聽到父親如此直接而毫無顧忌的一句話，頓時差點將茶給噴了出來，還害得她嗆到，連連咳了好幾聲。

這會兒，只見夏玉華滿臉通紅，也不知道是被嗆到而脹紅，還是被夏冬慶的話給逼紅的。

「玉華，妳沒事吧？」莫陽一見，倒是顧不上理會夏冬慶剛才所說的，下意識的便起身上前幾步，一邊替夏玉華拍著背順順氣，一邊拿出自己的手帕遞給她。

緩過氣來的夏玉華見到莫陽的反應，下意識的朝著父親看去，卻見父親一臉深意地笑著，一時間更是窘迫不已。

「沒、沒事。」她趕緊擺了擺手，接過莫陽手帕的同時，朝著莫陽偷偷使了個眼色，示意自己父親正看著他們，讓莫陽趕緊回自己座位上坐好。

莫陽見狀，很快明白過來，卻也沒什麼不好意思的，反倒是朝著她笑了笑，而後才從容不迫的回到自己座位。

夏冬慶這話可是說到他心坎裡去了，只不過，單是用這個做聘禮，自然是不夠的。見到女兒一臉害羞窘迫，夏冬慶心中倒是更歡喜了，出聲道：「玉華，妳都多大年紀了，喝個茶還嗆成這樣。行了行了，女兒害羞了，那爹爹便不多嘴了，那些事什麼的以後你們自己商量，自己商量！哈哈……」

「爹爹……」夏玉華見父親還這般說，只得故作不滿的樣子喚了一聲。「好了，咱們不說笑了，還是趕緊說正事吧！」

也怪她自己，沒事偏想找莫陽的麻煩，結果把自己給搭了進來，夏玉華趕緊將話題轉開來，而後朝著莫陽說道：「莫大哥，那些東西呢？」

莫陽見狀，自然也知道這會兒不是打趣玉華的時候，自然還是以正事為要，因此便點了點頭，示意玉華放心，而後起身上前，將攜來的小包袱送到了夏冬慶的手中。

「伯父，這東西您先打開來看看吧，看完之後，我還有一些旁的事要告訴您。」莫陽邊說邊朝著夏冬慶鄭重地點了點頭，這裡頭的東西都是極其重要的，是他動用了整個情報機構的力量，花了好久的時間才得到手，所以自然打心底便不敢輕忽。

而且他也很明白這些東西對於夏家以及夏冬慶的重新崛起的重要性，除去陸家，夏家才能夠真正的自保，日後夏家要奪回一切也算是少了第一塊的絆腳石。

第九十章

談起正事，夏冬慶自然也就一臉正色，不再如同先前一般打趣自己女兒。看莫陽拿東西給他時的神情便不像是普通之事，想來應該都是些極其重要的東西。

因此，夏冬慶也不再多說，徑直拿起包袱往一旁的書桌走去。將包袱放在書桌上後才打開來，一一細看著裡頭的東西。

夏冬慶看得越多，不由得神情越凝重，偶爾還時不時地抬眼看向莫陽，一副不可思議的模樣。而夏玉華亦不由得起身走到了父親身旁，站在那裡，一併跟著看了起來。

裡頭都是一些與陸相貪贓枉法、結黨營私等罪名有關的證據。其中有往來書信、有帳本、有憑據等等，夏玉華一時看得也有些愣住了，沒想到陸相竟然利慾薰心到了此等地步，真可說是無所不為。

一開始她真沒想過有可能拿到這麼多鐵一般的證據，想著能夠有一、兩樣可以撼動陸相的就已經很不錯了，沒想到莫陽倒是給了她一個這麼大的驚喜。也不知道這些極機密的東西莫陽到底是如何得來的。

這裡頭的任何一樣東西拿出去，對於陸相甚至對於整個陸家無疑都是一種致命的打擊，可為何先前莫陽還要說帳本得再查實一下呢？難不成這帳本還有什麼旁的問題？可即便帳本還有問題，但其他東西隨便拿出一樣便都可以將陸相扳倒呀，為何非得再等著查實帳本？

這帳本到底有什麼特殊的地方？夏玉華此刻心中疑問頗多，但是卻並沒有急著開口，一則父親還沒有出聲，二則也清楚一會兒莫陽肯定會將一切主動解釋清楚的。

好一會兒工夫後，夏冬慶這才從那一堆東西中抬起了頭，一臉嚴肅地看向莫陽道：「這些東西你都是從何處蒐集而來？」

「伯父，您只管放心，這些東西都是真的，只不過其中那本最關鍵的帳本還需要查實，大約十天左右，便可以有確切的消息。」莫陽也沒隱瞞，坦誠說道：「實不相瞞，在下有一些自己特殊的情報管道，時間雖然花得久了一點，不過總算也不負玉華所託。」

說到這裡，他朝一旁的夏玉華看去，微微笑了笑示意了一下。

見狀，夏玉華也知道是時候向父親坦白一些事情了，以前她曾經也說過的，如果有一天，時機適合說出一直在暗中幫她的神秘人之際，她自是會說的，而眼下便是最適合的時候了。

「爹爹……」夏玉華很快附到夏冬慶耳畔，小聲地說明了一切。

聽完夏玉華說的話，夏冬慶心中的疑團總算是去了一大半，連帶著以前的那些擔憂也一併消除了，只不過他當真沒料到莫陽竟然還有這般本事，而且還擁有這麼一層特殊的身分。

這小子當真不簡單呀！他不由得點了點頭，一臉讚許的看向莫陽，心中也再次對莫陽刮目相看。起先什麼都不知曉的情況下，他已經對這個小子十分滿意了，如今更是沒得說的喜歡。

當然，夏冬慶最在意的並不是莫陽這一身的本事，而是這個小子對自家閨女的一片真心。把玉華交到一個能夠為了她而不惜付出一切代價去保護的人手中，他這個當父親的還有什麼不滿意，還有什麼不放心的呢？

消除了這個最大的疑慮之後，夏冬慶很鄭重地站了起來，走到莫陽面前，一副有什麼很重要的話要說的樣子。見狀，莫陽自是連忙跟著站起身。

「莫陽！」夏冬慶看著眼前的男子，心中一陣說不出來的驕傲感，這種感覺如同是看到自己的孩子一般，不由自主的湧出一種難以言喻的驕傲。

見夏冬慶如此鄭重的叫著自己的名字，莫陽倒是真猜不透這會兒夏冬慶想跟自己說什麼。不過，他並沒有半絲遲疑，異常沈著地點著頭道：「伯父有何吩咐，但請直說，在下一定用心聽著並記著！」

他並不是很擅長說太多話的人，所以只能用最真誠的方式表明自己的態度。當然，跟玉華在一起時又不一樣，不論何時何地，只要單獨面對玉華，心中便有說不完的話似的源源不斷。

見莫陽這副認真不已的神情，夏冬慶心中更是肯定，認真的男人最值得信任，玉華還真是好眼光，看準了這麼一個好男人。

「謝謝你！」夏冬慶伸手拍了拍莫陽的肩膀，一臉鄭重地說道：「不論是之前你為了救玉華所做的一切努力，還是現在為了玉華而付出的這些，我都真心真意的跟你道一聲謝謝！」

「伯父，您別這麼說……」莫陽一聽，夏冬慶竟然是如此鄭重其事的向自己道謝，一時間連忙出聲阻止，他並不覺得有什麼需要特意道謝的地方。

他所做的一切雖然都是為了玉華，可是同樣也是為了自己，因為若是玉華有點閃失，或者不能夠去做她自己想做的事的話，是他絕對不願看到的，所以只要玉華過得好，他也才能夠過得好。

夏冬慶卻是揮了揮手，打斷莫陽的話說道：「莫陽，你先聽我把話說完。我是個武夫，是個粗人，不懂得那麼多的彎彎拐拐，心裡頭有什麼便一定要說出來。我不但要替玉華向你道謝，同時也要替我自己、替夏家謝謝你為我們所做的一切！我也不是會說話的人，而且除了一聲謝謝以外，也沒有其他的方法來表達感謝，所以這一聲謝謝無論如何你都得接受！」

聽到這些，一旁的夏玉華朝著莫陽微微點了點頭，示意他不必再這麼客氣，只管坦然的接受道謝便是。父親的性子她最清楚，平生都不願欠任何人的恩情，即便欠了也會儘快的還這份恩情。可是這一次，以父親現在的處境的確是無法馬上還得了莫陽所做的一切，所以父親才會這般鄭重的向一個晚輩道謝。

如果莫陽連道謝都不接受的話，那麼父親將會更加的不安，讓莫陽坦然的接受，說到底其實也只是讓父親心中能好過一些罷了。

看到夏玉華的眼神暗示，莫陽很快明白了過來，而後也不再推辭什麼，坦坦然然的接受了夏冬慶的道謝。

如此一來，夏冬慶心中多少就覺得沒有那般虧欠，可他也明白，一聲謝謝遠遠無法抵得過莫陽為夏家所付出的這些作為。

見到父親的神色依稀還是有些過意不去，夏玉華想了想，走上前笑著朝父親說道：「爹爹，您也別光顧著謝人家，當初女兒可是跟他說好了的，他的情報機構替女兒查到想要的東西，女兒可還得付他好些銀子的。」

聽到這話，夏冬慶也知道女兒這是在寬他的心，因此也不再那般糾結，不想讓孩子們這會兒工夫還替他這個老傢伙的面子費心。於是順著女兒的話問道：「是嗎？妳能有多少銀子，莫陽這般做還不是為了顧到妳的面子罷了。」

這話自然不假，夏冬慶說開後，自己也沒那麼彆扭了，而夏玉華卻是不由得看向莫陽會心一笑，這銀子她到現在都還欠著呢，猜想即便出聲問莫陽要多少酬勞，莫陽也就是隨便報個小數目糊弄一下她罷了。

因此這會兒倒也沒有再矯情地問起酬勞的事，而莫陽也看得出玉華故意提這個不過是想寬寬夏冬慶的心罷了。畢竟是曾經叱吒風雲的人物，有些強要面子也是正常的。

見狀，夏玉華倒是重新招呼著父親與莫陽坐下來再說，這兩人都站著說話，不累也覺得彆扭得慌呀！聽到夏玉華所說，夏冬慶與莫陽這才相視一笑，而後各自回原位坐了下來繼續說話。

「莫大哥，有件事我不太明白，那裡頭的帳本到底有什麼問題需要再額外去查實呢？」夏玉華對於這個問題已經放在心中好久了，所以趁著這會兒再次轉到正事上後便先問了出來。

夏冬慶聽了，也頗為同意的點頭道：「對，我也正想問這個呢。莫陽，你先前還說這帳本是所有證物裡頭最關鍵的，可是我瞧著這裡頭隨便拿出一樣來都足夠指證陸家了，為何非得說這帳本才是最關鍵的，而且還需要額外去查實呢？」

見玉華父女倆都對這點感到疑惑，莫陽便也不再耽擱，很快解釋道：「這帳本的來源比起其他物證來說有所區別，其他的都是我自己這邊的人想辦法拿到的，而這帳本卻並非如此。而且這帳本裡記錄的帳目，絕大多數都是陸相用來給所支持的皇子招兵買馬，數目驚人不說，意圖也太過明顯。皇上可以縱容陸相許多旁的污點，但這一點卻是絕對不可能容許，所以若是這帳本確認沒問題的話，一切主動權便完全掌握到了我們手中。」

「原來如此！」夏玉華聽了，不由得點了點頭，一臉恍然大悟，許多時候，再多的證據的確不一定能夠完全摧毀一個人，關鍵是要找到這個人最致命的弱點。她沈默了片刻，而後再次問道：「那這帳本又是從何而來？」

說起來，這本帳本的來歷的確有些特殊，並不是莫陽的情報機構透過他們自己的管道而得來，所以他才會如此謹慎的令人再去查實這本帳本的真假。因為事關重大，所以查實亦不是一件簡單的事，即便派出最厲害的手下儘快去徹查，最少也需要差不多十天的工夫。

因此，莫陽先將一切都清清楚楚的說了出來，讓夏冬慶與玉華明白這其中的關鍵所在，並非是他過分小心謹慎，但是這種事情畢竟關係重大，稍微有一丁點的失誤便會造成嚴重的後果，所以自然不能有半絲的大意與馬虎。

這本帳本也不是直接到他手上的，似乎是有人察覺到了情報機構正在暗查陸家之事，所以才故意讓這東西落到了他們自己人的手中。而且對方做得很巧妙，根本沒有留下任何蛛絲馬跡可以讓他們追查到底是何人將此物拿給了他們。

所以，這帳本拿到手後，一開始他們並不敢相信，擔心可能是一個陰謀，其實帳本只不過是造假的，是一個引誘他們上當的誘餌罷了，同時也擔心他們追查陸家之事已經被陸家人及陸相察覺了。

但是當他們細心檢查這本帳本後，卻發現不像是造假的，至少上頭所記錄的每一筆帳都嚴謹無比，一看就知道不是一、兩天，甚至於一、兩個月能夠造假得出來的。花這麼大的心思若只是想騙他們的話也說不太過去，畢竟在這樣的情況下，他們也不可能如此輕信。

只不過，將帳本給他們的到底是何方神聖？為何能夠有如此大的能耐，既能夠找到陸相這般機密的證物，又能夠如此神通廣大，清楚他們正在尋找這些東西？莫陽無法確定此人的身分，同時也不能夠完全確定此人的目的與動機，所以為了安全起見，這才特意派專人先行對帳本進行查實。

「不論對方的動機與目的如何，只要能夠確定帳本萬無一失，那麼便無後顧之憂了。」莫陽肯定地說道：「我想，提供帳本之人，不是想藉我們的手除去陸家，就是出於某種原因或者某一方的利益，才會暗中順手送個人情。畢竟這帳本也關係到了皇子之間的爭鬥，涉及到的各方勢力可是不在少數。」

莫陽的分析合情合理，夏玉華不知道父親是如何想的，但是在她看來應該是涉及到皇子之間的爭鬥可能性更大。現在朝堂之上，皇上雖明令不准皇子們各自結黨營私，但私底下各皇子卻是早已經分成了各個派系，培養實力，對皇位虎視眈眈。

暫且不說鄭默然這個按兵不動、裝弱靜觀態勢的五皇子，其餘的這些皇子裡頭，太子自成一派，有皇上的支持自然名正言順，還有以二皇子為首的一派、以七皇子為首的另一派，這三方實力都相當了得。所以說不定是其中一方想藉機打壓旁的皇子勢力。

只不過，既然有人已經知道了莫陽的情報機構在調查陸家之事，那麼那些人是不是也知道了夏家便是要對付陸家的幕後之人呢？

這一點倒是讓夏玉華覺得有些不太妙，若真是這樣的話，那麼夏家的處境便已經存在很大的危機。這些人能夠知曉，難保陸家不會知曉。特別是那麼重要的帳本丟失了，陸相絕對會知道的，一旦察覺是夏家之人要對付他，那麼萬一狗急跳牆，怕是什麼事都做得出來的。

畢竟陸家原本就對夏家恨之入骨，擠破了頭都不時的想害夏家，如今若是知道她在暗中策劃著扳倒陸家，肯定不會坐以待斃的。

想到這裡，夏玉華不由得朝莫陽問道：「莫大哥，既然已經有人知道我們在調查陸家一事，那麼，你說陸相有沒有可能已經知道是我夏家要對付他？」

夏玉華這話一出，莫陽自然馬上明白這丫頭在擔心什麼，因此馬上回答道：「玉華，這一點妳大可放心，那提供帳本之人雖然的確是已經知道我的情報機構在暗中調查陸家，不過卻不可能知道我們是替何人調查。這行有些規矩妳不太清楚，所有情報機構的人只知道任務，卻絕對沒有半個人知道買家的任何情況。」

「除了你以外，林伊不是知道嗎？」夏玉華倒不是說信不過林伊，更不是信不過莫陽，只不過卻還是不由自主地脫口問了出來，畢竟這事關係到整個夏家。

而話一出口，她似乎又覺得有些不妥，只好略微抱歉地看了一眼莫陽。

莫陽倒是並沒有在意玉華的懷疑，曾有這種想法也是情理之中，畢竟人心隔肚皮，玉華與林伊也不過兩面之緣，旁的也就沒有什麼接觸，不熟悉又不瞭解是必然的。

「林伊的話妳只管放心，他絕不可能向任何人透露出妳便是買家，不單單因為他是我最信得過的合作夥伴，同時也因為他是一個最具有職業原則的人。」莫陽耐心的解釋著，總之林伊那邊是不可能出問題的，這一點他可以代林伊向玉華作出任何性質的保證。

聽莫陽這般說，夏玉華自然不會再質疑什麼，也許是她剛才太過敏感了一些，才會聯想到林伊，其實，情報機構雖是秘密行事，但是要查這麼多東西，要找到這麼多的實證，這個過程自然不可能完全不被旁人所察覺，有心之人稍微留意便也是有可能知道他們要查的人是誰。

更何況，這麼多年以來，陸相不論是自己還是替所支持的皇子賣力都得罪過不少人，想要對付他的大有人在，即便陸家察覺到什麼，也不一定會聯想到是夏家。

「你說得對，剛才是我多心了。」如此一來，夏玉華倒是不再想那些，轉而朝莫陽笑了笑，示意他別在意。

莫陽自然是不會在意什麼，見狀，當即回了個要玉華安心的微笑。不過，玉華說的話倒是提醒了他，因此很快又收斂了些笑意，朝著夏冬慶說道：「伯父，有件事我倒是想問問您。」

因為在前來書房的路上，玉華已經告訴他，幾個月以前便將她的計劃都告訴了夏冬慶，所以他自然不會認為夏冬慶會對這些事毫無準備，而讓玉華一人獨自去完成。

「有什麼問題只管問吧，你也不是外人，我自然會如實相告，不會隱瞞。」夏冬慶意有所指的笑了笑，這一句「不是外人」還真是他的心裡話；一則整件事反正莫陽也都一清二楚的，二則他可是已經將莫陽當成準女婿看待了。

莫陽一聽，不由得會心一笑，唯獨夏玉華顯得有些不太自在，畢竟都是聰明人，誰又會聽不明白這其中的涵義呢。

「伯父，我想知道等過些天這本帳本查實無誤後，您將如何處理這些東西？」莫陽直言不諱地說道：「這些東西雖然是一定可以達到目的，但卻是絕對不能由您出面，或者與您有比較親近關係的人，否則的話，怕是皇上曾因此而有所顧忌，不但可能無法一舉達到目的，而且還會為您以及整個夏家帶來不可想像的後果。」

聽到莫陽所說的話，夏冬慶很肯定地點了點頭道：「你說得極其在理，這些我都已經提前考慮過了，合適的人選也找到了，並且他已經同意。」

「您可以告訴我，到底是何人嗎？」莫陽卻是本能的謹慎問道，如果可以的話，他還想替夏冬慶查證一下此人是否真是百分百的可靠。

「趙子成！」夏冬慶也沒有什麼好保密的，自己先一臉滿意的笑了笑後，這才說出了這三個字。

「趙子成?!」一聽說竟是此人，莫陽不由得驚訝不已，而後極為認真的點了點頭道：「既然是他，那便是萬無一失了！」

一旁的夏玉華見莫陽與父親兩人提到這個趙子成，便一副很有默契的樣子，頓時好奇不已，說來，她還真是從沒聽說此人的名字，也不知道為何父親與莫陽提到此人時都這般認可，甚至於有種崇拜而景仰的神情。

因此，她不由得朝他們問道：「爹爹、莫大哥，那趙子成是何許人物？我怎麼從沒聽說過他呀？」

聽到玉華的詢問，莫陽回過頭來，本想出聲向玉華解釋來著，不過卻被夏冬慶搶先開口道：「玉華，此人妳不知道並不出奇，咱們暫時先不提此人。爹爹還有更重要的事情要單獨跟莫陽談一談，這樣吧，妳先出去讓廚房多準備些好的酒菜，一會兒我與莫陽談完事後，咱們再一起用頓便飯。」

「爹爹這是要與莫大哥談什麼呀？為何女兒不能在場？」一聽父親竟然要將自己暫時打發出去，與莫陽單獨談事，夏玉華更是納悶不已，裝出一副不滿的神情說道：「難不成還有什麼秘密是女兒不能知道的嗎？」

眼看著這應該談的大事也都說得差不多了，就算還有旁的什麼沒講到的，那也不至於她聽不得才對呀？

第九十一章

雖然夏玉華「認真」地提出抗議，不過卻並沒有改變被父親連哄帶騙的「趕出」書房的命運，臨出去時還被囑咐記得將門關好，一副真有什麼神秘之事要與莫陽詳談似的。

見狀，夏玉華心中自然也沒有什麼真的在意，將門帶攏後，不由得搖了搖頭笑了笑，而後按爹爹的吩咐親自去廚房交代一下王嬸，弄一些拿手好菜，再準備一些好酒。剛才父親提議時，莫陽也沒反對，還朝著她笑了笑，顯然一會兒應該也沒什麼急著離開的。

朝著廚房方向而去，這會兒她的心中卻是雀躍不已，一則陸家之事很快便可以解決了，二則看父親與莫陽相處得似乎很不錯。這說明了父親對莫陽也很認可，因此這心中多少還是有些小甜蜜。

而夏冬慶與莫陽兩人在書房單獨聊了整整差不多半個時辰，夏玉華也不知道他們到底都說了些什麼，竟然連續說了這麼久。不過，既然父親要單獨談那自然是有他的道理，自己哪怕再好奇也不會再隨便去打擾了。

好不容易才盼到父親與莫陽兩人聊完，不過夏冬慶似乎興致相當高，直接吩咐僕人將酒菜送到書房去，要與莫陽痛痛快快的喝上幾杯。

等夏玉華跟著一併將酒菜送到時，卻見父親竟然拉著莫陽還在那裡說個不停，大略聽了一下，似乎是講起了當年勇戰沙場的往事。而莫陽亦聽得很感興趣，神色之間並沒有半點不耐煩或者敷衍的意思。

「爹爹，你們剛才不會一直都在說這些吧？」夏玉華讓布好酒菜的僕人先行退下後，朝著夏冬慶問道：「這些事女兒哪裡就不能一併旁聽了呀？」

聽到玉華的詢問，夏冬慶卻不吭聲，只是呵呵一笑，一副避重就輕的樣子朝著莫陽說道：「來來來，咱們過去坐，今日非得好好喝上幾杯！」

見狀，莫陽自是恭敬不如從命，跟著夏冬慶一併起身，走到桌邊，等夏冬慶先行坐下後，再坐到下首座位。

夏玉華見父親故意不回答自己的問題，而莫陽也一副暫時無法奉告的模樣，她倒也不再揪著這個問題不放，拿起桌上的酒壺替父親與莫陽各自倒了一杯酒。

「玉兒，這裡沒旁人，妳也一併坐下吧。」夏冬慶見玉華只是立於一旁並未就座，便出聲讓女兒一併入座，不需理會那麼多的規矩。

聽到父親的吩咐，夏玉華點了點頭，跟著在一旁坐了下來。

父親與莫陽的酒量都不錯，幾杯下肚，夏玉華瞧著父親是越發的多話了，卻也不再提當年沙場金戈鐵馬之事，反倒是說到了她的身上來。

「莫陽呀，咱們今日不論輩分，就跟朋友一般交心說話聊天就行了。我不是什麼婆媽之人，你的性子也乾脆俐落得很，我很是喜歡！」夏冬慶說罷，話鋒一轉，很快指著夏玉華道：「你看，我就這麼一個閨女，你說我不疼她還能疼誰？可我心中對玉兒有愧呀，這麼多年來，我這個當爹的實在是沒有盡到太多的責任呀！」

「爹爹，好端端的，怎麼說起這些來了？」夏玉華見狀，不由得看了莫陽一眼，而後朝父親說道：「您多吃點菜，少喝點酒吧。」

「傻丫頭，妳爹爹的酒量妳又不是不清楚，難不成這幾杯下肚我便醉了說胡話嗎？」夏冬慶也不避諱莫陽，慈愛地看著玉華，日光之中盡是滿滿的疼寵。

夏玉華見狀，回了個笑容道：「爹爹，玉兒自然知道您不是說胡話，只不過您對女兒做得已經夠多的了，哪裡還有什麼沒盡到太多的責任呢。」

夏冬慶卻是搖了搖頭道：「爹爹知道妳懂事，有些話以前我也沒有機會對妳說過。今日當著莫陽的面，妳便讓爹爹痛痛快快的說一次吧！」

聽到父親如此說，夏玉華倒也不好再阻攔，又見莫陽不經意間朝自己稍稍示意了一下，表示並沒有什麼覺得不妥之處，因此便只得由著父親去了。

當成喝了酒便成了話簍子也好，還是因為這麼多年壓抑在心頭的話太多了也罷，總之父親願意說便讓他說吧，全當成是一種讓他宣洩壓力的途徑吧。

「玉兒的娘親死得早，那時候我又成天忙著自己的事，別說教導了，有時一年之中也難得見上她兩面。」夏冬慶也不再看夏玉華或者莫陽，而是目光迷離的望向前方，如同在回憶著什麼，用一種帶著淡淡傷感的語氣述說著。

「外頭的人都覺得我是個好父親，又當爹又當娘的不說，而且還對她千依百順，寵愛無限，幾乎快將這個女兒給捧到天上去了。世人都只看到了玉華好似要風得風、要雨得雨，富貴榮華無憂無慮的過著大小姐生活的一面，卻從沒有人知道這孩子自小到大吃過多少的苦，有過多少心酸的時候。」

說到這裡，夏冬慶不由得嘆了口氣，這才側目看向了夏玉華，一臉憐惜地說道：「玉兒，爹爹知道妳的心思，這些年來，妳看上去好像是什麼都不缺，可唯獨卻缺了一樣最寶貴的東西，那就是母愛。所以，妳小時候只要我在家，便會變著法子的纏著爹爹，或者提出各種奇奇怪怪的要求來，這一切爹爹心中有數，那都只是因為妳想多得到爹爹的關注，因為妳下意識裡想要從我這裡得到更多的愛，來彌補心中那從沒有感受過母愛而缺失的一部分。

「爹爹是個粗人，不懂得如何更好的去教導妳，只是一味的縱容，滿足妳各種各樣的需求，哪怕明知是不合理、不適當的，往往也因為想要補償於妳，所以一次又一次的放縱著妳。結果，這種毫無原則的溺愛不但沒有讓妳更加快樂，沒有讓妳過得更加幸福，反倒是讓妳日漸養成了驕縱任性、頑固偏執的心性。

「等爹爹明白過來後，一切都已經晚了，因為我的緣故讓妳沒有真正的朋友，讓妳一意孤行惹出許多的事端，讓妳被人鄙棄、被人看不起，讓妳聲名狼藉。」夏冬慶有些哽咽，搖著頭略帶激動地說道：「其實，這一切都是爹爹的錯，是爹爹沒有管教好妳，是爹爹一手將妳給耽誤成這樣的。養不教父之過呀，玉兒，爹爹是真心對不住妳呀！」

「爹爹……」夏玉華的眼中不由得有些濡濕的感覺，話到嘴邊亦是哽咽不已，想勸說幾句，一時間也不知道能夠說點什麼。

其實，在她的心中，從沒有埋怨怪罪過父親，一切都是因為當年的自己太過不懂事，太過任性妄為才會如此。這一世自己已經改過，並沒有再走到那樣的命運，而父親尚且如此自責，若是知道上一世自己所經歷過的，都不知會難過自責成什麼樣子。

「爹爹，女兒以前年少不懂事，做過很多荒唐事，也不知道讓爹爹費了多少的心，傷了爹爹多少心。應該是女兒向爹爹請罪才對，怎麼還可能對您生出任何怨恨的想法，您當真不必如此自責。」夏玉華說的話都是發自肺腑，父親的愛深得讓她報答都來不及了，怎麼可能還會覺得父親對不住她呢？只能怪年少輕狂，自己太過任性了。

夏冬慶見女兒這般說，一臉的感慨，拉著玉華的手拍了拍道：「妳不怪爹爹，那是妳的心寬厚。爹爹沒本事，從小到大也沒有真正的教導過妳什麼。好在如今妳總算是懂事又有出息了，不論是什麼原因讓妳轉了性子，總之，從兩年多前的那一天起，爹爹便知道，咱們家的玉兒呀，長大了，完完全全的變了！」

聽到夏冬慶與玉華之間的對話，一旁的莫陽心中也動容不已，眼前這對父女之間的親情，那份愛當真極深，難怪夏冬慶可以為了女兒而放棄權力，放棄一切所有，而夏玉華亦是為了替父親討回公道而想盡一切辦法。

回想起先前夏冬慶在書房內單獨跟他所說的話，再看到眼前的一切，莫陽更是對玉華憐惜萬分，眼看著這丫頭眼眶微紅，眼中隱隱已有淚光，便不由自主的脫口朝夏冬慶說道：

「伯父，您只管放寬心，過去的事都讓它過去吧，但請相信玉華日後一定會一直幸福的！」

他的話帶著一種不可動搖的堅定，彷彿是要將那樣的幸福親手一分一分的交到玉華的手中一般。而他的神情亦是格外的深情，特別是說到最後幾個字時，目光已經是完完全全的鎖定在夏玉華的臉龐之上，那樣的堅定不移，那樣的毫無退縮，那樣的不容質疑。

聽到這突然插入的話語，夏冬慶與夏玉華都不由得安靜了下來，夏冬慶自是一臉欣慰的點著頭，顯然並不意外莫陽的舉動與表態，而夏玉華卻是愣在那裡，定定的對上了莫陽那雙認真得不能再認真的眼睛。

夏玉華明白，莫陽的話等同於承諾，是在向她也向自己的父親表明他的心跡，他是個含蓄的人，一個不善言辭的人，可這一句話卻足夠表明一切。

她不知道先前在書房裡，父親與莫陽之間到底進行了一場什麼樣的單獨談話，雖然並不具體知情，可是大致上她卻是可以猜到一些的。父親要避著自己跟莫陽說的事本就不多，除了與自己有關的還能有什麼呢？

這兩個男人之間似乎是達成了某種默契，一份同樣都是為了她而形成的默契。夏玉華不知道如何形容此刻的心情，但有一點卻已是完全明白，此刻書房裡的這兩個男人，同樣都是自己生命之中最重要的人。

一頓飯下來，平日酒量好得不得了的父親竟然難得的微醺，也沒有如往日一般逞強，主動讓玉華將其先行扶到裡間的臥榻上小睡片刻。又吩咐玉華親自送莫陽出門，讓莫陽日後有空常過來坐坐。

將父親安置好之後，夏玉華喚來僕人讓他們好生照看著，而後這才與莫陽一併出了書房。

「你沒事吧？」出了書房，夏玉華邊走邊朝莫陽說道：「剛才你也喝了不少酒，這酒的後勁可足了。」

「無妨，這一點酒還不算什麼。」莫陽並肩與玉華慢慢的走著，聽到關懷之語，心卻是不由得有些醉了。

夏玉華笑了笑道：「我看你都喝了差不多整整一大壺，竟然還說這一點酒，難不成你還是個大酒鬼來著？」

看來莫陽的酒量可不遜於父親，雖說喝得比父親稍微少一點，但以這酒的後勁來看，卻連半絲酒意都沒有，當真是極厲害的了。

「大酒鬼？」聽到這個名詞，莫陽也不由得跟著笑了起來，長這麼大，還是頭一回聽到有人這般形容自己。「倒也不是，只不過我爺爺好酒，打小便讓我陪他喝，所以這酒量自然而然的便練出來了，喝再多也沒什麼大礙。」

「那可不行，酒喝多了傷肝，日後可別再多喝了。」夏玉華一聽，卻是不由得擔憂起來，她停了下來，朝著莫陽很認真地說道：「我是大夫，這一點你得聽我的。」

「好！」莫陽卻是想都沒想便乾脆的應了下來，心中愉悅無比。就算玉華不是大夫，只要是她說的話，他也都會聽的。

「我是說真的！」夏玉華見莫陽二話不說便應了下來，下意識的以為莫陽是不想讓自己擔心，因此才會這般乾脆的答應。畢竟酒這東西可不比旁的，愛上杯中物，那可不是說少喝就能夠少喝的。

誰料莫陽卻也極其認真的點頭再次說道：「我敢說是真的，日後除了特殊情況，每次喝酒都不會超過三杯。放心吧，我說到做到，就算妳不是大夫，只要是妳說的話我都會聽。」一句「只要是妳說的話我都會聽」，頓時讓夏玉華不由得臉頰一紅，這也算得上是莫陽頭一次對她說的最為直接的表白了吧，心中不禁泛起絲絲甜蜜。

「走吧，我送你出去。」雖說兩世為人，自己已不是單純的小姑娘了，可她還是頭一次嘗到這種兩情相悅的美好，少女的羞澀讓她下意識的迴避剛才的話題，抬步便想往前走。

「玉華，等等！」可是這會兒，莫陽卻似乎不願放過一個這麼好的機會，想要將話說得再明白一些，想讓他們之間的關係再更進一步。他輕輕的拉住了她的手，沒有讓她順利的逃開。

被莫陽拉住手的瞬間，夏玉華的臉變得更紅了，她趕緊朝四周看去，鳳兒與香雪這兩個丫頭還跟在後頭呢，被她們看到了多不好意思。

「妳在找誰呢？」見玉華如此神情，莫陽卻是不由得笑了笑，而後倒是體貼的鬆開了手，先前他也並非有心冒犯，只不過見她抬步便走，一時間下意識的便去拉她的手了。

夏玉華看了一圈，卻發現這會兒附近早就沒人了，哪裡還看得到鳳兒與香雪的身影呢？她不由得咦了一聲，有些不解地說道：「鳳兒與香雪那兩個丫頭去哪兒了？」

這兩個丫頭倒是溜得快，夏玉華雖這般說，但心中卻是鬆了口氣，至少先前那般顯得有些曖昧的一幕沒讓旁人看到，自是放心了一些。

「她們早一步先走了。」莫陽上前一步，走到夏玉華面前，低聲朝她說道：「妳不想知道，先前妳父親都跟我單獨說了些什麼嗎？」

「說了些什麼呀？」這一回夏玉華倒是被莫陽的話給吸引了注意力，連先前的羞澀與不好意思都被暫時擱到一旁了。

見玉華果然一副好奇不已的樣子看著自己，莫陽微微一笑道：「說了很多，卻也可以說只說了一句話。」

這下夏玉華卻是聽得有些莫名其妙起來，什麼叫「說了很多，卻也可以說只說了一句話」呀？

她搖了搖頭，一副不明白的樣子問道：「我爹爹到底跟你說了些什麼呀？你就別跟我打啞謎了，趕緊說吧！」

可莫陽這一次卻如同存心要讓夏玉華著急一般，偏偏就是不出聲，只是再次欣然一笑，一臉柔情的看著玉華。

夏玉華被莫陽這般盯著看有些不自在起來，連眨了好幾下眼，而後左顧右盼的看了旁邊幾下後，這才再次看向莫陽道：「莫大哥，你怎麼不說話呀？」

「妳爹爹說，讓我日後好好的待妳！」莫陽說得很輕、很柔，卻又散發出一股堅定不移的力量。「玉華，妳願意嗎？」

那一句「妳願意嗎」，帶著無限的期盼與渴望，莫陽比誰都清楚自己的心，可是向來自信的他，在面對玉華的時候卻變得有些不自信了。他不是看不明白玉華的心思，只不過卻是希望能夠親耳聽到那一聲肯定的答覆。

他願意好好待她，好好照顧她，好好疼愛她一輩子！只要她點頭，只要她說願意！這一世，不論要經歷什麼，不論前方有多少的艱難險阻，他都願意站到她的前面，替她去扛，替她去擋！

他不會說太多好聽的話，也不會製造一些多麼感人或者多麼感性而浪漫的情境出來，他只是忠於他的心，忠於心中那份情感，不論多少年，不論發生了什麼都不會改變！

而夏玉華聽到莫陽的話後，一時間卻是愣住了，爹爹讓莫陽日後好好待她，自然就等於是將自己的終身託付給了莫陽，表明了他對莫陽的認可，而莫陽那一聲「妳願意嗎」，卻是發自內心的在向她表白，在向她完完全全的表明心跡。

願意嗎？她暗自問著自己，一遍又一遍。

其實，她很清楚自己的心，只不過一時間也不知道自己是怎麼啦，就如同傻了一般，愣在了那裡，半天說不出一句話，也沒有任何的反應。

見夏玉華聽到自己說的話後竟然愣在那裡，半天都不出聲，也沒有什麼反應，莫陽一時間也不知道這丫頭這會兒到底在想些什麼。

難道是剛才自己的話太過直接，太過簡略了嗎？他連忙細細的回想了一下，看看是不是有什麼不妥之處，或者有什麼疏漏的地方。

片刻之後，莫陽再次開口道：「玉華，我並沒有要催妳的意思，我也知道目前妳肯定還沒有時間考慮婚事。但是只要妳願意，不論過多久，我都會一直等妳的。」

說罷，莫陽伸手在脖子上摸了摸，很快便取下一塊羊脂白玉雕刻成的心形玉墜，遞到夏玉華面前道：「這個是我奶奶臨終前給我的，讓我將來送給心愛之人。可這個對我來說，不僅僅是送給心愛之人，同時也是要給自己這一生唯一的妻子！所以現在，我想把它親手給妳戴上，妳願意嗎？」

他說不出太多動聽的話語，就連一生一世一雙人這樣現成的話，也不曾想到要在這樣的時候說給玉華聽。可他知道，玉華一定能夠明白自己的心，這一生，他只願與玉華執子之手，與子偕老。

這樣的承諾，他不會用言語去反覆的說明，而是將會用一輩子的時間去證明。

看到眼前的一切，夏玉華心中早就已經感動得無法形容。雖然莫陽沒有說半句情意綿綿的話，沒有任何美好的承諾，可是她卻完完全全的感受到了那份始終如一的真心，也明白他想要告訴自己的一切心意。

這塊玉墜便是最好的承諾，是他送給心中認定的心愛之人，也將是一生一世唯一的妻子最好的定情之物。這樣的時刻已無須更多的言語，就像他所說的這幾句話，簡單、質樸卻是最發自肺腑，反倒讓她無比的感動。

能得一心人，一生一世一雙人，這又何嘗不是她所期盼的呢？

莫陽的所作所為，早就已經超越了任何美好的言語，看著眼前這個不善言辭卻實實在在打動了她的心的男子，夏玉華不再沈默了。

第九十二章

夏玉華輕輕一點頭，朝著莫陽嫣然一笑，一字一字地說道：「我願意！」

她的目光不再有先前半絲的羞澀，而是透露出一種無與倫比的認真與欣慰。這一刻，她突然發現，眼前的莫陽與現在的自己其實就是同一類人，即便是再熾熱的情感亦不必用多麼華麗的言辭，即使是再重要的時刻同樣也沒有滔滔不絕的情話。

他但問一句妳可願意，她卻是一聲我願意，字字真心，字字真情，亦是如此的字字動容。

聽到「我願意」這三個字，莫陽目光中瞬間迸發出足以燃燒一切的狂喜，那一刻，他無法表達自己心中的激動與興奮，就連捧著玉墜的手都不可抑制的顫動了幾下。他顯然有些不知所措，好一會兒才重重的吁了口氣，繼而如同孩子一般的笑了起來。

「謝謝……謝謝！」莫陽終於激動不已的出聲了，許是因為太過興奮，許是因為太過開心，所以一時之間竟然反倒不知道說什麼好，只是一個勁兒的盯著夏玉華連聲道謝著。

玉華的這一聲「我願意」，對於莫陽來說，比起世上任何好的東西都要來得美妙，他清楚的明白這一聲代表著什麼，所以怎麼可能不會激動興奮，這份無與倫比的喜悅讓他幾乎要幸福得暈過去，同時亦明白從今往後，自己的生命之中將永遠充滿陽光與希望。

他暗自發誓，絕對不會讓玉華後悔今日的決定，一定要給她一個幸福的未來，為了她，哪怕是窮其所有，哪怕是付出一切也在所不惜。可這一切，他都不知道要如何表達出來，只是笨拙不已的說著謝謝，謝謝玉華帶給他人生之中最大的快樂與幸福。

看著莫陽如此模樣，夏玉華卻並沒有半絲取笑莫陽的想法，莫陽那份因為激動與狂喜而顯露出來的笨拙與緊張反倒是讓她覺得心中感動不已。

「還等什麼，難道你反悔了，不願將這玉墜送給我？」見莫陽激動得好半天都不知道如何是好，夏玉華終於噗哧一笑，好心的提醒著他接下來要做的事情。

「啊……哦……對，對！」莫陽一聽，這才反應過來，很開心的點頭，而後似乎才清醒了過來，滿臉欣喜的將那塊玉墜給玉華戴上。

玉華許是因為激動，也可能還有些緊張，莫陽費了好半天才將玉墜給玉華戴好，他還是頭一次離她那麼近，近到都能夠感覺到她的呼吸，近到可以嗅到她的髮香，近到彷彿這一刻天地之間只剩下了他們兩人。

「好了！」他不由得吁了一口氣，看著掛在玉華胸前的玉墜子，一臉的滿足，緊張的心情也總算恢復了一點，不再那般的顯得有些手腳不受控制。

夏玉華微微低頭看了一眼胸前的墜子，含笑說道：「真漂亮，我會一直戴著它，好好保管的。」

說著，她又朝著莫陽甜甜一笑，而後伸手想將玉墜放入衣裳內貼身佩戴。

「等等！」看到夏玉華的舉動，莫陽連忙喊了一聲。

在玉華滿是不解的目光下，莫陽卻不再出聲，而是伸出大手，一把將那玉墜緊緊的握在手心中，好半天都沒有鬆開。

見狀，夏玉華倒也不再多問，只是靜靜的盯著莫陽的一舉一動，看著他如此用心的做著這件讓她有些不解的事情。

雖然她這會兒真是看不太明白，不知莫陽到底是什麼意思，為何突然喊停，卻又只是緊緊握著墜子不再出聲，但是有一點她卻明白，莫陽不論做什麼一定都有他的道理，她相信他，所以只需靜靜的等候便可。

看著眼前不再出聲詢問，而是耐心等候的玉華，莫陽心中更是滿足無比，玉華看向自己的眼神滿是信任、耐心，即使是心中充滿好奇也絲毫不會懷疑與退卻，這樣的信任讓他溫暖無比。

「好了！」一小會兒工夫後，他將帶著手心餘溫的玉墜親手交到她的手中，溫柔一笑。

「已經捂熱了，這樣貼身戴著才不會涼到。」

一瞬間，夏玉華只覺得自己鼻子一酸，眼淚都險些忍不住流了下來。那一刻，她完完全全的感受到了眼前的男子將自己捧在手心中的那種呵護與摯愛，也感受到了一個男人最最寶貴的重視。

說不感動那是假的，這世上恐怕也沒有幾個女人能夠抵擋住心儀男子這樣細緻的珍愛，雖然不是驚天動地的大事，但卻正因為如此細微的小事他都能夠想到並做到，才會更加的讓人感動。

她將玉墜鄭重的貼身佩戴在胸前，頓時便感覺到了玉墜上帶著莫陽的溫度，她努力讓自己看上去顯得平靜鎮定一些，但卻依舊無法控制眼眶裡頭那感動的淚水。用力深吸一口氣，她笑得格外的甜蜜，朝著莫陽撒嬌似的說道：「好暖和，一直暖到心裡去了。」

兩人彼此相視，皆會心一笑，從此之後，他們的世界因為有了彼此，所以無論如何都將不再冰冷，不再孤獨！

五天後，莫陽那邊還沒有消息傳過來，夏玉華知道應該沒那麼快，因為上次莫陽離開時說了查實帳本一事大約需要十日左右的工夫。可是，她也不知道這兩天是怎麼回事，總有些不太心安似的，時間越是接近，便越是覺得有什麼事要發生一樣。

她的預感向來都滿靈驗，特別是一些不太好的預感更加如此。這兩天她更是感到心神不寧的，這眼看著就要了結的事，可別再生出什麼風波來才好。

去父親書房轉了一圈，她再次囑咐父親將上次莫陽帶過來的那些東西藏好，莫弄丟了或者走漏什麼風聲出來。夏冬慶也看出了女兒心中的不安，於是便好生安慰了幾句，又當著女兒的面將那些藏在書房秘閣裡頭的東西檢查了一遍。

「放心吧，這些東西只有妳我才知道放在哪裡，不會出什麼事的。」夏冬慶安撫著女兒。「再者，妳得相信莫陽的能力，再過幾天一切確認之後便可以行事，到時什麼事都沒了，妳也不必如此擔心了。」

「爹爹說得對，是女兒多心了。」夏玉華微微點了點頭，不想父親太過擔心自己，於是笑了笑也不再多提此事。

下午的時候，五皇子府派人過來了，說是這幾天他們家主子身子又有些不太舒服，要請夏玉華去府裡一趟，給五皇子診治。聽到這個消息，夏玉華自是沒有耽擱，馬上便讓香雪帶上藥箱跟著來人一併去五皇子府。

因為上一次太子有過口諭，所以，現在她等於就成了鄭默然的專用大夫，以看診為由隨時出入五皇子府自是沒有任何的不妥之處。而她心中也清楚，鄭默然的身子早就沒有任何問題了，之所以這麼急著派人叫她過去，看來一定是出了什麼事情。

坐上五皇子府派來接她的馬車，夏玉華心中不由得閃過一絲不安，難怪這幾天總覺得有些怪怪的，莫不是真的要出什麼事了嗎？鄭默然每次這般急匆匆的找她，總沒有什麼好事，這一次不知道又會生出什麼事端來。

馬車駛得很快，一會兒工夫便到達了。下車之後，夏玉華聽總管說明鄭默然此刻所待的地方後也不必再讓人引路，囑咐香雪按五皇子府的規矩在原地等候，自己提著藥箱，而後便快速往他的寢室而去。

來到鄭默然所住的院子，夏玉華突然發現這裡頭與平日似乎不太一樣了，不但伺候的奴僕比以前多了好些，連守衛都明顯多了起來。最主要的是，這些奴僕都顯得面生不已，神色還有些古怪。夏玉華來五皇子府也不是一、兩次了，鄭默然身旁那些近身服侍的人也都見過了，可這一眼掃去卻是連半個眼熟的都沒有看到。

「什麼人？」剛走進院子沒兩步，便有一個十五、六歲的婢女上前朝著夏玉華上下打量，語氣頗為不善的詢問著。

那婢女的穿著打扮，應該是一等丫鬟的身分，一臉的囂張氣焰，帶著有恃無恐的感覺。

夏玉華還沒來得及出聲，卻見正屋裡頭剛好有人開門走了出來，那人一見是她，便連忙朝那囂張不已的婢女說道：「不得放肆，這是專門來給五皇子診治的大夫！」

夏玉華抬眼看去，總算是看到了一張比較熟悉的面孔，這姑娘她以前見過，是鄭默然身旁服侍的近身丫鬟如月，有好幾次都是這丫鬟親自送她離開的，因此她心中清楚，這如月絕對是鄭默然的親信，不比院子外頭這些古怪又面生的人。

一聽夏玉華便是專門請來替五皇子診治的大夫，那囂張不已的婢女自然也馬上明白眼前之人就是名滿京城的夏家小姐夏玉華；也知道此女是太子專門指定給五皇子診治的大夫，所以也沒有再對其身分與到來有任何的懷疑。

婢女又看了夏玉華兩眼，暗自想著也不過如此嘛，還以為是什麼特殊的神仙人物呢！心裡雖然這麼想，卻也不再多嘴，朝著已經快步迎上前去的如月微微笑了笑，當下自己退到了一旁去。

「夏小姐，不好意思，這些日子府中來了一些新奴才，她們也沒見過您，所以失禮之處還請見諒。」如月邊一臉恭敬的說著，邊朝夏玉華做了一個請的動作。「夏小姐，快請進吧，五皇子這兩天身子很是不適，正在裡頭等著您呢！」

跟著如月一併進到鄭默然的寢室之後，夏玉華這才發現裡頭竟然還有兩名面生的婢女在候著，與先前院子外頭那名氣焰囂張的婢女一樣，均都是一副一等丫鬟的打扮，而且這兩人還生得貌美如花，眉眼之間皆是風情萬種。

而此刻的鄭默然正有氣無力的歪坐在一旁的睡榻上，神色之間滿是病容，對著身旁那兩個嬌滴滴的美婢是視而不見，弄得那兩個婢女看上去神情委屈不已。

看這情形，夏玉華倒是猜到了七、八分，顯然這鄭默然最近豔福不淺，他那些兄弟們還真是好意，隨時不忘記給這個還未成親的兄弟操心一下男女之事，怕他把身子給憋壞了還是怎麼的，所以特意替他挑了這些美婢過來近身侍候。偏生這主兒成日病懨懨的，惹得這些美婢一個個也只有乾瞪眼的分兒，無怪乎滿臉都是怨氣了。

「殿下，夏小姐來給您看診來了。」如月將夏玉華引到鄭默然面前，先行稟報，而後朝著那兩名美婢吩咐道：「妳們兩個先下去吧，夏小姐看診不喜歡這麼多人圍著，到外頭候著就行了，有什麼事自然會叫妳們的。」

看個診而已，有什麼不能讓她們在一旁候著的呢？兩名美婢心中可是不情願，來這五皇子府後，這如月仗著自己是五皇子身旁的老人，所以整天明裡暗裡的排擠她們，總是藉著各種理由不讓她們多待在五皇子身旁，不讓她們有更多的機會能夠得到五皇子的青睞。這會兒又乘機要將她們攆走，實在是讓她們心裡一萬個不痛快。

可是，偏生五皇子眼睛都沒朝她們這邊看一下，壓根兒就不理會她們之間的這些瑣事，只是揮了揮手讓如月扶他起身稍微靠坐著，準備給那夏家小姐開始診治，見狀，這兩名美婢也不好賴著不走，只得應了一聲，而後一臉不甘的退了出去。

「夏小姐，您請坐。」如月扶鄭默然坐好之後，又取了一張小凳放到睡榻邊請夏玉華坐下。「殿下這幾日老毛病又犯得厲害，還請您給好好診治診治。」

如月說罷，也不勞吩咐，自覺地朝著鄭默然很快行了一禮，而後便退出內室，到外室門邊守著去了，顯然是怕先前出去的那兩名美婢或者旁的什麼人突然進來，打擾到自家主子與夏小姐談重要事情。

如今這五皇子府可不比以往了，裡裡外外不知道被太子、二皇子、七皇子他們塞了多少眼線進來，而且還是明著送進來的。雖說自家主子自從上次突然「舊病復發」，多少消減了這些人的疑心，不過對於那些人來說，只有嫌疑減少卻永遠沒有絕對的放心，隨時隨地都得提防著，哪怕是再沒有可能性的人也不可完全忽視。

安排個眼線、塞個自己的人在此地看著也好，不論有任何的異樣都能夠及時知情，如此也不費什麼力氣，有事則馬上下手，無事則自然安心。這樣的方式對於每一個喜歡玩權謀的人來說都是常有的。

如月亦知道自家主子對這些人肯定是不可能放得下心的，所以根本不需要任何的吩咐便清楚她應該做些什麼。而主子的身體狀況她亦清楚，所以請夏家小姐過來，肯定不是為了診治，而是有其他更加重要的事情，因此她是萬萬不能讓那些有心之人知曉。

等如月退到外室看守之後，鄭默然卻是無比神速的從睡榻上翻過身子直接下地站了起來。也不避諱夏玉華的目光，大大的伸了個懶腰，而後邊舒展手腳邊小小聲地朝夏玉華說道：「總算可以下來走動走動了，看來我真得想點辦法了，否則這日子還真是難過得緊。」

見狀，夏玉華卻是一副見怪不怪的樣子，反倒是略顯好笑地說道：「美人在側花滿堂，五皇子對於這樣的日子還不滿意的話，那可就真是難侍候了。」

一句美人在側花滿堂讓原本還在一旁「動手動腳」的鄭默然不由得停了下來，他搖了搖頭，一副極其認真的模樣看著夏玉華說道：「這話聽著怎麼有股酸味呀？放心吧，妳可別多想，她們都是太子與其他皇子強行塞進府的人，表面上是服侍照顧我，實際上也就是替他們看著我的眼線罷了，我又怎麼可能對她們動旁的心思呢？」

鄭默然故意曖昧不明的解釋著，如同夏玉華剛才是真的吃醋了一般。好些日子沒有見到這丫頭了，他突然間覺得這丫頭怎麼好像與以前有些不太一樣了呢？

「酸味倒沒有，就是覺得您這宅子裡頭有股危險的味道，五皇子也不是什麼任人拿捏之人，難不成就任由旁人把您當成犯人一般看管監視起來？」夏玉華聽了鄭默然的話卻也並沒當真，如今她早就摸熟了此人的脾性，越是聽到這樣敏感的話便得越是當作沒聽見，不理會就行了。否則你越是搭理他便越是來勁，沒完沒了的不說，也把自己給搭進去弄得說不出來的窘迫。

見夏玉華這會兒可是比以前更乾脆俐索了，根本就不入自己的套，鄭默然倒也不在這種時候再多費那些心思，轉而笑了笑後說道：「果真是個聰明的姑娘，一進來便聞到我這宅子裡頭不太平了。那妳說說，我倒是應該如何是好？」

「如何是好？五皇子今日找我過來應該不是要聽我這種閒雜人等的意見吧？以您的能力這樣的事不過是小菜一碟，哪裡還用得著聽我的意見？」夏玉華自然不認為鄭默然是真想讓她來出什麼主意。看這主兒的樣子，估摸著是早就有了安排，否則的話也不會敢在這樣的時候還讓人把她給叫過來。

「說來聽聽也無妨，看看咱們兩人的想法能否一致，看看這默契到底有多高總可以吧？」鄭默然邊說邊結束了鬆筋動骨的小活動，轉而重新坐了下來，直勾勾的盯著夏玉華笑著。

這話一出，夏玉華自然也聽出來了，今日叫她過來果真還有其他重要之事，不過以這主兒的性子，估摸著她不先將眼前這主兒提出的問題解決的話，怕是後頭的事也得跟著耽擱了，因此頓了頓後，倒也沒多作推拖，輕聲說道：「以我看來，對待這些人與其將她們想辦法弄走，倒不如設法讓她們成為您的人，為您所用，如此一來既可免去再有其他新的眼線被輾轉安插進來的機會，同時又能夠出奇反制自然是最好不過的。」

「說得真不錯，與我所想毫無差別，看來咱們之間還真是默契無比呀！」鄭默然一臉果然猜對了的模樣，也不知道是真心覺得兩人之間想法一致呢，還是故意為之，反正神情是非常的滿意。「那妳再說說，我會如何做才能夠讓這些被不同主子安插進來的眼線都心甘情願的為我所用呢？」

鄭默然這個問題倒還算是值得一問，不過夏玉華又不是他肚子裡的蛔蟲，哪裡猜得到他會如何為之呢？畢竟這種事可行的方法又不是一、兩種，收買、利誘、甚至大不了全都一一真給收了房也行，反正都是些養眼的美女，這名分加日後的榮華擺到面前，想來也是個不錯的法子吧。

不過這些她卻是不好跟眼前之人深入攤開來說，因此索性只是微微一笑，搖了搖頭直接表示自己不知道。每次她都會有這樣的感覺，回答鄭默然的問題都好像是陷阱一般，一開始並不覺得偏掉了，可問題多了便有意無意的把原本還算正常的談話內容與氣氛帶往那種隱含曖昧的氛圍裡。

所以這一次，夏玉華聰明的選擇直接迴避，管你如何處理，反正都不關她的事。

看到夏玉華如此態度，鄭默然不由得再次打量起她來，看了好一會兒，也沒見夏玉華有半絲不耐煩或者彆扭之處，反倒一副坦蕩蕩且越發的沈著冷靜，當真是讓他覺得與往日有什麼地方不同了似的。

「我怎麼瞧著妳跟以前不太一樣了？」似是喃喃自語，又似詢問，鄭默然突然意識到自己似乎忽略了一些什麼東西。

「有嗎？」夏玉華卻依舊淡定無比。「或許吧，每過一日便長一日，自然不可能跟從前總是一樣的。」

「不是這個意思，我是覺得……」鄭默然說到這裡，忽然停了下來，而後眉頭微皺，有些不太情願地改口道：「算了，不說這個，妳如今是越來越聰明，更是不容易擾亂妳的情緒了。」

其實鄭默然原本想說的並不是這個，只不過話到嘴邊卻還是忍了下來，改成了這幾句。因為他突然發現，夏玉華不同之處源自於什麼了，看來這個丫頭最近一定是真正的喜歡上某個人了。

上一次看到她時，他已經有所察覺，只不過覺得這丫頭應該還是處於少女情竇初開之際，一切仍懵懂不太確定罷了。而這一次看來，這丫頭應該與莫陽之間有了些新的變化吧？一個女人在短時間內能夠有這般大的變化，除去旁的那些不重要的因素之外，剩下的便只可能是男女之情了！

一時間，他的心中出現了極其少有的浮躁，雖然他並不看好莫陽，也不覺得到最後夏玉華能夠與莫陽有什麼實質性的結果，但是一想到那丫頭現在卻是真心的愛上了旁的男人，他的心便有說不出來的不快。

看著鄭默然突然轉變的神情，夏玉華自是猜不到這會兒他的心思，只是覺得氣氛似乎有些不太對勁，因此沈默了片刻後，便主動問道：「五皇子，您這次讓人叫我過來可有要事？」

既然猜不透此人的心思，那麼便索性趕緊換個話題吧，畢竟在夏玉華的印象中，凡是說到正事，鄭默然都會馬上正色不少，所以在這種氣氛突然變得有些不明朗的時候，主動將話題拉到正事上來就絕對錯不了的。

果然，見夏玉華問到了這個，鄭默然也很快便察覺到自己剛才那一瞬間的失態，他很快便恢復了以往的神情，如同先前不過是夏玉華看錯了似的，不再有半絲的恍神，轉而一臉正色地徑直說道：「妳手中如今應該已經有了足夠扳倒陸相的罪證，為何這麼久了卻遲遲不見行動？難不成妳父親改變了主意，想要放陸家人一馬嗎？」

聽了鄭默然的話，夏玉華猛的抬頭看向他，心中瞬間聯想到了許多的事情。

「你怎麼知道我已經有了足夠扳倒陸相的罪證？」她邊問腦中卻已經下意識的將那本帳本的事與鄭默然聯想在一起了。

如此看來，那本帳本當真是鄭默然的作為了！也對，既能夠有這麼大的能耐，同時又清楚自己這個時候需要什麼人，除了鄭默然以外，還會有誰嗎？只是，既然鄭默然的手中早就有這樣東西的話，先前為何不拿出來，反倒是透過這樣的途徑落到莫陽的情報機構呢？

這一點，夏玉華真是完全想不通，不明白鄭默然到底在想些什麼。他們之間不早就是合作的關係了嗎？為何他有了如此重要的證物卻偏偏不直接給她，反倒要繞這麼大一個圈子呢？

看到夏玉華的神情，鄭默然自然知道此刻這丫頭在想些什麼，卻也沒隱瞞，直接坦言道：「妳不必瞎猜了，一開始我手中並沒有這帳本，而是後來偶然得到的。若是一開始便有了，我又豈會繞那麼大一個圈子呢？不過，這樣也好，如今妳手中除了這帳本以外，還有其他一些證物，如此一來便更加具有說服力了。」

「就算是之後才拿到的，那為何你不將帳本直接給我？」夏玉華也不囉嗦，一語點破道：「難道你還有什麼旁的目的？」

這樣說來，帳本的真假應該是沒有任何問題了，不過鄭默然這般做又是為了什麼呢？難道他已經知道莫陽便是那情報機構的幕後老闆了嗎？想到這一層，她心中莫名的有些擔心，若是這樣的話，鄭默然會不會對莫陽做出什麼不利之事來？

不過，擔心歸擔心，此刻的她卻絲毫不敢表露出來，鄭默然何其聰明，怕是自己稍微有一點點的不對勁，便馬上會被他給看明白。

幸好鄭默然也並沒有再賣關子，笑了笑道：「我知道妳跟京城最大的情報機構談了筆買賣，讓他們代妳蒐集陸家的罪證。而正好我對那情報機構的幕後老闆很感興趣，一直想找出此人，卻沒有什麼線索。所以，此次我本想藉這帳本找出這幕後老闆來，不過很可惜，這些人做事實在是太過謹慎，害得我白費了不少心思。」

聽到這話，夏玉華稍微安心了一些，如此看來，鄭默然應該還不清楚莫陽便是這情報機構的幕後之人了，於是她一臉平靜的說道：「原來如此，五皇子不會以為我見過這幕後老闆吧？」

「有嗎？」鄭默然順勢反問了一聲，說實話，他並沒想過要從夏玉華這裡得到什麼訊息，一來這丫頭可不是那麼老老實實會順他意之人，二來他也不認為夏玉華與那些人有過一場不算小的交易，便能夠見到那個神出鬼沒的幕後操縱者。

「我想，若是日後我再找他們做更大的交易的話，說不定就有可能見到。」夏玉華果斷的選擇了這種含糊卻又聽上去更可信的回答方式，想來鄭默然要找出莫陽這個幕後老闆也沒有安什麼好心，不是想拉人下水，就是旁的什麼目的，總之與皇室扯上過多的關係不見得是什麼好事，所以她自然不會讓他知道莫陽的另一層身分。

「我聽說他們的價碼可不低，特別是要他們調查的事情難度非同一般時，我倒是更好奇妳到底花了多少銀兩，又是從哪裡來的這麼多錢呢？」鄭默然也沒有再多談情報機構幕後老闆之事，而是拋出了另一個他很好奇的問題。上一次夏冬慶為了保夏玉華，明明已經將家中資產幾乎盡數充公給了國庫，即便皇上許他們留了一點收入來源過生活，應該也不夠支付那麼鉅額的酬勞才對。

所以從這一點來說，鄭默然倒是覺得夏冬慶果然還是留了一手。

夏玉華見鄭默然提到了酬勞之事，不慌不忙地笑了笑道：「錢的事就不必五皇子操心了，夏家雖然敗落，不過這活人總歸有活人的法子，不是嗎？」

她自然不會跟鄭默然詳細去解釋銀兩的事情，反正人的印象都是這樣，瘦死的駱駝比馬大，想來鄭默然也不例外吧。

聽夏玉華這麼一反問，鄭默然果真也不再追問，點了點頭道：「妳說得也對，這倒是不必我擔心的。我所擔心的是你們若是再遲遲不行動的話，恐怕這事會生出變端來。」

「什麼意思？」夏玉華不由得心中一緊，脫口便解釋道：「之所以遲遲沒有行動，是因為那些人將帳本交給我時說這東西來歷有些可疑，所以他們還得花幾天時間查實真假，畢竟這帳本可是最為關鍵重要的證物，出不得半點的差錯。所以我與爹爹商量過後，決定再等幾天確認之後再行動。」

「這帳本沒有任何問題，你們只管放心行事便可。陸相那裡已經知道帳本丟失一事，這會兒那邊的人都已經急得快瘋了。你們若再遲遲不動手的話，恐怕他們慌亂成一氣，還不知道要生出多大的事端來，哪怕一時不會連累到你們夏家，也是遲早的事；不但是你夏家，估摸著整個皇室都將提前掀起一番血雨腥風，而我亦無法避免被捲入其中！」鄭默然的話並沒有說得太明白，但是神情卻是嚴肅不已，顯然這事已經是到了相當嚴重的地步了。

夏玉華不由得站了起來，她明白這帳本一旦被呈到皇上跟前，將會對帳本相關的一些人有何其重大的影響，所以那些人在得知帳本不見了之後，肯定會作出反撲，而這樣的反撲說不定將是孤注一擲的。如此一來不但會打亂他們的陣腳，破壞他們的計劃，同時也會影響到他們的安危。

「既然如此，那我現在就回去行動！」她沒有再多想，帳本也不必再查實了，越快行動便越能夠搶得先機，趕在那些人還沒有準備好之前解決了他們。

說罷，她什麼也顧不上，拎起一旁的藥箱便準備回去趕緊通知父親。

「等等！」鄭默然見這丫頭這會兒總算是急起來了，卻反倒將人給叫住了。

夏玉華停了下來，不解地回頭問道：「五皇子還有什麼吩咐？」

鄭默然亦跟著站了起來，上前兩步，朝著夏玉華說道：「你們打算將帳本與那些證物交由何人檢舉揭發？要知道這些東西能夠扳倒的可不僅僅只是陸家，更有陸家背後所支持的皇子的勢力！」

他不是信不過夏冬慶，只不過這個人選的確太重要了，所以他想先知道，若是萬一不行的話，他這裡也還有兩個已經物色好的備用人選。

鄭默然的質疑算是情理之中，所以夏玉華也沒有隱瞞的必要，回想起那天父親與莫陽所說的話，而後如實答道：「我父親說，有個叫趙子成的人已經應下了。我不知道趙子成到底是何許人，但看父親的樣子，似乎對此人極其看好，所以我想……」

「趙子成？」夏玉華的話還沒有說完，卻見鄭默然已經接過話，一臉興奮地說道：「好好好！沒想到妳父親竟然能夠說服此人出面！好！好！實在是好！如此一來，此事成矣！」

第九十三章

回到家中，她一進門便直接問管家父親現在何處，而後便風風火火直奔書房而去。見著父親，也沒多囉嗦，徑直將鄭默然先前所說的話簡短複述了一遍。其實說來說去無非就是兩點，第一，那帳本是出自五皇子之手，絕對沒有問題，第二，時間緊迫，得馬上行事！

而夏冬慶得知一切之後，亦絲毫不再猶豫，當即準備行事。其實，為了這一日，他早就已經作好了各種準備，只等東風一到，便隨時可以採取行動。

他很快喚來了管家，吩咐現在便去準備馬車，並通知夫人，一會兒要將她及成孝還有玉兒一併送走。畢竟這事還是有一定的風險，所以他得做好萬全之策，即便有什麼意外，也不至於連累到家人。

而玉華知道父親已經提前讓黃叔叔在京城外頭準備好了隱蔽的宅子，要送她及阮氏母子暫時離開也是為了避開風險。但是她卻不願意離開京城，也不想讓父親獨自一人留在這裡面對一切。儘管自己不一定幫得上忙，但是換一種角度來看，他們三人全部離開自然也是不妥當的。

一番勸說後，阮氏母子在幾名僕人陪同下順利離開，也讓夏冬慶這邊更加安心的著手行動，只不過玉華執意不肯走，他也只能由得她，並再三囑咐一切小心便是。

而夏玉華讓松子將消息帶給莫陽之後，便不再有其他過多的舉動，這個時候還是萬事小心為妙，靜觀其變等著風起吧！

當天晚上，莫陽便收到了松子帶來的口信，雖然玉華這言語之中頗為含蓄，可他自然是明白了這丫頭的意思。因此很快讓人停止了查實帳本真假之事。雖然他並不清楚到底發生了什麼事讓玉華作出這樣的決定，但是有一點他卻是知道，這個時候玉華並不適合太常露面，也不太方便跟自己見面，所以才會讓松子帶話。

微微想了想，估摸著玉華已經得到了什麼確定的消息，而且看來過不了多久，京城將會有重大的變故。他似乎聞到了一股不同尋常的氣息，而這樣的氣息雖無關乎他本人，他卻分外的關注，因為他心中清楚，這可能會關係到夏家，也關係到玉華。

莫陽的猜測一點也沒有錯，十天後，京城驚爆出震撼人心的大消息，名聲顯赫的陸家一夜之間被抄家懲處，陸相被打入天牢，即將問斬，而陸家其他人一律發配邊塞為奴。

隨後，陸相以往所作所為一樁樁一件件很快的被人給揭發了出來，人們紛紛議論不已，那樣的無法無天當真是罪有應得。而其實貪贓枉法、結黨營私、瞞上欺下等等一系列的罪名還都是次要的，許多人心裡明白陸家之所以會完全倒臺，最重要的一點是，陸相私下擁護七皇子，企圖爭奪儲位，而且鐵證如山，再也無法狡辯。

這一點自是觸了皇上最大的底線，皇上又怎麼可能不除去此人以昭炯戒呢？

不僅僅是陸家倒了，陸相即將要被問斬，而且就連陸家私下擁護的七皇子也被皇上廢除一切封號，軟禁了起來，從此再也沒有機會了！

得知這些情況之後，夏玉華終於鬆了一口氣，而夏冬慶卻並沒有立即派人去將阮氏與成孝接回來。與夏玉華商量過後，兩人一致覺得還是再過些時候比較好。

「爹爹，陸家這次終於倒了，您怎麼看上去反倒有些難過似的？」夏玉華卻是有些不太明白了，陸家一倒，夏家自然不會再有那麼多的麻煩事了，也不會再有人成天想方設法給他們下絆子了。而且距離爹爹重新拿回一切又更近了一步，這不是大好事嗎？

夏冬慶聽到夏玉華的話，不由得微微嘆了口氣道：「陸家雖說是咎由自取，陸家人也的確有不少壞心眼的，可是這中間不可避免的也牽連到了許多無辜之人，爹爹不是同情這些罪有應得之人，只是替那些被牽連到的人感到歉意罷了。」

夏冬慶終究還是心軟了一些，若是上戰場的話，即便砍殺再多的敵人他也絲毫不會手軟，更不會覺得有歉意，因為那是戰場，生死本就是再正常不過的。可是眼下陸家的倒臺，卻夾雜著不少政治鬥爭的因素在裡頭，應該死的或應該得到懲罰的固然罪有應得，可更多的人卻不得不成為犧牲品。而這一次皇上沒有將陸家滿門誅殺顯然已經是格外開恩了，若不是皇上的恩師趙子成求情的話，怕是陸家上下，不論男女老幼，不論主僕，那一百多口也都將陪著陸相上了刑場。

夏玉華很快便明白了父親的心思，沈默了片刻後，她暗自嘆了口氣，抬眼看向父親說道：「那些人最少保住了命，而以前被陸家人所陷害的不知有多少人家破人亡，淒慘無比，他們何嘗不是無辜之人呢？既然總免不了有人會因此而受到牽連，那麼自是兩者取其輕，除去陸家，讓更多的人不再受其害，也算得上是一種功德了！」

爭與不爭，奪與不奪，主動決定權早就已經不在她的手中，哪怕會因此而牽連到一些其他人，她也認了！她只是個凡人，一個自私的凡人，沒有能力顧及天下之人，只想好好的護住愛她以及她愛的！

夏玉華揮去了心頭的最後一絲猶豫，定定的看向父親，最後說道：「爹爹，對敵人的仁慈就是對自己的殘忍，若確知所做之事沒有錯的話，就不必再多想旁的什麼，我們只不過是最普通的凡人，顧不了那麼多的。爹爹得記住，朝堂的爭鬥遠勝沙場，但凡有一絲的心軟，死無葬身之地的便是我們、我們這一大家子，還有與我們息息相關的人，這中間亦有著不知多少的無辜！」

說完最後一句，夏玉華不再出聲，她目光清冷，在夏冬慶面前帶著少見的狠絕。那樣的堅毅與果決頓時讓一旁的夏冬慶愣住了，久久都沒有出聲。

夏冬慶此刻心中早已經掀起了千層巨浪，女兒的一言一語都讓他無比的震驚，他不得不承認在這一點上，自己竟然還比不上女兒那般果斷，甚至遠不如女兒看得透澈！

「妳說得對！」良久，夏冬慶才回過神來，不再沈默，朝著女兒一臉堅定地說道：「好女兒，爹爹明白了！妳放心，從此之後，爹爹知道應該怎麼做了！」

夏冬慶並沒有說太多，也沒有與自己女兒多解釋什麼，但他知道，女兒一定明白的。為了守護這個家，連女兒都如此努力，他又有什麼理由不去想盡一切辦法好好的保護他們呢？

見父親似乎已經消退了心中最後一絲對敵人不應該有的情緒，夏玉華不由得鬆了一口氣，父女倆相視一笑，緊接著都釋懷不已。他們都清楚，這才僅僅只是一個開始，前面的路還遠著，一個陸家倒下改變不了太多，而他們最大的對手，不是別人，正是那個高高在上的——皇帝！

第二天，莫陽前來夏家，藉口曾說過要教夏玉華煮麵，雖然這也算是理由之一，不過另一方面也是因為解決了陸家的事而特地過來私下慶祝一番，當然，最大的原因自然還是心裡頭的那份管都管不住的思念。

「爹爹，您先休息一會兒，今日女兒要跟莫大哥學煮麵給您吃！」夏玉華也沒有以往的羞澀，反倒是一臉的坦然，當著父親面前也並不避諱，拉著莫陽的手直接去廚房學煮麵。

看著女兒與莫陽離開的身影，夏冬慶不由得舒心的笑了。以玉華對莫陽的態度，看來這兩個孩子的好事應該也近了吧，上一次與莫陽單獨談過之後，他可說是完完全全放心將玉兒交給這個孩子。

而莫陽也明確的表示過了，願意等到玉華點頭的那一天再商議婚事。有莫陽這麼一句話，他這個當父親的還有什麼不放心的呢？

而他也清楚玉兒之所以遲遲不考慮婚事，無非就是因為還放心不下夏家的這一攤子事，不放心他這個父親而已。想來也真是夠慚愧的，他堂堂幾十歲的人了，竟然還讓女兒事事操心，為了女兒能夠早些徹底安下心來，早點嫁人成家，他這個做父親的真的得好好努力加油了！

夏冬慶搖了搖頭，心中瞬間也釋懷了不少，只不過，轉念一想，他突然想起剛才玉兒那丫頭好像是說，讓莫陽教她煮麵？

應該沒聽錯吧，夏冬慶倒是不由得喃喃自語道：「莫陽這小子還會煮麵嗎？」說罷，又是一臉不解地搖了搖頭，而後卻也沒有再多想，年輕人的事由著他們自己去吧。莫陽這小子不會什麼甜言蜜語的，可實實在在的反倒是讓人放心，而玉兒現在還沒完全體認到，時間越久便越是會知道莫陽那小子的好。

等到家裡頭的事大致穩定下來後，估摸著這兩個孩子的好事也就近了，到時他也算是了了一樁最大的心事。

就在夏冬慶感慨萬千之際，夏玉華已經將莫陽帶到了廚房，準備開始學習煮麵這項「本事」。

「其實並不難的，麵都是現成的，只需將水燒開了，再放麵進去煮一會兒，然後放些佐料進去便差不多了。」莫陽邊說邊指了指一旁的爐灶道：「若說真正難的，我倒是覺得這添加柴火更……」莫陽的話還沒說完，只見鳳兒帶著自己身旁的一名僕人匆匆忙忙的跑進了廚房。

「三少爺，家裡出事了，老太爺讓您趕緊回去！」僕人還沒站穩便直接說道：「外頭報信的人也不知道具體發生了什麼事，不過看樣子應該急得不行，老太爺說找到您之後立馬回去，片刻都不要耽擱。」

聽到這僕人的話，莫陽頓時看了一眼身旁的玉華，不過還沒來得及出聲，夏玉華便說道：「還愣著做什麼，趕緊回去吧，這麼急著找你，肯定不是一般之事。」

莫陽指著已經準備好的麵條道：「那這個只能下次另找機會了……」

「行了，這個什麼時候都可以，你快些回去吧，正事要緊！」夏玉華見這會兒莫陽還惦記著教自己煮麵的事，一時間心頭暖暖地，不過卻更是趕緊催促著。

莫家肯定是有什麼急事，否則的話莫老太爺也不至於親自讓人出來找莫陽回去。教她煮麵這事隨時都可以的，她又不是那種不講理之人，難不成還會因為這個而生他的氣？

「那妳……」莫陽點了點頭，不過似乎還有些不太放心地看著夏玉華。

「放心吧，我真的完全沒事，你就別擔心我了。」見狀，夏玉華自然知道莫陽擔心她什麼，只不過這會兒工夫，她真的已經完完全全的調整了過來，更準確的說應該是在他陪著自己去歐陽寧的家裡收拾整理書籍的時候已經調整了過來。

「那我先走了。」聽到夏玉華這般說，莫陽這才再次點了點頭，朝身旁的僕人看了一眼，而後抬步準備快速離開。

「等等！」夏玉華突然想到了什麼，很快將鳳兒已經取來的披風拿過，給莫陽披上繫好。「外面風大，你當心別凍著了。」

莫陽含笑看著夏玉華替自己繫好披風，心中流淌著無比的滿足與喜悅。不過這會兒似乎並不太適合依依惜別，因此只是簡單的答了一聲「好」，便帶著僕人轉身離開。

莫陽走後，夏玉華自然將廚房還給了王嬸她們，吩咐她們做幾道好菜趕緊給父親送過去，這會兒想來父親也應該有些餓了。

她也沒有再去書房，只是讓鳳兒去給父親傳個話，因為莫陽臨時有急事走了，所以她所煮的麵條怕是得延後了。

鳳兒按吩咐去書房傳過話後，回屋一看，卻見自家小姐這會兒正坐在那裡發呆，也不知道在想些什麼。廚房的飯菜估摸著也還得等上一小會兒，因此她先拎了一些小糕點想讓小姐先吃點墊墊肚子。

「小姐，妳先吃點點心吧，先前不都說餓了嗎？」鳳兒將糕點盤子端到夏玉華面前，小聲的提醒著。

聽到鳳兒的話，夏玉華很快回過神來，不過卻並沒有去拿糕點，而是若有所思的朝鳳兒問道：「還有幾天過年呀？」

鳳兒一聽，想都沒想，馬上便答道：「小姐，大後天便是年三十了。」

「這麼快，又要過年了！」夏玉華喃喃的說了一句，而後也沒有再出聲說什麼。

鳳兒見狀，也不好再說什麼。夏家原本人就不多，今年過年夫人與少爺又都不在，到時只怕是會更加的冷清。不過總算陸家如今算是徹底垮了，聽說皇上已經下旨年前要將陸相處斬，算下來也就這麼兩天的工夫了。

這些日子家裡發生了太多的事情，包括近日她也明白小姐與老爺之間肯定是剛剛又度過了一個很大的難關，所以鳳兒也打心裡知道自家小姐的難處，這會兒小姐想好好靜靜就別去打擾吧！

用過晚膳之後，莫陽派人給夏玉華送了個口信，說是莫家在南方的一處生意出了較大的紕漏，那邊的管事無法處理，所以莫老人爺讓他馬上親自過去處理一趟。事情雖有些棘手，不過總歸最多也就是虧損些銀子，所以讓夏玉華不必擔心。只不過出紕漏的地方距離較遠，光來回一趟都得差不多十來天，因此今年便只能在外頭過年，不能趕回來了。

知道是莫家生意上的事，夏玉華倒是不再那般擔心了。莫陽說得很實在，雖然棘手，但是能夠用銀子解決的事便不算是真正的大事。只不過事情比較緊急，又這麼遠，莫家長一輩的人都禁不起這折騰，晚一輩中除了莫陽以外又都是有家有室的，這大過年的總要跟妻兒團圓，所以也只有莫陽適合前往了。

既然如此，夏玉華也不再多想莫家之事，轉而想起自己還有一件極其重要的事情要抓緊時間去做。過完年後，很快便是元宵節，如果她沒有記錯的話，那一天將會有一件很特別而重大的事情發生。如果利用得當的話，說不定可以成為夏家翻身的大好時機！

第二天一大早，夏玉華剛剛用過早膳，正準備出門去醫館看看，眼看著就要過年了，那邊怕也得開始準備過年休息等事宜了。醫館不比旁的買賣可以完全休診，但醫館裡頭的人同樣也得過年，所以許多事情得提前協商好才行。醫館負責人經驗雖足，不過好歹她也得過去瞧瞧，看看有什麼需要幫忙或者安排的事情。

時間過得很快，夏玉華與父親度過了一個簡單卻溫馨的新年，雖然相比於別人家來說顯得冷清不少，不過對於夏玉華來說她並不太過在意過年熱鬧與否，只要家人都能夠平平安安的便心滿意足了。

轉眼已到元宵節，前一天的晚上，夏玉華便悄悄進了空間，一直忙了好久才出來。一大早，吃了一碗王嬸做的元宵後，便聽到鳳兒在一旁嚷嚷著晚上想去看花燈。

聽她的語氣顯然是興致勃勃的，不過夏玉華卻沒有答應，也不知道今日到底有沒有那閒工夫去看花燈，所以索性先不答應為妙，免得到時讓這丫頭失望。

鳳兒見狀，卻也沒有什麼不高興的，見沒什麼事做便自己找了些材料過來做起花燈來。說實話，這丫頭做花燈還真是不在行，不過好在如今這性子越來越沈得住氣了，費了半天的功夫，倒也做出了一個像模像樣的花燈。

「小姐，妳看看還成嗎？」鳳兒顯得很得意。「還沒上色呢，奴婢一會兒得好好想想要怎麼裝飾一下才好看。」

手中的半成品已經讓夏玉華覺得很不錯了，正想出聲誇上兩句，忽然屋外傳來一陣喧譁之聲。

「發生了什麼事？」鳳兒奇怪不已，連忙放下手中的花燈，起身出去看個究竟。而夏玉華也不知道怎麼回事，不由得跟著起身一併走了出去。

出去一看，不由得驚了一下，只見自己住的院子裡頭站著五、六個黑衣大漢，而管家也急急忙忙的跟在一旁，就連松子也在，神情很凝重的樣子。

見到夏玉華出來，其中一個黑衣人趕緊上前一步朝她抱拳稟告道：「夏小姐，我等是五皇子府的人，奉殿下之命帶您與夏老爺馬上轉移到安全的地方去！」

這人邊說邊將一封書信遞了上來，鳳兒見狀，雖不明白真相，不過卻是趕緊上前接過那封信遞給自家小姐。

說話的這名黑衣人，夏玉華以前在五皇子府見過，也的確是鄭默然身旁比較重用的人，因此並沒有懷疑他說的話，於是趕緊拆開信看看到底怎麼回事，為何鄭默然突然派人過來，說要將她與父親轉移到安全的地方去？

她快速將信上內容看完，一時間不由得眉頭緊皺，沒想到今日竟會突然生出這等變故來。她沒有多想，當即朝管家問道：「我爹現在在哪裡？」

「老爺這會兒應該在書房，小的還沒來得及跟他說呢，他們這些人一進來便亮出了五皇子府的身分，直接說有要事要先見您，所以小的沒敢耽誤。」管家也不知道到底發生了什麼事，只是趕緊回話。

「都跟我來，去找我爹！」夏玉華當機立斷，說罷便率先抬步往外走，想要帶著人去找夏冬慶。

眾人見狀，自然馬上領命，正準備跟著往外走，卻見夏冬慶已經急匆匆的跑了過來。

「玉兒，發生了什麼事？」夏冬慶之所以來得這般快，是因為身旁的暗衛在五皇子府的人進來之際，已經去稟告他了，而他也不知道到底是怎樣的情況，擔心女兒這邊有事，所以二話不說便跑過來了。

「爹爹，宮裡派來抓您的人已經在路上了，這一次皇上怕是打定了要殺您之心，五皇子派了人過來護送您先去別的地方暫避一下，您得趕緊跟他們走，他們會將您送到安全的地方。」夏玉華來不及解釋更多，說罷，便朝著那幾名黑衣人道：「趕緊走吧，宮裡來的人說不定馬上就要到了！」

聽了女兒說的話，夏冬慶很快反應過來，看來因為陸家的事，皇上只怕是不會放過他，陸相臨死前已推測到那些證據是出自夏家之手，那麼皇上怎麼可能不知道呢？如今的他竟然還有如此的能耐弄到這些東西，皇上又怎麼可能放心他？

而玉華的意思，是讓他逃跑，五皇子派來的這些人正是來送信並協助他逃跑的。

「玉兒，妳這是什麼意思？讓爹爹一人先走，躲開這場禍事？」夏冬慶揮了揮手道：「我夏冬慶活了這麼多年，就算再落魄卻也不曾狼狽逃跑！不，我不會走的，為父寧可被皇上殺了，也不願意做個逃兵！」

夏冬慶一臉的怒火，顯然對於當今皇上的所作所為十足十的寒心，可是無論如何，他寧可站著死，也不願這樣逃跑。

見狀，夏玉華自然明白父親的心思，可是這一刻根本就顧不得那麼多的氣節與骨氣。都說留得青山在才能不怕沒柴燒，若是按父親這種脾氣跟想法，只怕是正好中了皇上的計。

鄭默然在信中說得很清楚，皇上已經知道此次陸相以及七皇子的事與夏家有關，所以皇上這次是絕對不可能再有任何理由放過夏冬慶的。一旦被宮裡派來的人帶進宮的話，後果可想而知。所以鄭默然這才會冒險搶先過來報信，並讓人將夏冬慶他們給提前移到他處。只要找不到人，皇上暫時也不能夠怎麼樣，而他們這才能贏得時間改變現狀，想辦法解決這次的麻煩。

可是現在，父親的態度極其明顯，只怕一時半刻也無法勸說他離開，而偏偏已經沒有多少的時間了，多耽誤一刻，便多一分危險，到時怕是想走都走不了！

一思及此，夏玉華當機立斷，她一邊假意規勸，一邊趁夏冬慶不注意的時候朝著一旁的松子使了個眼色。「爹爹，這個時候旁的都不重要，保住性命，日後咱們才有翻身之日！現在時間不多了，您就別再置氣，趕緊先從後門走吧，留得青山在，不怕沒柴燒……」

「妳不必勸我了，我是不會走的！」夏冬慶擺了擺手道：「這回我一旦走了，便再也……」

話還沒說完，夏冬慶只覺得後頸突然一陣疼痛，隨即便昏了過去。而在夏玉華的示意下動手的松子自然及時扶住了夏冬慶，沒有讓他摔倒在地。

「爹爹，沒時間了，女兒也沒辦法，還請不要怪女兒！」夏玉華朝著已經昏過去的夏冬慶說了一句，而後也不遲疑，轉而朝著那幾個黑衣人說道：「有勞各位了，麻煩你們先帶我父親從後門離開，他的安全就交給你們了！」

聽到夏玉華的吩咐，那幾個黑衣人頓時愣了一下，顯然都是聽出了夏玉華這話中的意思，看樣子這夏小姐是沒有打算跟他們一起離開；可他們得到主子的命令，要將夏冬慶與夏玉華一併送到安全的地方保護的。

「夏小姐，五皇子有令，您也得跟著一起離開，宮裡的人找不到夏將軍的話，肯定是不會放過您的。」先前說話的黑衣人連忙道：「殿下說了，先保住你們的安全才是最重要的事，其他的日後自然有辦法解決。」

「不，我不能走！我若是走了的話，日後夏家便再無翻身之日！」夏玉華一臉的堅定，朝著父親說道：「等我父親醒來後，請你們代為轉告他，讓他只管放心，我自有辦法解決今日之事，你們趕快帶他走吧，只要我父親平安度過今日，一切便都可以解決了，而日後夏家也能反被動為主動了！」

「可是夏小姐，若是一會兒宮裡來的人找不到夏將軍的話，一定會將您帶走的！」黑衣人道：「為了您的安全，我等不敢讓您一人留在這裡！」

「不必再多說，若是五皇子責怪的話，你們可以告訴他，我正等著進宮面聖呢！」夏玉華微微笑了笑道：「放心吧，我不是去送死，而是真有辦法化解這次的危機。但是你們若再在這裡婆婆媽媽的，一旦宮裡的人來了，怕是誰都走不了，而我的計劃也將泡湯！」

「可是……」黑衣人似乎還有些不甘心。

「沒有可是了！趕緊走！」夏玉華一臉正色地打斷了那黑衣人的話，而後朝著松子命令道：「松子，你趕緊帶他們從後門離開，不許出半點差錯！」

「是！」松子倒是個明白人，小姐這般做一定是有她的道理，而那些黑衣人若是再遲疑下去的話，怕是會耽誤了小姐的大事。

他一把便將已經昏過去的夏冬慶揹了起來，而後大步朝外走去，那些黑衣人見狀，心知夏玉華是打定了主意，所以也只得先行離開。

「小姐，接下來我們應該怎麼辦？」一旁的鳳兒見狀，卻是比管家先反應過來，這會兒工夫，她也沒有半點的害怕什麼的，反正不論小姐如何做，她都會聽從，也都會在一旁幫忙的。

「什麼都不用做，一會兒不論家裡來了什麼人，發生什麼事，你們都不必多理，只當什麼都不知道就行了，若是一會兒我被人帶走了，也不必驚慌，看好家，在家裡等著我回來，明白嗎？」夏玉華朝著鳳兒與管家各自看了一眼，眼中是十二分的鎮定與沈著。

「可是小姐，萬一宮裡的人……」管家這會兒也是看出了這個中的門道，因此當然會替小姐擔心。

但他話還沒說完，夏玉華卻搖了搖頭，打斷了他的話說道：「我已經說過有辦法解決的，你們都不必擔心。鳳兒，妳去將書櫃第一個抽屜裡的那個袋子給我取來，裡頭的東西一樣都別漏了。管家，你去交代好家裡的人，誰都不許亂說半個字，明白嗎？」

「是！」鳳兒與管家一聽，也不再多說其他，各自按吩咐行事去了。

第九十四章

夏玉華沒有想到元宵節這天竟然會發生這等變故來，不過這也並不出奇，前世與這一世的差別本就是因為自己所造成，而這一世隨著許多事情的改變必定將會引起一連串意想不到的改變。

但她同樣也明白，有些事情卻不會因為她的重生而改變，只要她沒有在事先去影響的話，那麼接下來的事情便一定會沿著原本的軌跡繼續發生。這一點在這幾年的時間裡，她已經一一的得到證實了。

所以，夏玉華此刻的心情異常的鎮定，等著那些來捉拿父親的人到來。鳳兒與管家的辦事效率都極高，沒一會兒就按她的要求做好了準備。巧得很，這裡剛剛打點好一切，宮裡頭派來的人便也緊隨而至。

院子裡站滿了御林軍，為首之人一進來便直接嚷嚷著要夏冬慶出來跟他們一併進宮面聖。管家自是好言相告，說是今日一早老爺便出門去了，那人卻根本就不信，一揮手便讓人搜查，不許放過任何一個角落。

結果找了半天自然是沒找到夏冬慶的人，看著已經走出來的夏玉華，那些人毫不客氣地說道：「趕緊將夏冬慶交出來，耽誤了大事的話，你們這些人再多腦袋也不夠掉！」

「你們是眼睛不行還是耳朵不行？都說過家父這會兒不在家，讓我們如何交人？」夏玉華自然也沒什麼好臉色給這些在自己家中肆意亂搜之人，哪怕他們是替皇上辦事又如何？

為首之人認出了說話的是夏玉華，因此十分不屑地說道：「夏玉華，如今的夏家早就不是當初的夏家了，妳今日還敢如此囂張？」

「不論夏家是何等模樣，我夏家也是這京城裡正正經經的百姓人家！不過是實話實說罷了，怎麼到了你們口中便成了囂張呢？」夏玉華反問道：「難不成這天子腳下沒有王法，有的只是你們一手遮天嗎？」

「果然是能說會道得很，不過今日妳就算把天給說破了也沒用，我們是奉皇命行事，趕緊乖乖將人交出！」為首之人如同認定了什麼似的，一口便咬定夏玉華知道夏冬慶的下落。

而夏玉華卻是不緊不慢，笑了笑道：「還真是有意思了，我都說幾遍了，家父一早便出去了，你們剛才整個宅子都翻了幾遍也都看到了根本不在家中，你讓我怎麼交人給你？我不管你們是誰派來的，總歸這事實就擺在眼前，不相信的話，你們可以再找！」

「一早便出去了？到底去哪兒了？」為首之人不屑地說道：「說出人去哪兒也行，我們自然找得到！」

「家父早上出門時只說訪友，並不曾說要去哪裡，對不起，你們要找自己去找好了，這個我恐怕真是幫不到你們！」夏玉華再次笑了笑，臉上帶著一種說不出來的輕視。

這個為首之人她自然也早就認出來了，正是那一次跟著刑部之人一併來查核夏家的御林軍之一，估摸著那一次被李其仁給狠狠訓了一頓，因此這心裡頭自然對她記恨不已。可夏玉華並不會將這種小角色放在心上。

那為首之人早就瞧著夏玉華不順眼了，又見她如今還這般不配合，一臉嘲諷不已，心中更是來火，找不到夏冬慶，他們自然無法回去覆命，不過他們都知道那夏冬慶向來緊張這個寶貝女兒，因此只要將夏玉華帶走的話，想來那夏冬慶不論是真的不在家還是躲起來了，只要知道女兒被帶走了，一定會自己跑去找人的。

「別以為這樣我就拿妳沒辦法了，哼，找不到夏冬慶，帶妳回去交差也是一樣的！」那為首之人邊說邊朝著身旁兩名手下說道：「來人，將夏玉華帶走！」

「你們想做什麼？大白天的亂抓人，當真沒有王法了嗎？」鳳兒見狀自然急了，也不記得小姐先前交代的，一把便跑到小姐面前伸出雙手將小姐護在後頭。

「滾開，找死！」那為首之人一把將鳳兒給推到一旁，怒罵道：「我們是奉皇上的口諭帶人，膽敢阻攔者，一律格殺勿論！」

鳳兒身形嬌小，一下子便被推倒在地上，夏玉華頓時臉便黑了下來，但心中也知道這會兒並不是跟這些人理論的時候，她只得趕緊阻止正爬起來還想往這邊衝的鳳兒。「鳳兒退下！」

聽到小姐的話，鳳兒這會兒才清醒了一些，記起了之前小姐吩咐的，而一旁的管家也連忙上前將鳳兒拉住，不讓這丫頭再受到什麼傷害。

「不用這般狐假虎威，欺負一個丫鬟算什麼本事？」她冷著臉朝那些人說道：「放心，我自己會走，也沒打算賴著不跟你們走這一趟，所以不需你們這般勞師動眾。正好我也想知道，皇上無端端的為何派你們這些人如此無禮的闖到我家中來抓我父親！」

那為首之人沒有再理會夏玉華的話，只是很快將人員分成了三隊，一隊出去繼續尋找夏冬慶的蹤跡，一隊留在夏家守候，另一隊則跟他一起將夏玉華先行帶回宮覆命。之前皇上也交代了，若是一下子找不到夏冬慶的話，便先將夏玉華帶回。

夏玉華很快被那些御林軍給帶走了，而就在她被帶進宮不久，夏冬慶也已經被五皇子府的人秘密安置到了一處民宅裡。

「夏小姐人呢？」已經提前在此等候的鄭默然看到自己的手下只帶回來夏冬慶，卻並沒有看到夏玉華的身影，一時間臉色非常難看。「你們怎麼辦的事，我是如何吩咐你們的？」

「請五皇子恕罪，夏小姐執意不肯跟我們走，我們實在也沒有辦法。她說今日之事，她自有辦法解決，而且還說，只需過完今日，整個形勢將會逆轉，主動權也將會重新落入夏家之手。」黑衣人小心地回稟著，雖然他並不明白夏家小姐到底有什麼辦法，但是也不知怎麼回事，先前看到她的神情時，心中卻是出奇的相信。

「她有辦法？她能有什麼辦法？」鄭默然神色更是難看，朝著那名黑衣人訓斥道：「這樣的話你也信？你可知她一旦被帶入宮中，將會面臨什麼？皇上這回是鐵了心要除去夏家，你以為她能夠倖免？」

「屬下該死，辦事不力，請殿下責罰！」黑衣人自知這次是他們辦事不力，因此並無半絲替自己辯解之意，所有的人全跪了下來，自覺的等著處罰。

鄭默然見狀，不由得暗自深呼了口氣，這會兒工夫再去處罰這些人也沒什麼用，看來，他只有現在親自入宮一趟了，看看有沒有什麼辦法能夠幫那傻丫頭一把。

「若再有下次，定不輕饒！」他揮了揮手，示意黑衣人先行起身。「你們留下好生照看夏將軍，我這就進宮一趟！」

「五皇子請三思，我家小姐向來不是魯莽之人，既然她說有辦法，自然便會有辦法的！您這會兒進宮不但對您不利，而且說不定還會影響小姐的整個計劃。」一旁跟著過來的松子不卑不亢地說著，身為旁觀者，他之前都看得一清二楚，小姐並非一時衝動，而應該真是另有打算，否則的話不可能傻乎乎的留在那裡等著被抓走。

聽了松子說的話，鄭默然不由得打量了他一眼，半晌之後問道：「你是何人？」

「在下是夏家的暗衛，亦是直接受命於小姐的。」松子的話剛剛說完，卻見一旁床上原本躺著昏睡的夏冬慶似乎是清醒了過來。

一時間，眾人都察覺到了，便也看向了那邊。

「松子說得對，五皇子還是別去冒險了，我知道您是擔心玉兒，既然玉兒執意如此，那麼我也相信她肯定是有她的打算。」夏冬慶坐了起來，摸了摸自己的後頸，此刻心中雖然比任何人都擔心自己的女兒，但是卻突然想到了旁的一些事。玉華的性子他再清楚不過了，這孩子肯定不會打無把握的仗。

「老爺，您沒事了吧？」松子見狀，趕緊上前請罪道：「剛才情況緊迫，松子不得已而為之，還請老爺恕罪！」

「算了，你也只是聽命於玉兒那丫頭，你們都是為了我好，我又怎麼會怪你呢！」夏冬慶的語氣帶著一種說不出來的內疚，剛才自己雖然沒有馬上清醒過來，不過迷迷糊糊的卻也聽到了鄭默然與松子等人的對話，這個女兒呀，真是讓他汗顏無比呀！

鄭默然不由得皺了皺眉，朝著夏冬慶說道：「將軍當真如此放心嗎？」

「我不是放心，只是怕這會兒貿然行事反倒如松子所說的壞了玉兒的計劃。」夏冬慶嘆了口氣，一臉凝重地說道：「玉兒不是說過了今日一切便將化解嗎？咱們便如她所說，暫時先等等吧，想來再急，皇上也不可能馬上將玉兒怎麼處置的。如果到了明日並未如玉兒所說一般，那也不必麻煩五皇子了，我自己入宮，送上門去，絕不會讓自己女兒代為受過的！」

夏冬慶的盤算十分簡單，事到如今，他也顧不得太多，不論自己心中有多麼的不甘，即便明日這一去怕是有去無回，可是不論如何，他都不會讓自己的女兒替他去受難。如果他這條命需要讓自己的女兒去換的話，那麼他寧願自己死，也絕對不可能連累女兒！

連命他都不在意了，其他那些更是不會放在心上。但是，他也明白玉兒之所以這麼做一定有她的道理，所以也不想貿然的去打亂她的計劃。這是一份對於女兒的信任，更是一份冷靜思索之下所作出最為正確的判斷。他會按玉華所交代的暫且等待一天，看看這丫頭到底能不能憑她的本事化解此次的危機。

若是可以的話，自然是兩全其美，若是萬一到了明日並沒有如玉兒所想一般化解掉的話，那麼他這個做父親的自然不會再這般躲下去，而是會直接入宮面見皇上，要扣他什麼罪名都行，要殺要剮隨便處置，總之再怎麼樣也得換回女兒的性命！

相較於夏冬慶單純而堅定的想法，鄭默然此刻的心思卻複雜得多，一方面，他的確十分在意夏玉華的安危，也知道即便自己出面的話也不一定能順利保下夏玉華，而夏冬慶所說的法子顯然是能夠保住夏玉華唯一的方法。

可是另一方面，若是明日夏玉華並沒有辦法如她所說的化解危機，而夏冬慶真的入宮換人的話，那麼夏冬慶此次是必死無疑，他日後自然也沒有機會藉助到夏冬慶可能再次重掌的那股強大兵權；沒有兵權的支持，他若是想在皇位之爭上再進一步的話，怕是難上加難！

如果是以往的話，他可能會毫不猶豫的想辦法限制住夏冬慶的自由，不讓他入宮，只要夏冬慶活著，西北那些將軍便都會一心向著夏冬慶，而夏冬慶只需在特定的時候振臂一呼便可以助他心想事成。而且他能夠做得十分完美，不但不會讓夏冬慶因此而恨上自己，同時更加能夠增加夏冬慶助他的決心。可是現在，他心中卻是猶豫了……

兩人各懷心思，卻是都沒有再多說什麼，也許在他們心中同時都有著一種最大的希望，那便是期盼著夏玉華能夠真的化解此次的危機，如此一來，便是誰都不必為難了。

而就在鄭默然與夏冬慶各自設想著有可能發生的一切以及自己將要做出的各種反應之際，夏玉華已經被直接帶進了宮，並且這一次出乎意料的快速，直接被帶到了皇帝的面前。

大殿之上，夏玉華已經不是頭一回面對居高臨下看著自己的皇帝，而這一回，她更是沒有半絲的理由害怕與退卻。她甚至於連禮數都沒行，也毫不掩飾從心底散發出來的那種無畏與毫不在意。

從知道皇帝竟然想藉著陸家一事而再次對父親趕盡殺絕的那一刻起，她突然發現自己實在是太過仁慈，她遠遠不夠狠絕，也不夠積極主動。她總是顧忌太多，總是怕躁進會影響到家人的安危，可是到頭來她才發現，自己還是太過保守了一些。

真正的安全根本就不是守出來的，而是得靠進攻，反被動為主動，以攻為守才是最佳之策。所以，從今日起，她不會再等待，而是一步步掌握主控權，她會讓皇帝不得不放下除去父親的念頭，她會加快替父親拿回一切的步伐，她會讓夏家強勢到沒有任何人可以去打壓！

「大膽，見到皇上竟然還不行禮！」一旁的總管太監見夏玉華並沒有行參拜大禮，而是一臉說不出來的狂傲氣勢站在那裡直視著皇上，自是連聲斥責。

總管太監這心裡頭卻是不由得嘆了口氣，好好的姑娘家，怎麼就三番五次的跟皇上作對呢？看來這夏玉華當真是不怕死的，一次比一次更讓他不敢置信。

坐在龍椅上的皇帝也不由得皺起了眉頭，眼前的夏玉華他自然不會陌生，上一次因為抗旨拒婚，他們之間的那場談話到如今他還記得十分清楚，而此刻，這個女子臉上的神色與當時竟然完全的不同了。

如果說上一次這個女子只是一臉的堅定與不服輸的話，那麼這一次，這個女子的身上更是多了一分讓他都覺得有些不得不正視的漠視與凌厲，而且還是對著他這個九五之尊的那種毫不掩飾的漠視與凌厲！

「行禮不過是形式，皇上每日受萬人跪拜，這其中真心實意的又有幾人？」夏玉華徑直朝著皇帝說道：「為君者享尊榮於一身，又可曾想過這樣的尊榮緣自何處？」

她的神情並非質問，卻帶著一種說不出來的嚴肅與真實，那一刻，皇帝真心感覺到了這個女子骨子裡面的那種天生而成的尊貴與威嚴，他有種錯覺，甚至於覺得自己與這個女子竟是平起平坐的身分一般。

而總管太監聽到夏玉華竟然當面如此狂妄的指責皇帝，一時間，幾乎都快被這個大膽的女子給嚇破膽了，甚至於連話都不知如何開口，只是下意識的朝著身旁的皇帝看去，隱隱已經察覺到自己身上滲出的汗珠。

「放肆！妳這個不知天高地厚的……」總管太監好半天才回過神，自是得維護皇帝的尊嚴，伸出手，指著夏玉華，大聲的訓斥起來。

「算了，讓她說吧，她說得沒錯，朕每日受萬人跪拜，這其中真心實意的的確沒有幾個！」誰知皇上不但沒有龍顏大怒，反倒是揮了揮手，示意一旁的總管太監不需多言。

說罷，皇帝又朝著夏玉華繼續說道：「妳剛才問朕，可曾想過這樣的尊榮緣自何處，朕倒是想問問妳，如此膽大挑戰龍威，妳這樣狂妄的底氣又是緣自何處？」

皇帝終究還是有幾把刷子，面對夏玉華的刺激，不但沒有失態分毫，反倒是異常冷靜，如同在用實際行動彰顯著他的氣度一般，一副根本就沒把這種小丫頭放在眼中的樣子。

夏玉華輕笑一聲，反駁道：「皇上錯了，民女並非狂妄，只不過心中不服，所以聖駕面前才會情緒難以自控。民女一介凡人，比不得皇上，面對不公之待，永遠無法這般淡定從容。」

皇帝不在意的笑了笑道：「朕看妳不服是真，情緒失控卻是無稽之談，這麼多年以來，妳還是頭一個敢在朕面前腰板站得如此之直地指責於朕的。」

「民女並非指責，只是不明白我父親到底犯了何罪，皇上竟然派御林軍的人去家中捉拿。家父不在，那些人竟將民女給抓進宮中。家父如今早就已經是一無所有的平民百姓，根本就不可能對皇上有任何的威脅，難道皇上非得趕盡殺絕嗎？」夏玉華語氣沒有半絲的顧忌，一針見血的說道：「好歹家父也是有功於朝堂百姓，有功於皇上的江山社稷，皇上如此舉動，就不怕寒了朝中熱血官吏之心、天下百姓之心嗎？」

「妳如何知道朕讓御林軍帶妳父親入宮就是想要對他趕盡殺絕？」皇帝收起了先前不在意的笑，冷聲問道：「是不是有人給你們通風報信？」

「皇上這話說得就有意思了，當時御林軍那種架勢，民女總不會傻到以為您是想請家父進宮敘舊吧？」夏玉華好笑地說道：「當然，如果真是這樣的話，那民女自然是一百個願意，同時也會真誠為了自己的誤解與剛才的態度向皇上賠罪，真心聽憑皇上的處罰！皇上，當真是民女誤會了嗎？」

她故意的反問一句，語氣之中是濃濃的諷刺，皇帝若當真說是她誤會了，那她自是求之不得，可君無戲言，皇上又豈會隨意承認？所以，不論皇上如何表態，總之，她夏玉華都能夠站在這個理字之上，不需向一個所謂的天子再低半個頭。

這話中的意思，皇帝自然不會不明白夏玉華的用意，對於帝王來講，夏玉華的言辭無疑已經是一種莫大的挑釁，他黑著臉，不得不承認已經被眼前這個女子所激怒到。「不是朕刻意要對妳父親趕盡殺絕，而是妳父親犯了不可饒恕之罪！即便他以前有過無數的功勞，但也早在去年為了妳而抵銷！朕是天子，向來賞罰分明，若是所有人都仗著曾經立過的功勞而為所欲為，那麼天下豈不得大亂？」

皇帝這話一出，自然便是從側面證實了這次御林軍捉拿父親當真是沒安好心，當真是想徹底除之而後快。如此一來，夏玉華更是沒什麼好遮遮掩掩的了！

「為所欲為？不可饒恕之罪？這個民女倒真是無法理解了！」夏玉華並沒有被皇帝明顯發怒的神色所嚇到，而是直直的對上那雙充滿了私心與權謀的眼睛，一字一句面無表情地問道：「敢問皇上，家父到底犯了什麼罪，竟然會如此的不可饒恕？」

第九十五章

「夏玉華，朕知道妳也是聰明人，所以又何必明知故問？」皇帝自是不傻，也懶得跟一個半大不小的女子在這大殿之上多費唇舌，徑直說道：「朕已經查明，舉證陸相以及七皇子的那些證物均出自於夏冬慶之手，依朕所見，只怕這些事情妳也是知情的吧？」

知道夏玉華一向能說會道，因此皇帝倒也沒有再多給她說話的機會，繼續斥責道：「朕生平最容不得結黨營私、爭權奪利之舉，所以自然對陸相以及七皇子的舉動嚴懲不貸。但是，朕同時也最容不得有人乘機暗中生事，圖謀不軌！妳父親如今不過一介平民，為何能夠拿到陸相與七皇子那般重要的罪證？為何又能夠說服朕的恩師出面舉證？這一切的一切，難不成朕當真只會以為妳父親別無他意，只是單純的不願朕被人蒙蔽嗎？」

皇帝冷笑一聲，不容質疑地說道：「只有心懷不軌之人才會時刻算計著這些，除去陸家、除去七皇子，這正是妳父親與他背後所支持的人一起密謀的吧？妳以為朕會看不清這一層，會放任妳父親的陰謀得逞嗎？單憑圖謀不軌這一條罪名，莫說是妳父親，就連你們整個夏家一併入罪也不足為過！」

這一席話，實實在在的令人震懾，同時也是皇帝最真實的內心話。他知道夏玉華不是普通之人，所以也沒必要遮遮掩掩的，更何況以他帝王的身分，這樣的直白已經是天大的恩賜！敢這般當面質問他，除了這個不知死活的夏玉華以外，當真還沒有再遇到過第二人。

「好！說得好！」夏玉華這會兒反倒是神色緩和了不少，拍了拍手一臉輕鬆地說道：「民女今日受教不淺，不論事實究竟是不是這樣，但有一點卻是完全明白了。以前民女總有些想不通，不知世上那麼多人為什麼都想當皇帝，如今看來倒真是一點也不奇怪。原來，這世上本就沒有什麼真正的公正與道理，沒有絕對的對與錯、是與非，有的只是絕對的權力。哪怕是父與子、兄與弟、君與臣、夫與妻等等都是如此。」

「放肆！」這下皇帝可真是完完全全被夏玉華的言論所激怒，他當真沒想到，眼前這個女子竟然如此狂妄到了極致，他重重的拍了一下面前的案桌，怒目圓睜，一字一字幾乎是咬著牙說道：「妳、妳竟敢口出狂言，妳以為朕真的不敢殺了妳？莫說其他，單憑妳剛剛這幾句話便足以讓妳夏家滅九族！妳父親生養了妳這麼一個好女兒，自己找死也就算了，偏生還狂妄愚蠢到累及族人，即便是朕容得了妳，這世上也容不得妳這般無法無天的狂妄之徒！」

「皇上何須如此動怒，民女說的不過是實話，皇上亦心知肚明不是嗎？否則的話又何必如此惱火。這世上的人都是如此，明知是實話卻偏生聽不進去，難不成非要逼著所有的人都說假話？」

夏玉華不在意地笑了笑，繼續說道：「皇上手中的權力至高無上，自然能夠輕易的決定民女以及整個家族的生死，又何必找出這些所謂的罪名來呢？難不成民女唯唯諾諾，卑躬屈膝的，皇上就會大發慈悲放民女一馬，放民女父親一馬，放夏家人一馬？肯定不會吧，既然如此，民女又何必多費心思，做那些表面工夫刻意討好於皇上呢？」

「好好好！朕今日總算是見識到什麼叫無知無懼，什麼叫不知天高地厚！原本還想等到妳父親自行入宮請罪時再看如何處置妳，現在看來倒是不必費事了，朕現在便讓妳、讓妳父親、讓天下人知道，藐視皇權、對朕大不敬之人將會是何等的下場！」

皇帝氣得不行，話音剛落，便覺得一陣暈眩，眼前一片模糊，險些直接昏了過去。

「皇上，您沒事吧？」旁邊的總管太監眼有情況不太對勁，趕緊上前扶住勸慰道：「皇上請息怒，切莫氣壞了龍體呀！奴才這就請太醫過來給您瞧瞧。」

皇帝重重的呼吸了幾下，稍待片刻之後，這才緩過氣來。「朕無事，不需要請什麼太醫……」

等朕處理完這個不知死活的臭丫頭之後，自然就不會氣成這樣了！皇帝在心裡默默的說著。這一次他真的感受到前所未有的憤怒，堂堂一個天子的威嚴竟然被一個不足二十歲的女子所挑釁，這口氣怎麼可能忍得下？

只不過他還沒來得及下令讓人將夏玉華這個狂妄自負之人拖出去杖斃，卻聽夏玉華竟然不知死活的再次出聲了。

「皇上還是趕緊請太醫來瞧瞧吧，雖為龍體，卻也是血肉之軀，再不請太醫瞧的話，怕是情況不妙了。」夏玉華語氣平靜的說著，先前一進大殿之際，她便細看了皇帝的神色，果真如她所料想的一般患有隱疾。

而這一會兒看到皇帝險些昏過去，更加可以斷定上一世之事今日將會發生。不同的是，上一世的皇帝因此而成為半死不活的廢人，太子乘機掌權，數年後繼承大統，但這些已無關乎死去的父親，也無關乎已經不可挽回的夏家。而這一世，她將會改變這一切，讓一切都朝著對夏家有利的方向改變！

「大膽夏玉華，竟然還敢詛咒皇上！」總管太監這會兒可真是驚嚇得不行，這個夏玉華自己不要命也就罷了，若是真把皇上氣出個好歹來，只怕連他們這些奴才都得跟著一併受罪了。

夏玉華搖了搖頭，一臉淡定地回道：「公公說錯了，我雖與家父一樣不太會說話，不過身為醫者，這心可是從頭到尾沒有半分惡意。皇上最近是不是經常出現頭暈目眩的症狀？是否有耳鳴心悸？是否經常徹夜失眠？是否有過出鼻血的狀況？」

她頓了頓，卻是將皇帝以及那總管太監臉上的震驚與不可思議完完全全的盡收眼底。如此一來，她更可以確定一切，也完全沒有後顧之憂了。

「妳如何知曉？」皇帝揮了揮手，示意正準備出聲的總管太監暫且退下，而他也沒有否認，一臉陰騺地朝夏玉華說道：「你們背後到底是何人？」

此刻，皇上心中只覺得一定是有什麼宮裡的人與夏家聯手，而他自然想知道這個替夏家通風報信之人。

「皇上只怕是想錯了，莫非以為是有人將皇上的情況告訴民女，民女才會知道的嗎？」

她搖了搖頭，一臉好笑地說道：「民女雖不才，不過好歹也學醫這麼多年，又是跟著神醫歐陽先生學習的，跟皇上說了這麼久的話，觀察了這麼久，不至於連這一些都看不出來吧？」

這話倒是讓皇帝沈默了，對於夏玉華的醫術，他也有些耳聞，特別是上一次聽那幾位給默兒醫治的太醫回來稟告後，更是知道這女子醫術不凡。但是，光憑這麼遠距離的觀察一下，連把脈都沒有，這女子便能夠看得出他身上所有的病症來嗎？

當真是她的醫術如此出神入化呢？還是這女子早就有所耳聞，才會在此故弄玄虛？

「皇上現在一定是不會相信民女所說的，不過無妨，請不請太醫來也沒什麼多大的關係，反正就算他們來了，最多也就是說皇上是因為國事煩擾，休養不足才會引起這麼些不適，只需多加休息，好生調養一番便無大礙。」夏玉華一臉無辜地說道：「然後他們便會開一些換湯不換藥的安神方子，之後就不了了之了。」

「照妳這麼說，朕的身體並非如太醫所說一般沒有大礙嗎？」這會兒無論相信與否，皇帝都是不會再吝於多說幾句。畢竟事關自己的身體康健，他怎麼可能完全不放在心上？

「是的，皇上的龍體十分不妙，如果再不對症治療的話，怕是隨時有性命之憂。」夏玉華點了點頭，一臉肯定地說著。聽到剛才皇上的反問，她便知道這場賭局她贏定了，因為沒有人會不要自己的命，特別是像皇帝這樣身分的人。

雖然皇帝同樣掌握著她的性命，甚至於夏家所有人的性命，可是與皇帝的命比起來，他們的性命毫不重要，完全與他尊貴的性命沒有得比。誰更愛惜自己的命，誰更不想死，那麼便注定只得退讓求全！

不，不是求全，應該說是——求命！

「胡言亂語，妳以為這個時候說這些就能夠救得了妳的命嗎？妳以為朕會相信妳而去懷疑宮中那些太醫都只是庸醫嗎？」皇帝雖然反駁著，不過卻並沒有再如先前一般想著馬上讓人將夏玉華拖出去杖斃了。

比起殺一個微不足道的女子，他的性命自然更加重要。畢竟萬一這女子說的都是真的那可怎麼辦？不怕萬一就怕一萬，他又怎麼可能給自己斷了唯一的活路？

皇帝的心思，夏玉華自然看得明白，怕死是人之常情，特別是對於這種手握著世間最大權力的人來說更是如此。越是活得有滋有味的人便越是捨不得這滿手的權勢與榮華，捨不得這般輕易的死去。

「是不是胡言亂語用不了多久自然便會見分曉，當然，民女也並非說宮中的太醫全是庸醫，只不過皇上的病實在太過罕見，他們沒有診斷出來也極其正常。」夏玉華倒並不是想貶低那些太醫的醫術，畢竟也不想連累他們受些不必要的責罰。

皇帝所患的當真是種極其罕見的病症，她若不是因為上一世知道結果，這一世也不可能這麼肯定的推斷出來。這種病平日發作時並沒有什麼太過劇烈的症狀，與那些太醫診斷的一樣，也就是類似精神壓力過大、休養不足所產生的一些症狀，所以往往極其容易被忽略。

而等到這種病一旦出現明顯異常的症狀時，便已經是到了最為嚴重的危險關頭，往往都還來不及診斷，更來不及做出任緊急的治療，結果就無法挽回而只能等死了。因此上一世，哪怕身為皇帝，擁有最多的醫者及高貴藥材來源，皇上也還是落得半死不活的下場，勉強又拖了兩年最終還是一命嗚呼。

而夏玉華則是在上一世記憶的幫助下，提前許久便開始研究這種病症，說來，空間內第二個櫃子裡的如意丸倒是幫了她不小的忙，現在想想，取名如意還真是完全符合這個東西的特點。

她也是後來無意中翻閱那幾本厚厚的心經時，才從其中一本裡頭發現夾雜了一張小紙條，上頭寥寥數語記載了這如意丸的一些作用，這是一種特殊煉製的丹藥，其中某項功能正好可以緩解這種症狀所帶來的致命危機。

也不知道這一切是巧合還是老天眷顧，總之既然連老天爺都在幫她，她還有什麼好顧忌遲疑的呢？

「妳這話是什麼意思？什麼叫用不了多久自然便會見分曉？」皇帝這會兒哪裡還有心思顧及旁的，當下便提出反問：「照妳的意思，朕這病用不了多久便會發作了？」

「皇上英明！」夏玉華終於說了一句好聽的話，算得上今日頭一次誇讚之詞，只不過這話怎麼聽都讓人覺得彆扭。

「把話說清楚，否則的話朕現在便殺了妳！」皇帝的耐性似乎即將用盡，果然是關係到身家性命時，自然也就無法那般沈得住氣了。

聽到殺字，夏玉華卻連眼睛都沒眨一下，只是笑了笑道：「好吧，當民女怕死吧，不過本也沒有打算瞞騙皇上。民女剛才已經細細觀察了一會兒，皇上的病怕是已經深入骨髓，最多不超過今日必定會完全爆發出來，到時候……恕民女直言，當真是凶多吉少！當然，信與不信，全憑皇上自己聖裁，民女自是無所謂。」

這話一出，莫說是皇帝自己，就連一旁的總管太監也驚呆了，一臉恐懼不已，如果真是這樣的話，實在也太令人難以置信了吧。這會兒明明還好端端的，可大殿之下那個女子只是冷眼旁觀便能夠看出這些來，便可以斷人隱疾、道人吉凶，甚至於還敢將時間這般肯定的指明在今日之內！

一切實在太讓人覺得不可思議，但同時又讓人害怕不已。皇帝好一會兒才回過神來，他努力控制著心中的驚慌，朝著夏玉華再次反問道：「妳所說的完全爆發會有哪些具體的症狀？若是過了今日並沒有如妳所說的話，又當如何？」

「又當如何？民女在這宮中還能插翅飛了去嗎？如果過了今日皇上龍體還好好的話，那自然是任憑皇上處置了。」夏玉華毫不在意的說著，而後似乎想到了什麼一般，繼續說道：「對了，至於症狀嘛，如果我沒記錯的話，此種病一旦完全爆發出來，整個人將會先出現口鼻眼耳嘴幾處出血的症狀，而後從下肢開始慢慢失去知覺，用不了幾天，整個人會如同活死人一般，最後的話……」

說到這裡，看著皇帝一臉不自覺流露出來的那種恐懼，夏玉華頓了頓，而後才說道：

「最後就不必說了，皇上自己應該也想得到，而且前面的症狀已足夠證明我所說的一切了，不是嗎？」

聽到這句話，皇帝這才意識到自己剛才的失態，連忙收斂臉上的情緒，態度也隨之緩和了一些。「如此，朕便給妳一次機會，倒是要看看妳的醫術當真有沒有這般神奇！若妳是胡說八道的話，那麼明日便是妳的死期！」

說罷，皇帝也沒有再對夏玉華說什麼，而是朝一旁的總管太監揮了揮手道：「先帶她下去！」

「奴才遵旨！」總管太監一聽，自然馬上明白了皇上的用意，畢竟這種事關乎到皇上的性命，所以是寧可信其有不可信其無。

若是這女子胡說八道的話自然是最好不過，皇上既可平安無事，同時也不過是讓她多留一日活命，第二天照樣可以處置以解心頭之恨。

可萬一這夏玉華說的都是真的，那麼既然她單憑目測便能診斷出來的話，那麼說明她也一定有辦法醫治，留著她自然也是為了真有萬一的時候能夠替皇上救治。

而夏玉華亦沒有再多說其他，這會兒工夫，皇帝自然不可能鬆口，也不可能跟她談什麼條件，而她卻是根本不著急，因為到時候自然便是她主導一切！

看著夏玉華被帶下去之後，皇帝這會兒也沒心思再處理朝政之類的了，這種事說不擔心是假的，因此稍坐片刻之後，他便先行回寢宮，一邊召來皇后作陪，一邊命人將宮中醫術最為出色的幾位太醫全數召集到寢宮外頭隨時候命。

不論夏玉華所說的是真是假，總之作好一切準備是絕對不會有錯的。而總管太監也是格外的機靈，特意將夏玉華帶到了一處離皇上寢宮最近的地方暫時讓人看好，以便真有不時之需時可以在最短的時間內將人帶去。

夏玉華在被關押的屋子裡處之泰然，絲毫不著急，其間，那總管太監帶人送過一次吃的東西來，她也不慌不忙的吃了個飽，神色之間如同在自己家中一般淡定從容。

「夏玉華，難不成妳就一點也不擔心嗎？」總管太監卻是忍不住說道：「如今妳夏家是什麼樣的處境妳比誰都清楚，莫說妳父親如今是自身難保，就衝著妳今日的言行舉止，整個夏家都會因妳而……」

「公公的好意，玉華心領，只不過本為他人案上魚肉，又何須替人考慮怎樣個煮法才能讓他更稱心呢？」夏玉華不是頭一次見這總管太監了，上一次因抗旨之事被關在宮裡時，總管太監對她也還不錯，因此對其說話便頗為客氣。「更何況，公公覺得我若沒有十成的把握，會拿自己的性命這般開玩笑嗎？」

夏玉華的話讓總管太監不由得愣了一下，眼前這女子雖然向來膽大包天，可是他倒也覺得並非那種胡說八道、滿口謊言之人，難不成這女子的醫術真的已經達到了出神入化的地步？難道皇上真的得了什麼罕見的大病，而且已經到了極端危險的時候？

「妳的意思是，皇上當真得了重病並且今日真的會病發？」他仍然無法抑制自己心中的疑惑。「那如果真是這樣的話，妳真有辦法能夠治好皇上？」

「公公何須心急？到時候自然一切便知曉了。」夏玉華卻是微微一笑。「反正天也快黑了，今日總共也沒剩多久的時間，就拭目以待吧！」

見狀，總管太監也不好再多問，回頭再次半信半疑的看了一眼一臉鎮定的夏玉華，片刻後這才帶著人先行離開。

而就在總管太監重新前往皇帝的寢宮準備回稟之際，卻發現寢宮門口竟然有不少宮人快速的進進出出，他當下道了聲不好，不待出聲詢問，便有一名太監見到他後馬上稟報道：「劉公公，不好了，皇上突然得了急症，幾個太醫已經被傳去診治了！皇上吩咐趕緊將那夏家的小姐帶過去面聖！」

總管太監一聽，頓時腦袋嗡的一聲如同被什麼東西給狠狠重擊了一下，半天都反應不過來，等他回過神時，卻見那名小太監竟然還傻傻的愣在原地看著他，一時間怒罵道：「沒用的東西，還愣在這裡做什麼，趕緊去將人帶過來！」

「是！」小太監見狀，這才反應了過來，趕緊往外跑去。總管太監又罵了一聲，而後卻也沒時間再去斥責，趕緊抬步往寢宮裡走去。

第九十六章

進入寢宮後，總管太監當真是嚇了一大跳，只見皇帝這會兒已經被人扶到床上靠坐好，眼耳口鼻處當真如同七竅出血似的不斷滲出血絲，雖然這會兒出血情況還不算嚴重，但是其症狀竟然果真如夏玉華所說的一般。

此時此刻，寢宮內的氣氛緊張到了極點，幾位太醫輪流診治著，看著突然發病的皇帝心中是叫苦不已。皇帝這病發作得太過突然，他們誰都沒有半絲的準備不說，更重要的是，已經有三位太醫把過脈了，竟無一人看得出到底是什麼病症。

還剩下最後一位候著的太醫沒有把脈，不過這會兒工夫，那僅餘的太醫也已經是心虛得不行了。平日裡皇帝最多也就是有點頭暈目眩、耳鳴之類的小毛病，他們都沒怎麼太過放在心上，一致認為是因為皇帝太過操勞，缺少休息所引起的，所以並沒有太過在意。

如今看來，恐怕以往那些症狀根本就不是他們所想的那麼簡單，接連幾位太醫都把過脈，卻無一人能夠看出什麼名堂來，想來這回可真是凶多吉少了。若是皇帝有個好歹，那他們這項上人頭怕也是保不住，畢竟平日裡沒有看出任何不妥當，這突然出了問題，他們幾個自然是脫不了失職一罪了。

而皇后則坐在床邊，不時的替皇帝擦拭著四處滲出的血絲，看著接連三位太醫診完卻只是一個個跟傻子似的苦著一張臉，半句像樣的話都說不出來，連到底是什麼病都沒有瞧出來。

「你們這幾個沒用的東西，到底查出來沒有？皇上這會兒出血的情況似乎越來越嚴重了，趕緊給本宮想辦法醫治呀！」皇后是又急又氣，一把將手中的濕毛巾朝著最後一位還沒有診過卻呆愣在那裡的太醫砸去，怒罵道：「還愣著做什麼？趕緊過來給皇上診脈！」

那個倒楣的太醫不偏不倚，正好被染血的毛巾砸了個正著，嚇得連腳步都有些走不太穩了，好不容易的快走到龍床前，可那雙手已經抖得不成樣子，莫說把脈，怕是這會兒給雙筷子他也都拿不穩了。

「滾！」皇帝大怒，沒等那位發抖的太醫再走近一步，便大吼一聲，朝著旁邊幾位已經診過的太醫斥責道：「朕養你們這班廢物有什麼用？這個時候，竟然沒有一個人診得出朕到底生的是什麼病！」

幾人見龍顏大怒，自是嚇得腳一軟，齊齊的跪了下來叩頭求饒：「皇上恕罪，微臣無用，實在是看不出到底是什麼病。」

其中一人更是斗膽說道：「微臣行醫幾十年，還是頭一回碰到這樣的情況，實在是無法確診，亦不敢貿然用藥呀！」

其他幾人紛紛附和，這種時候自然是眾口一詞方才是上策，更何況他們也的確沒有說假話。皇上這種病當真十分罕見，更讓他們不安的是，這麼一下子不但突然發作，而且還一發作就已經十分的嚴重。

雖然他們暫時診不出到底是什麼病，但是他們卻都診得出這病不僅來得凶猛而且十分危險，所以這會兒心中全然已是失了分寸，個個擔心自己腦袋不保。

而聽到這些太醫說的話，皇帝更是氣得不行，正欲再發火，忽然發現自己的左腳有麻麻的感覺，他心中頓時一驚，也沒時間再去斥責那些無用的太醫，轉而朝一旁的太監罵道：「讓你們趕緊去將那夏玉華帶過來，怎麼到現在還沒有看到人？」

皇后先前也聽皇帝說起了一二，所以也明白這會兒這個夏玉華的重要性，因此趕緊跟著說道：「還愣著做什麼，趕緊再去催，耽誤了皇上的身子，你們誰都沒好果子吃！」

一旁的太監見狀，自是緊張不已，連忙領命退了下去再飛快的催人去了。

而總管太監這會兒倒是完完全全相信了夏玉華說的話，對那個女子當真是不服都不行，沒想到這麼多太醫連個已經發作了的病症都診斷不出來，而那個夏玉華竟然能夠提前只觀皇上龍顏便能夠斷言，這實在是太過不可思議了。

不過這會兒並不是適合感嘆的時候，他連忙上前一步，安慰皇帝道：「皇上息怒，依奴才看，那個夏玉華既然能夠提前看您龍顏便能夠說出您的病症，這說明她也一定有醫治的辦法。」

皇帝聽到這話，卻是沒有再說什麼，只是重重的嘆了口氣，心中暗道了聲可惡！

難怪這個女了敢如此大膽猖狂，如此的蔑視他這個天子，原來當真一開始便看出了他已經身患重病，看出了今日他必定有求於她！

好一個可惡的女子，可偏生如今他卻不得不求助於她！而以這女子的心性，自然不可能錯過這麼好的機會，看來這一次他是不得不再次放下一舉除去夏冬慶及夏家的打算了。

見皇上不出聲，只是黑著一張臉靠在那裡不知道在想些什麼，寢宮裡頭的人都不敢再說半個字，就連皇后這會兒都聰明的閉上了嘴。如此一來，宮內的氣氛越發的讓人覺得壓抑無比，如同暴風雨即將來襲之前，安靜得那般可怕！

已經乘機退到一旁的太醫們此刻心中個個都活躍了起來，他們剛才聽總管太監提到了夏玉華，知道這個女子竟然能夠在皇上沒有發病之前便看出隱疾，而且還有辦法診治，一時間這心中是又喜又憂的，可說複雜無比。

喜的自然是，不論是誰能夠治好皇上，最少他們都不會因此而掉腦袋，保得住命當然是天大的喜事；憂的卻是，他們這些堂堂太醫加到一起竟然還比不過一個年輕女子，這又讓他們顏面何存？

雖然上一次在五皇子府，有幾人便已經見識過夏玉華的醫術了，可是從這一次的情況來看，這個女子的能力遠遠不只當初他們所想像的，醫術也再次提升到另一個階段。這會兒即便是請來神醫歐陽寧，只怕也不見得能夠做得到吧！

一時間，這些人心裡頭自然又極不是滋味，他們到這會兒工夫診了半天都瞧不出個名堂來，人家小姑娘早在沒發病前就已經看明白了，這樣的對比實在是讓他們無法不覺得丟臉呀。不過好說歹說，與丟臉相比，這保命自然還是更重要一些，如今反正事態的發展也不是他們所能夠控制，唯有邊看邊走了。

眾人各懷心思，而就在緊張的氣氛幾乎快要爆發的瞬間，外頭終於通報夏玉華已經到了，總管太監趕緊讓人將夏玉華帶了進來，如今看來，這姑娘倒真是擁有足以傲人的條件呀！

夏玉華一進來便看清楚了裡頭的狀況，緊張而垂頭喪氣的太醫，小心翼翼深怕惹禍的太監，滿面焦急的皇后，當然還有那臉色黑得可比木炭的皇帝。

她同時也沒有錯過皇帝臉上不斷被擦拭卻又馬上滲出的血絲，更沒有錯過已經有太監在替皇帝捏揉腳部。一切狀況似乎比她預想的還要快，怪不得去催她的人個個急成那樣。

知道夏玉華也沒有打算行參見禮，皇帝這會兒也完全不在意這些形式了，直接出聲問道：「夏玉華，妳先前所斷定的症狀絲毫不差，朕問妳可有辦法醫治？」

裝什麼裝？這會兒自然沒有再佯裝的必要，保命要緊呀，皇帝心中比誰都清楚這點，因此也並不在意拉下臉面與尊嚴。「只要妳能夠治好朕，朕一定會好好賞賜妳！」

聽到這些，夏玉華不由得笑了笑，而後說道：「皇上，賞賜什麼的民女就不貪心了，民女想要什麼，想必皇上心中應該比民女更清楚吧？」

「大膽，竟敢如此無禮……」皇后在一旁卻是不悅了，沒想到這世間竟然有如此不知禮數還膽大包天的人，當著皇上的面不但不行禮，而且說話口氣還如此狂妄。

「罷了，皇后不必與她計較！」皇帝這會兒卻沒有心思再計較半分，他越來越覺得自己氣息虛弱，甚至隨時都會斷氣一般。因此趕緊朝著皇后擺了擺手，自己找著臺階下。「她不過是心直口快罷了，並無什麼惡意。」

夏玉華一聽，卻是極其配合的笑了笑，一臉贊同地說道：「皇上果然聖明，民女佩服。」

「行了，妳的想法朕心中自然有數，朕答應妳，這一次不論是妳父親還是妳的事都一筆勾銷，這總行了吧？」皇帝心中一橫，咱們走著瞧吧，只要他平安，日後總是有機會的，也沒有必要趕在這會兒一定得怎麼著了。

夏玉華哪裡會不明白皇帝的打算呢？這一次的事一筆勾銷，那再有下一次呢？以皇帝的身分，想要找他們的麻煩那不是很容易的嗎？當她夏玉華的智力這麼低，這麼好糊弄嗎？

「皇上這話倒是頗有誠意，不過民女卻是個死心眼，民女也不貪，不求榮華不求富貴，只求家人以後都能夠永遠這般平平安安的。」她頓了頓，直視著皇帝沒有半絲的退卻。「皇上乃九五之尊，想必能夠達成民女如此小的心願吧？」

皇帝心中早就已經極其不爽，可身體卻是更加的不舒服了，這會兒哪怕夏玉華提出再多再無理的要求來，他卻也不得不應下，稍微吸了口氣，也沒有再多作耽擱，點了點頭道：「好，朕答應妳便是！別再耽誤了，趕緊替朕醫治吧！」

這會兒工夫，皇帝已經感覺到自己雙腳都開始發麻，呼吸困難不已，而且七竅流血越發的嚴重了，原本只是細微的血絲，如今卻是開始加劇了起來，再這樣拖下去，怕是會正如那女子所說的無力回天了。所以這會兒不論夏玉華提出什麼要求他都會答應，反正到時候誰說了算，便不是這個女人能夠作主了！

皇帝心中自是打著如意算盤，他就不信以他堂堂天子之軀，會被這麼一個小女子牽著鼻子走。但凡身子無恙之後，明裡不行，暗裡也行，檯面上不能對夏冬慶及夏家人怎麼樣，可若是老天爺要出點什麼意外的話，卻也不關他的事了！

可夏玉華也不是傻子，怎麼可能料想不到這一點呢？其實要皇帝的親口一句話，也不過是當著這麼多人面前的一種形式罷了，也算是給足皇帝面子與臺階下了，若想要讓皇帝真正做到這些的話，承諾是最沒有用的，反而只需一直捏著他的弱點便足矣！

「皇上，民女還有一事得提前說明一下。」她神情分外的輕鬆，想著一會兒皇帝若是知道自己的小算盤打不成的話，還不知道會內傷成什麼樣子。她不得不承認如今自己的確比以前壞心眼多了，想到皇帝越是不爽，她便越是高興。

「什麼事？」皇帝皺著眉頭，並不太喜歡夏玉華此刻還在這裡囉嗦個不停，可卻又不得不讓她將話說完。

夏玉華接著說道：「皇上的病已經深入骨髓，所以民女並沒有辦法能夠一次性替您根治……」

「妳這是什麼意思？難道還想以此長期要脅於朕？夏玉華，妳的膽子實在是太大了！」話還沒說完，皇帝便再也沈不住氣，這夏玉華實在太過陰險，擺明了不就是想拿他的病作為長期的護身符嗎？只要他還需要這丫頭診治一天，便無論如何也不敢去動夏家半根汗毛，沒想到這個女子心計城府竟然如此深。

「皇上言過了，民女哪有那樣的膽子。民女是實話實說，您的病嚴重到了什麼程度想必幾位太醫心中也有數，今日民女能夠保住您的性命已經是最好的結果了。若皇上想一次性根治的話，那麼恕民女實在無能為力，皇上只能另請高人了。」

夏玉華可不在意天威大怒，真不明白皇帝是不是病傻了，當她夏玉華是這麼弱智嗎？一次性將你治好了，日後再等著你來反撲？

一時間，寢宮內更是人心惶惶，皇帝顯然氣得不輕，不過情緒越是激動，病情也就惡化得越快。夏玉華好意的提醒皇帝不要再動肝火，否則再嚴重下去的話，她也是無能為力了。

而一旁的幾位太醫在皇帝的示意下，卻也都紛紛出來佐證了夏玉華說的話，這種病的確十分罕見，更主要的是皇上的症狀已經到了晚期，如夏玉華所言，能夠保住性命已經是極其不易了，若想一次性徹底根治的話，簡直是不可能的事。

皇帝心中氣得不行，不過為了自己這條命不得不暫時忍下來，其實也早就已經沒什麼力氣去多想了。而夏玉華卻絲毫不著急，哪怕保住皇帝的性命之後，皇帝再想旁的辦法也不可能擺脫她的定期治療。

就算是給太醫們再多時間，那些人也不可能代替她來根治皇帝的病，一則是這種病的確罕見，二則，她也不會傻到這一層都想不到。所以她自然會在一會兒診治的過程中留下一手，讓那些太醫到時去瞎忙吧，再怎麼想破頭也不可能解得了。

從今天起，皇上便不得不依靠她的醫治維持性命，他若不想死的話便不敢再對夏家隨便生出什麼旁的念頭來，否則的話便是自尋死路！

就這一小會兒工夫，皇帝已經是七竅大量開始冒血，整個半側身子也發麻了，還臉色死白，大口大口的喘息著，如同隨時都會沒命了似的。皇后嚇壞了，趕緊讓夏玉華過去醫治皇帝，而夏玉華卻偏偏誰都不理，只是靜靜的注視著皇帝，等著他親自點這個頭。

皇帝這會兒自然也早就沒有了多餘的力氣再去想以後的事，好歹這會兒先保住命再說吧，因此一咬牙，應下了夏玉華所有的要求，而後再也沒力氣多說半個字了。

見狀，夏玉華這才欣然一笑，從身上取下隨身攜帶的袋子，並將裡頭的東西一一擺了出來。

「誰幫我作個助手，我得馬上施針！」她將銀針袋放到一旁，朝著那些太醫看了過去。

那些人當中有一人這會兒倒是反應出奇的快，馬上出列過來幫忙，開始準備給夏玉華的銀針作消毒等事宜。

「請皇后將閒雜人等屏退出去，現在是緊急救治，不需要這麼多人在這裡干擾！」夏玉華邊說邊開始將帶來的幾個小藥瓶各自檢查了一遍，放到一旁以備取用。

皇后這會兒自然不得不對夏玉華的話言聽計從，沒一會兒的工夫，寢宮裡頭果真清靜了不少，夏玉華見準備得差不多了，也不再耽擱，開始扎針施救起來。

她的時間把握得還算剛好，這會兒皇帝看上去雖然已經病情嚴重了，不過卻也沒有錯過最佳的救治時間點。利用歐陽先生曾經教過她的那套最神奇的針灸之術，再經過她的一些巧妙改變之後，果真很順利的止住了出血的狀況。

而後夏玉華又細細的替皇帝把脈，心中暗自計算著一會兒的用藥量，多一分則很容易為日後那些太醫破解而留下隱憂，少一分的話則又難達到效果，所以她得仔細再仔細，萬不能留下半絲的疏漏。

「皇上，皇上怎麼反倒是暈過去了？」一旁的皇后見皇帝這會兒竟然閉上了眼睛，一時間嚇得趕緊出聲質問夏玉華。

夏玉華沒什麼表情地回了一句：「皇后不覺得皇上這會兒昏睡過去更好嗎？難道非得讓他感受疼痛？」

這一句話頓時將皇后堵得有些啞口無言，一旁的太醫見狀，連忙解釋道：「請皇后娘娘不必擔心，夏小姐不過是在扎針之際順便扎了一下皇上的昏睡穴，如此可緩解痛苦。」

夏玉華也沒有再理那只會亂嚷嚷的皇后，把完脈後，又重新封了幾處穴位。等時間差不多之際，將事先製成的幾種藥丸放到碗中用溫水化開，命人將藥汁餵給皇帝喝下。

兩刻鐘後，皇帝果然醒了過來，夏玉華再次把過脈後，將其身上的銀針一一拔去，開口問道：「皇上現在感覺如何？身上可還有發麻的感覺？」

皇帝搖了搖頭，略顯虛弱地說道：「沒有發麻的感覺，不過身上卻更是沒力氣了。」

「這個自然，民女無能，只能除去您體內一部分的隱疾，至於已經深入骨髓的那些病症暫時沒這能力根治。」夏玉華平靜地說道：「不過皇上也不必過於憂慮，只要持續藥物控制以及定期扎針治療，便可以防止其擴散。」

皇帝這會兒倒是沒有再出聲，而是抬眼朝一旁的幾位太醫看了一眼，那幾位太醫倒也機靈，連忙出聲要求再次請脈。

夏玉華見狀，也絲毫不在意，笑咪咪的退到一旁給他們騰出位置。正好讓這些太醫再一次來證實她說的話吧，省得皇帝總存著僥倖之心。

幾位太醫依次再次診斷過後，卻是讓皇帝失望不已，本想著這些人能夠有什麼新的發現，沒想到竟然一個個的誇起夏玉華來了，還是當著他這個皇帝的面，一個稱讚了不得，一口說這樣已經是相當了不起了，一個表示心服口服，一個則說日後要多請教醫術什麼的。

皇帝越聽心裡頭越是鬱悶，卻也沒力氣再多發什麼脾氣，只得揮了揮手，讓那幾位太醫趕緊閉上嘴巴。而一旁的皇后也不傻，自然看明白了，見狀，也不必再讓皇帝多費口舌，徑直示意讓夏玉華現在便去開方子。

開完方子後，夏玉華將具體的用量與用法同負責的太醫交代了一遍，而後又明確的表示復發周期大約是三個月，所以一旦到時皇上有什麼不太舒服的地方，千萬不可大意，得馬上派人召她前來診治。

太醫們一致確認過所開的藥方後，這才讓人去太醫院抓藥及煎藥。而等候的這會兒工夫，一行人自然都被打發到了外頭，直到皇帝喝下藥準備再次休息，確定一切正常之後，夏玉華這才得到皇帝的允許出宮回家。

皇帝很明顯是鬱悶到了極點，只是出聲讓總管太監將夏玉華送出宮去，而後便閉上眼不再理會。夏玉華心中開懷不已，看著如今拿她沒有絲毫辦法的皇帝真是說不出來的滿意。與來時一樣，她依舊沒有行什麼大禮，只是稍微福了福身，算是當著這麼多人給皇帝一個臺階下，而後便徑直轉身離去。

夏玉華離開後，皇帝這才朝著還候在一旁的太醫問道：「若是朕的病再次發作，你們可有辦法醫治？」

太醫們你看看我、我看看你，最終有個膽子稍微大一點的上前一步，小聲回答道：「皇上，那夏家姑娘針灸的方法極其特別，臣等實在是無法複製，而且最關鍵的是，先前她給您服下的藥汁，除非有原始配方，否則的話……」

「都給朕滾！」皇帝一聲怒斥，此刻心中恨不得將這群沒用的庸才一一拖出去砍了，以消怨氣！

第九十七章

夏玉華就這麼有驚無險的出宮了，總管太監還必須客客氣氣的派車將人給送回到家門口，並且將留在夏家的那些御林軍給全部撤了回來，從此也沒有人再提捉拿夏冬慶的一言半語。

看到夏玉華果真平安回來了，夏家的僕人一個個高興不已，管家趕緊招呼著人給小姐做吃的、燒熱水沐浴去霉氣，而鳳兒則當場仔細打量了一番，確定自家小姐好端端的，連根髮絲都不曾少，這才欣喜的連忙將小姐扶到屋子裡先行休息。

「小姐，妳先喝杯熱茶暖暖身子，王嬸已經在包妳最喜歡吃的餃子了！」鳳兒端上茶在一旁侍候著，這會兒工夫就只差不知道老爺情況怎麼樣了。

「我晚上吃過飯了，讓他們別忙活了。」夏玉華喝了口茶，卻是擺了擺手，示意鳳兒莫讓府中下人忙活了，都這個時候了，既然沒事，大家都早些休息，明日還有明日的事。

「不怕不怕，一會兒老爺回來了也可以吃一點，估摸著老爺擔心妳，晚上肯定沒吃什麼東西。」鳳兒卻是想得明白，小姐這會兒平安回來了，這便說明老爺也應該沒事了，所以五皇子那邊一定也已經收到了消息，用不了多久，老爺應該也得回來了。

聽了鳳兒的話，夏玉華也沒有再說什麼，只是點了點頭說道：「也行，這會兒他們應該也知道皇上已經收回捉拿父親的旨意了。」

鳳兒一聽，更是高興了，連連用力點了點頭，原本心中好奇得很，想知道小姐到底是如何化解了這次危險，讓皇上打消要害老爺的心思，可是她也知道這些事並不是她應該多嘴問的，所以興奮之餘也能掌握好分寸，只是盡心的給小姐按捏著，其他的便不再多問。

沒一會兒工夫，院子外頭便響起了夏冬慶的聲音，夏玉華連忙與鳳兒對視一眼，笑著說道：「是爹爹回來了！」

說著，她趕緊起身相迎，才剛走出幾步，夏冬慶已經大步跨了進來。

看到女兒果然安然無恙的站在自己面前，夏冬慶當真是興奮不已，當著下人的面便上前拉住女兒的手，一臉激動地說道：「玉兒，我的好女兒，看到妳沒事，爹爹總算是放心了！」

「爹爹，女兒這不是好好的嗎？先坐下再說吧！」看著滿心歡喜又激動不已的父親，夏玉華連忙扶著父親到一旁的軟榻上坐下來，而後自己亦在父親身旁坐下說道：「爹爹對不起，先前情況緊急，所以女兒不得不示意松子將您打暈，您不會怪女兒吧？」

「傻丫頭，爹爹怎麼會怪妳呢？爹爹知道妳都是為了我好，只不過妳這般做實在是太不把自己的性命當回事，太過冒險了，好在妳沒事，若是出了事的話，爹爹這一輩子都不會原諒自己的！」

夏冬慶一臉的慚愧。「都是爹爹沒用，險些又害了妳！玉兒，妳得答應爹爹，日後若再發生這樣的事情，萬萬不可再像今日這般不顧及自己，明白嗎？妳得知道，若是妳有個三長兩短，爹爹又怎麼可能獨自苟活呢？」

「爹爹，已經沒事了，您就不要再多想這些了。再說，女兒若是心中沒有絕對的把握，又怎麼會去冒這樣的險呢？」夏玉華笑著安慰父親。「不過，女兒的確是任性了一些，讓爹爹擔心了，日後行事一定會謹記爹爹的教誨，不再讓您這般擔心的。」

「妳這孩子呀！」夏冬慶一時間也不知道說什麼才好，這丫頭明明自己一個人扛起了這麼多，卻偏偏還反過來安慰他，想想自己也真是何其有幸，竟然得了一個這麼好的女兒。

接過女兒親手遞來的熱茶，他也不願再拂女兒心意，喝了一口便不再多說這些，省得又讓女兒想著法子來安撫他。

「對了玉兒，妳是如何得知皇上身患隱疾的？」夏冬慶先前已經從鄭默然那裡得知了玉華順利化解危機的大致過程，不過這心中卻始終有些想不太明白，看女兒先前那般自信的神情，估摸著應該是早有所準備，可連鄭默然都不知情，甚至太醫之前也都沒瞧出什麼名堂來，怎麼偏偏玉華就能提前知道了呢？

雖然他也知道如今的女兒醫術不凡，可是再怎麼樣若是沒有半絲準備的話，怎麼可能單憑臨時這麼看上兩眼便能夠道出一切，還能準備得這麼齊全，從容不迫的醫治好皇上呢？

聽到父親的疑問，夏玉華倒是一早便想好了說辭，因此並沒有過多的停頓，自然而然的回答道：「這倒是多虧了莫大哥，我也是從他那裡得知了一些關於皇上身體狀況的情報，後來留意了一下，這才發現與前些日子所研究的一種極其罕見的病症十分相像，所以才會提前準備了一下，今日面聖時發現他氣色極其不好，正是病症將要爆發的前兆。」

她並沒有解釋太多，畢竟這番說辭多少還是有些勉強，所以說完這些便主動轉移話題。「對了爹爹，您的行蹤沒有被人發現吧？皇上似乎已經懷疑咱們背後與哪位皇子有合作關係，五皇子那裡應該沒什麼不妥吧？」

心中暗自笑了笑，若是讓父親知道自己先前在宮裡頭是那般態度對待皇帝的話，估摸著不知道又會讓父親擔心成什麼樣了。所以夏玉華絕口不提那些，反正她心中也清楚，皇上可比她好臉面得多，自然也不會讓這些閒話有機會傳出來的。

見女兒稍微解釋了一下便將話題轉移開來，夏冬慶心知這孩子多少還是沒有完全對自己說實話，不過既然玉兒不願多提，他也不好一再追問，總之如今女兒的能耐是越發的厲害了，而有些事情他似乎也不好太過干涉。

因此，順著夏玉華問的話，他亦自然而然的回答：「應該沒人發現，爹爹行事很小心的，而五皇子更是謹慎得很。不過，以皇上的心思，這事怕也是遲早會察覺的。」

聽到父親的話，夏玉華不由得沈默了起來，父親說得對，這世上沒有不透風的牆。更何況五皇子若想再往前進一步的話，行動是遲早的事，與其到時讓皇上發現了，倒不如先發制人！

想到這裡，夏玉華微微勾起唇角笑了笑道：「爹爹，既然皇上這麼想知道我們與哪個皇子聯手合作的話，那麼咱們不如讓他如願算了。」

「這是什麼意思？」夏冬慶不由得愣了一下，一時間不明白女兒到底在想些什麼。以女兒的心性當然不可能真的會生出這種想法來，如此說來勢必是另有乾坤了？

而夏玉華見父親一臉的疑惑，也沒多說什麼，只是略帶玩笑地說道：「就目前儲位之爭而言，七皇子已經完全不足為慮，剩下實力最強的自然是太子與二皇子這兩夥人。太子本就是名正言順的繼位者，所以沒有可能還多此一舉與我們扯上什麼關係，但是二皇子的話，就很難說了，畢竟有沒有是一回事，信不信又是另一回事了。皇上天性多疑，就讓他好好去猜測吧。」

她的話只說了一半，剩下的並沒有說出來，而夏冬慶在這方面卻也不是蠢才，一下子便明白了自己女兒的用意，他也沒有多說，只是簡單應道：「不行，這事風險太多，爹爹不會讓妳去做的。」

玉華這是想故意攪渾一池的水，讓皇上、太子以為他們私底下與二皇子合謀。如此一來，會更加激發他們之間的矛盾衝突，不但可以暫時轉移皇帝的注意力與懷疑的目標，而且不論太子與二皇子鬥成什麼樣，對於他們來說都是百利而無一害。

可是，夏冬慶卻是萬萬不願讓女兒再親自摻和到這些事情裡，對一個女孩子來說，這實在太過危險，所以無論如何他都不會讓玉華冒這種險。「妳的想法倒是不錯，不過此事還是讓爹爹來安排吧！」

「不！」夏玉華卻是搖了搖頭，否定了父親的想法。「爹爹，此事你我都不必出面，讓五皇子去安排吧，這一點他應該有足夠的興趣與能力做好，而且這本就是於他最有利的事，理當讓他去做。」

聽到夏玉華的話，夏冬慶這下倒是不由得點了點頭。「還是妳考慮得周詳，過些天爹爹便私下去找五皇子。」

「還是讓女兒去吧，正好過些天也到了給五皇子複診的日子了，女兒去不會引人懷疑，爹爹去的話，萬一被人撞見可就不好了。」

夏玉華知道，即便自己暫時抓住了皇帝的弱點，但是若想真正的安枕，永絕後患，唯有儘量讓夏家重新強大起來，畢竟皇帝也不是那麼簡單之人，這種事情拖得越久，發生變化的可能性便越大，唯有真正的強大方才是自保的最佳方式。

父女倆在這一點上很快達成了共識，夏冬慶明白夏玉華的考慮較為周全，所以也不再堅持己見。

今年的元宵節就在這有驚無險中度過了，完完全全感受不到佳節的氣氛，但不論如何卻也是夏家再次化險為夷的一天。父女倆一併用了些王嬸做的菜餚後也沒有再多聊，時間已經很晚，折騰了一天下來，大夥兒也都累了。

將父親送走之後，夏玉華洗漱了一番，沒有再多想便上床休息。她知道，從今日起，一切都將完完全全的不同了！

第二天，休息了一個晚上的夏家早就已經沒有昨日突發事件時的那份擾攘與緊張，府中的僕人似乎也已習慣了那樣的場面，因此一個個這會兒都跟什麼事也沒發生過一般，各自忙著各自的事情。

夏玉華估摸著家中勉強可以算是平安了，因此與父親商量了一下後，覺得這個時候可以去接阮氏與成孝回來了。阮氏還有孕在身，總留在外頭也不好，回到家中跟家人在一起，照顧更方便不說，心情也會更好一些。而且成孝這邊學堂也不能總停著，眼看著元宵節一過，學堂也都開始陸續上學了。

原本想著親自去接的，不過後來轉念一想，怕是反倒不太好，畢竟那處宅子日後說不定還有用得著的時候，親自去接的話容易曝光。因此夏冬慶親筆寫了一封信，讓人送到黃將軍手中，轉而由黃將軍暗中將人給護送回來。

正好這會兒年也已經整個過完了，從娘家回來也是合情合理的說法，也不至於惹人注意。

既然安下心來，醫館那邊也就去得多了一些，這日正替人診治，卻見莫陽竟然上門來。夏玉華看了看一旁排隊的病患，見今日人不算太多，便喚一名大夫過來替代她先行看診。

「莫大哥，你怎麼來了？」走到莫陽身旁，夏玉華心情更是分外的好，略微歪著頭朝向正含笑看著自己的莫陽說道：「你是什麼時候回來的呀？」

「今日剛回來，這裡說話不方便，妳現在若不是特別忙的話，咱們換個地方再聊。」莫陽看了一下一旁正好奇的打量他們的眾人，跟夏玉華商量著問道：「正好這裡離茶樓也不遠，去那裡行嗎？」

茶樓離這裡的確很近，走過去兩條街便到了，一路上兩人雖都沒有急著多說其他，不過卻都神情含笑，顯然這一別多日後的再次相見讓他們很是開心。

進了茶樓，掌櫃親自奉上了最好的茶，以及夏玉華平日裡一些愛吃的茶點，而後馬上識相的退了出去，將空間讓給了自家老闆與夏小姐兩人單獨相處。

手中的茶帶著讓人舒服的溫度，細細品了幾口更是唇齒之間香醇無比。

「你怎麼……」

「我聽說……」

沒有放下茶杯，兩人卻幾乎是異口同聲的出聲了，見彼此不約而同開口了，便都又一起停了下來，而後相視一笑，當真是很有意思。

片刻後，莫陽才含笑而道：「妳先說吧。」

夏玉華點了點頭，也沒跟莫陽客氣，先說道：「莫大哥，你那邊的事情都處理好了嗎？」

這一趟路總共耗了近二十天的時間，看來所出的紕漏應該不小，否則的話，不說春節，怎麼可能連元宵節都錯過了，就在路上這麼的過年過節了呢。

「都處理好了，不過是虧了一些銀兩罷了，好在人員以及其他方面的影響並不算大。做生意本就如此，有賺也有賠，算不了什麼的。」莫陽知道夏玉華這是在替他擔心，因此心中很是高興，話頭上卻越發的說得輕描淡寫。

這次的事的確很複雜，他也是費了九牛二虎之力才得以解決，不過總歸都已經解決了，所以也就沒必要說得太過詳細，省得讓這丫頭擔心。而比起這件事來，他卻更為關心玉華的事，剛剛一回來，林伊那傢伙便跟他說了最新得來的一些情報，其中有件事竟然是關於玉華昨日被捉拿入宮的事。

沒想到他才離開這麼一些日子，夏家與玉華竟然又碰上了這樣的事，看來皇帝當真是沒打算放過夏家，而哪怕這一次又被玉華成功化解，但是成天被人這般惦記的話，絕對不是什麼好事。俗話說得好，不怕賊偷，就怕賊惦記。總這麼下去的話，夏家與玉華遲早還是會再次被人設計陷害的。

莫陽很快便說完了自己的事，轉而朝玉華問道：「我聽說了昨日之事，雖說皇上暫時還需要妳替其醫治，所以不會這麼快動夏家，但是以皇上的性子也絕對不會這般坐以待斃，由著妳來控制。玉華，這一次不僅是夏家，就連妳也是更加徹底的惹惱了皇上，依我看，皇上肯定不會善罷甘休的。」

莫陽的意思，夏玉華自然也明白，原本她就想好了，等莫陽回來有些事情要找他商量，請他幫忙。如今既然莫陽主動提到了這些，那她也不會有所隱瞞的。

「莫大哥，此事我心中已經有了解決的方法，只不過還得需要你的情報機構替我蒐集一些特殊的情報。」夏玉華這會兒滿臉嚴肅地說道：「我已經想好了，先發制人總好過受人所制。我夏家就算什麼也不做也不會有真正安穩消停的時候，倒不如加快步伐讓我夏家重新恢復以往的強勢，甚至於超越以往，強大到連皇上都不敢隨意拿捏。」

說到這些時，夏玉華臉上的神色無比的認真，而莫陽自然也明白這丫頭是一早便打定了主意，所以他也不會多說任何反對之言。更何況，他覺得玉華想得沒錯，在這種已經跟皇上明著翻臉的情況下，唯有真正的強大才是最好的自我保護方式。

之前其實玉華也是這般想的，只不過因為各方面的原因，步伐相對來說要慢得多，而眼下的情勢已經容不得她再如以前打算的那般一步一步的來；求穩固然重要，但是在這種情況下，主動出擊卻更是一種必不可少的果斷與自保的最佳方式。

「妳說吧，需要蒐集哪些特殊的情報，我都可以幫妳的。」他沒有半絲的猶豫便應了下來，在他的心中，玉華的事及夏家的事早就已經成為了他的事情；就算玉華不跟他開口，只要他能想得到的也都會主動去辦，而如今玉華主動向他開口了，更是說明這個丫頭已經沒有再跟以往一般與他劃清界線了。

莫陽說的話並非誇口，無孔不入用在他們這個情報機構是再好不過的形容，只不過得看事情的難易程度而決定所需要的時間以及花費的財力、人力罷了。

見狀，夏玉華也沒有多耽擱，頓了頓後說道：「我想要蒐集一些關於西北邊境敵國的特殊情報……」

她細細的朝莫陽說道了起來，而莫陽也沒有多問任何的緣由，只是將這些一一的記在了心中。玉華所要調查的事情不算太難，但是信息範圍卻非常的廣，而且不是本國，所以時間上可能會久一點。

兩人又商量了一下具體的事，一旦蒐集到與那邊相關的情報，便分別在最短時間內送來，至於情報有無價值這一點，夏玉華便會根據她所需要的一一進行篩選與判定，而剩下的那些情報亦可以用來充實情報庫，倒也不至於浪費掉。

都是辦事俐索之人，所以很快便將具體的事宜商量了個清楚，莫陽沒有問夏玉華具體的原因，但是卻隱隱明白玉華在想些什麼，因此自是會不遺餘力的去安排好。

之後莫陽自然又關心了一下夏家家中的情況道：「妳弟弟他們什麼時候回京？眼下來說，暫時不會有什麼危險，梅姨這會兒又有孕在身，總留在外頭也不太好。」

「今日出門時正跟父親商量這事來著，父親已經修書讓黃叔叔派人送他們回來，估計最多幾天後就差不多回來了。」夏玉華想到成孝與梅姨回來後家中自然會熱鬧不少，一時間臉上也顯露出幾分開心的笑容。

莫陽也知道這些親人在玉華心中的分量，於是說道：「過年期間我人在外頭，也沒來得及去給伯父拜年，剛才我已經讓下人送了些從外地帶回來的小玩意兒過去，也不知道他會不會喜歡。」

「你在外頭那麼多事，都不知道忙成什麼樣了，還惦記著這些做什麼？」夏玉華知道這些都是莫陽的一片心意，如今他們之間的關係也算是完完全全的明朗化，只差還沒到合適的機會正式訂親罷了，所以莫陽做這些的這份心思倒是讓夏玉華心中溫暖無比。

所謂愛屋及烏，莫陽所做的一切無一不表明了他的心，而夏玉華也頭一次感受到了自己也會有口是心非的時候，嘴裡這般說著，心中卻是開心不已。

「有些事再忙也是不會忘記的。」莫陽看著夏玉華，寵溺的笑了笑，但一字一句卻都是他的肺腑之言。只要是與玉華有關的人與事，就算他再忙也是不會忽略掉的。

夏玉華聽了這句話，當下說不感動是假的。平日裡與莫陽之間雖並沒有什麼甜言蜜語的，可是他所說的每一句話卻都是那麼的發自內心，都是那麼的打動著她的心。

她抬眼看了他一眼，一時間也不知道說什麼好，索性什麼也沒說，只是甜甜地笑了笑，並沒有刻意隱瞞自己內心的愉悅。

「對了，妳先等等，有樣東西要給妳。」看到夏玉華臉上的笑，莫陽的心情也好到了極點。恍神了一下，突然才想起自己特意買給她的東西還沒有拿出來呢。

說來，他們兩人認識到現在也有兩年了，除了那個奶奶留給他，讓他送給妻子的定情玉墜以外，他似乎從來沒有送過玉華其他的東西。當然，這一次去外地辦事時正好看到了個有意思的小玩意兒，想著玉華一定會喜歡，因此便買了下來。

他邊說邊伸手往懷中摸了摸，片刻之後才取出一個暗紅色的小盒子，遞給夏玉華說道：「送給妳的，看看喜不喜歡？」

莫陽沒有多說什麼，臉上的神情卻是帶著一種說不出來的期盼。

「這是什麼？」看到這個情景，夏玉華一時間自然猜不出盒子裡頭到底裝的是什麼，也沒有馬上去接，見莫陽一副看了便知道的神情，倒也沒有再多問，笑著接了過來。

雖然還沒打開，不知道這裡頭到底是什麼，可是這心已經很是滿足了。其實，送什麼東西根本就不重要，關鍵還是送東西的人才是重點。她心裡頭比誰都明白，不論這裡頭裝的是什麼，她都會喜歡的。

沒有再多想，她伸手打開了小盒子，發現裡頭竟然是一對晶瑩剔透的上好玉質吊墜耳環，耳環很漂亮，小巧精緻，給人一種優雅大方之感，款式也是出奇的新穎，一看便知道出自能工巧匠之手，費了不少的心思。

「真漂亮！」她不由得讚嘆了一聲，雖然自己向來不太喜歡這些飾物，也極少用上，但不得不說手中這對耳環當真好看極了，色澤、款式及做工都完全沒得挑，連她都生出了幾分想要馬上戴戴看的衝動。

「喜歡嗎？」莫陽見狀，更是高興了。「拿出來戴上試試看。」

「喜歡！」夏玉華笑著看了一眼莫陽，點了點頭正準備按莫陽所說的戴上試試，卻又忽然停了下來。她瞬間想到了什麼，再次抬頭看向莫陽，略帶委屈地說道：「那個……我……

我好像沒有穿耳洞。」

她的聲音不大，不過卻足以讓莫陽聽個清楚，自小到大她性子比較隨意，總覺得沒事好好的在耳朵上穿個洞實在沒必要，所以以前任憑是誰勸說都不給穿洞，反正她也沒打算非戴耳環不可。而父親自然是拗不過她，再加上一個大男人對這些原本也不是那麼的在意，所以也就由著她去了。

她不由得伸手摸了摸自己的耳垂，這才有種小小的遺憾，莫陽用心替自己準備的禮物，竟然沒辦法戴上，這讓她有種說不出來的失落感。

看到這樣的情形，莫陽卻是一點也不著急，反倒是親自替夏玉華將小盒子裡頭的耳環取出來放到她的手心，說道：「再仔細看看，這對耳環與一般的耳環不太一樣，即便沒有穿過耳洞的人也是可以戴的。」

其實，莫陽早就知道夏玉華沒有穿耳洞，他本就是極其心細之人，又怎麼可能連玉華有沒有穿耳洞這樣的事情都沒注意到呢？正是因為心中清楚，所以這才特意讓那工匠改製了一下，也算是給玉華的一個小小驚喜了。

夏玉華聽到莫陽的話，不由得重新打量起手中的耳環來，留心一看卻發現這耳環果然與平日裡見過的耳環都不太一樣。

平日裡見到的那些耳環上頭部分都是打造成細彎的鈎子狀，或者一根針似的可以穿過耳洞從而固定下來的，而這一對耳環的上頭部分卻做成了一個小小的夾子狀，外觀還裝飾了一番，因此先前放在盒子裡頭被遮住了，才會一下子沒有看出來。

「這個可以直接夾住的，那個工匠手很巧，不會有任何不舒服的感覺。」莫陽邊說邊從夏玉華手中拿起一枚耳環說道：「我來幫妳戴吧。」

夏玉華見狀，自然也不反對，開心地點了點頭表示同意。

莫陽伸手輕輕將玉華耳際的髮絲撥開一些，而後小心仔細的替其戴上，這種方式還真是挺方便的，輕輕一夾便可以了，沒有半絲的麻煩。

戴上耳環之後，他略微退後了兩步，認真的端詳了好一會兒，而後極其滿意的點了點頭道：「真好看，果真與妳極為匹配。」

他第一眼看到這副耳環時便覺得簡直就像是專門為玉華量身訂製的一般，無論是氣質還是品味都極其契合，有種為她而存在的感覺。所以當時他明知玉兒沒有穿耳洞，卻依然毫不猶豫的買了下來，事後又讓人找了個巧匠，按他所想的點了稍微修改了一下，才成了現在這種樣式。

「是嗎？」夏玉華巧笑倩兮，頭一次聽莫陽這般當面誇讚自己還真是感覺頗新鮮，雖是簡單的幾個字，不過卻讓她實實在在的感覺到了戀愛的甜蜜與快樂。

被所愛的人愛著、寵著、讚著，這樣的感覺真好！

此刻的莫陽望著夏玉華笑顏如花般的臉孔，心中幸福無比，點了點頭，很是認真的回答道：「是的！」

兩人含笑相視，即便都不再說話，卻彷彿都已經聽到了彼此心底最深處的聲音，那樣的契合，那樣的溫馨，那樣的打動人心……

送玉華回家後，莫陽便直接去找林伊，將玉華先前所託付要蒐集的東西第一時間讓林伊去安排，並且由那小子親自負責，好早日蒐集到有用的情報，以助玉華一臂之力。

第九十八章

就在莫陽的情報機構正緊鑼密鼓的替夏玉華蒐集各樣的情報之際，夏玉華這邊亦開始了另外一項事情，且有條不紊的進行中。

這一日，趁著給鄭默然複診的機會，夏玉華將先前跟父親商量過的計劃向鄭默然說了一遍，而且明確表示這個設計「嫁禍」，挑撥離間的重要任務便正式交給他了。

而鄭默然聽了之後，顯然覺得這倒是個漁翁得利的好辦法，因此想了想後道：「好，這事交給我就行了。只不過，瞧妳這一波又一波的動作，難不成是想加快腳步了？」

鄭默然倒是將一切都看得清楚無比，從夏玉華前些日子在宮裡頭對他父皇的所作所為，再到今日主動的出擊，這無一不說明這個女子已經開始準備反撲。只不過他卻是有些擔心這個丫頭會不會操之過急，也不知道除了這些以外，她是不是還有哪些其他的舉動。

見狀，夏玉華自然也明白鄭默然的意思，沒打算隱瞞，點了點頭說道：「是的，我覺得是時候加快腳步了。不過五皇子請放心，玉華自然不會亂來，我會先行安排好一切，等著最後那個時機的到來。」

「這麼說，妳還有其他的行動在同時進行？」鄭默然更是感興趣了，眼前這個女子的聰慧與能力的確不可低估。

夏玉華笑了笑，坦然道：「五皇子想要大展鴻圖的話，目前最大的兩個難題應該是太子的正統繼承權，以及強大的勢力支持。太子的問題想必五皇子早就已經著手準備了，只是還沒有到達合適的時機對嗎？那麼剩下的另一個問題，我會儘快的替您解決！」

「什麼意思？」鄭默然自然是聽明白了夏玉華的意思，可是這丫頭如今一反常態，這般充滿了攻擊意味，這一點倒是讓他不由得有些擔心。

「我只不過是想加快速度讓我父親重掌兵權，如此一來，我父親便可以成為您繼承大統最強而有力的後盾支持！」夏玉華點明道：「以您現在的狀況，遲早會被太子以及皇上察覺，所以，留給您的時間並不多了，不是嗎？」

「如此說來，妳已經有了周全的計劃？」鄭默然想了想後又道：「大概需要多久？」

「是的，我已經有了周全的計劃，如果不出什麼意外的話，我想半年時間足矣。」夏玉華一臉鄭重地說道：「不過目前，我還不方便向您透露太多，請五皇子著手準備好您自己那邊的事情，如此方可萬無一失！」

聽到這些，鄭默然也沒有再多問其他，算算時間，半年工夫足夠他在朝中布網、收網了。至於夏玉華，他也並不擔心，一來這丫頭向來做事極有能耐，而且他總覺得這個丫頭背後似乎還有什麼勢力在幫她似的。

而且他隱隱覺得京城裡最大的那個情報機構似乎與這丫頭有些什麼特別的關係，可每每他想暗中調查的時候，卻總是早一步就被人給掐斷了線索，不但找不出半點異常來，而且連帶著一些與玉華有關的消息有時也都會被人不著痕跡的抹滅掉。

反正，不論那背後之人到底是誰，總之都是站在夏玉華這一方的，而幫夏玉華就等於是在幫他，所以他倒也並沒有再刻意的去調查什麼，也許有朝一日，那個神秘之人自然會露出真實面目。

「妳的意思我都明白了，也好，看來適當的時候，我這一身的病也差不多可以完全康復了。」他笑了笑，而後似乎又想到了什麼，轉而朝著夏玉華問道：「對了，關於我父皇的病，難不成真的無法完全治癒？」

夏玉華卻是看向鄭默然，半晌之後沒什麼表情地問道：「您是希望他的病可以治好，還是治不好呢？」

夏玉華的話讓鄭默然臉上的笑意不由得收斂了起來。這話是什麼意思，他哪會聽不明白呢？雖說帝王之家本就沒有太多的親情，而且對於帝業的繼承來說，他與父皇之間日後勢必會起衝突，但是同時，這世上已經只剩下父皇一個至親的人了，所以下意識裡自然還是希望父皇能夠痊癒的。

見鄭默然沒有出聲，夏玉華也不再那麼故意的追問下去，再怎麼樣皇帝也是鄭默然的父親，不論他是如何想的，她都沒有什麼好說的。

「他的病的確是極嚴重，我沒那個能力完全治好他，同時也不會為了他而去浪費太多的時間。」她並沒有完全說實話，可是這對她來說已經是很不錯了。若不是因為現在鄭默然還無法確保有足夠的實力取得繼位權，她早就不想這麼仁慈，還留那狗皇帝一命了。

等到了合適的時候，鄭默然順利取代太子地位之際，她自然也不會再費力替自己的仇人醫治什麼，沒有提前加速他的死亡，甚至因此而讓他沒什麼痛苦的多活了這麼久，這已經是天大的恩惠了。

她不是聖人，對於一個一心想要逼死自己父親，除去夏家的人來說，不可能生出半點的憐憫之心來，到時即便鄭默然開口求情，她亦不可能再去救那個夏家的仇人。

鄭默然聽到這些，倒也沒有再多說什麼，只是默默的點了點頭不再出聲。不論夏玉華所說是真是假，他卻明白一個道理，自己可以有自己的想法，而玉華亦可以保持玉華的態度。他們之間只要在聯手合作上是保持一致的，其他事情的見解與認知存在異同也是很正常的了。

所以他並不曾想過要勉強些什麼，有些事情大家都心照不宣，沒必要說得太過直白。

這一次，鄭默然也沒有旁的心思再跟夏玉華說一些不相干的事，而夏玉華亦很是滿意這一次的談話，簡單、快捷而又沒有任何多餘的廢話。即便先前鄭默然沒有任何的表態，但她卻相信，此人不是那種兒女情長、英雄氣短的，莫說是關係本就不親密的天家父子，就算是鄭默然最在意的人或事，只要到時阻擋了他繼續前行的路，想來他也都不會心慈手軟的。

但凡鄭默然還有那樣的仁慈與心軟的話，這些年下來，他只怕早就沒命活到現在了。不是他無情，只不過生命與血的教訓早就已經教給了他生存之道。而如今他既然選擇了向最高權力前進，便注定了這樣的命運。是為強者，有一天也將成為這世上權勢最大之人，但同樣也不得不將成為這世上最孤獨之人。

夏玉華並沒有去多想鄭默然的事，每個人都有選擇自己人生的自由，但同時，不論是誰、不論到什麼時候，都應該為自己的選擇付出相應的代價。在取與捨之間，有些東西無法兼顧，如何取捨便完全取決於自己的心，取決於心底深處最看重的到底是什麼了。

鄭默然如此，別的人也如此，而她自己，更是如此！

從五皇子府出來後，夏玉華沒有再去別的地方，而是直接回家。昨兒個得了信，阮氏與成孝已經在路上了，估摸著最遲今日下午便可到家，所以這會兒也不知道人回來了沒有，她忙完了應該忙的事，自然先往家裡趕了。

鳳兒亦是一副高興不已的樣子，這些日子香雪不在，就剩她一人在小姐身旁侍候著，也並不是事多太忙太累，只是習慣了跟香雪在一起，如今這麼久沒見著人，這心裡頭著實是惦記得慌。

主僕倆一進家門，便看到管家滿面堆笑的告訴她們，夫人帶著少爺已經回來了，剛到沒一會兒的工夫，這會兒正在屋子裡頭跟老爺說話來著。

聽說阮氏與成孝果真已經到家了，夏玉華自是高興不已，帶著鳳兒直接便往阮氏屋子裡去。還沒進屋，剛剛到門口便聽到了裡頭那久違的歡聲與笑語。

替阮氏檢查過身子，一家人又說道起分開之後的事來，氣氛十分溫馨和樂。

正說著，夏冬慶倒是突然想到了什麼，堆著笑臉，一副興奮不已的當著子女的面跟阮氏說起了玉兒的婚事。過了個年，如今玉兒都十八了，這婚事也不宜拖得太久，不論怎麼說還是先給訂下來的好，他這當父親的也能夠安心一些。

夏玉華聽到父親跟阮氏說起了自己與莫陽的事，一時間倒是笑了笑，打斷父親的話說道：「爹爹，娘剛回來，還是先讓她休息吧，女兒的婚事您不是說了讓女兒自己作主的嗎？」

「妳這孩子，爹爹可不是那種說話不算話的人。這不就是想跟妳娘商量一下嗎，好歹妳也都十八了，是應該準備準備婚事了。」夏冬慶說話也直。「妳這孩子旁的都好，就是對自己的事情不怎麼上心，莫陽這孩子多好呀，妳若是不抓緊些，回頭讓別家姑娘把人給騙走了，到時可別朝著爹爹來哭鼻子哦！」

「爹爹，您怎麼越說越不靠譜了。」夏玉華不由得笑了起來，隨後說道：「這事還是遲些再說吧，眼下我還有更重要的事情要做。再說莫大哥……莫大哥不是您說的那種人。」

「瞧瞧，這還沒嫁出去呢就開始護著莫陽了！哈哈！」夏冬慶不由得哈哈大笑起來，指著夏玉華朝阮氏說道：「什麼事比得上終身大事重要呢？依我看呀，這丫頭暫時沒時間打算這終身大事，咱們可得好好籌劃一番，郎君讓她自個兒挑還可以，婚事這些要等她自己來呀，估計黃花菜都涼了！」

「爹！」夏玉華略顯無奈，索性起身說道：「算了，女兒還是先回屋了，娘一路辛苦了，還是先好好休息再說吧，至於其他事來日方長，日後再說也不遲。」

見夏玉華起身要走，夏冬慶倒也沒多留，反正這些事他跟阮氏商量著就行了，又沒有違背這孩子的意思。估摸著玉華畢竟是個女孩子，說到這些多少還是有些害羞不自在也是正常的。因此夏冬慶點了點頭，示意玉華先回去忙自己的。

而這會兒，夏玉華自然並不知道父親與阮氏替她操心商量了些什麼，而且最主要的是，現在她的心思還真是沒有放到婚事上。

她在等那些她所需要的情報，一旦有了線索便開始行動。在她看來，還是得先解決父親之事，先將夏家的這盤棋給徹底下活了才行。至於其他的，遲些再說吧，解決了後顧之憂，也才能夠有時間來好好操持。

而夏冬慶的行動也還真是快，第二天便派人過去跟莫陽約了個時間準備見上一面。因為莫陽那邊有點急事待辦，所以兩人約好三天後再見面。

到了約定的那一天，夏冬慶跟阮氏說了一聲，帶著僕人精神抖擻的出門去，走到前門時，正好看到玉華也準備出門，父女倆倒是湊巧給遇上了。

「爹爹，您這是要去哪兒呀？」見父親一臉興致勃勃的樣子，夏玉華順便問了一聲，看父親這神情，跟發生了什麼好事似的。

夏冬慶笑咪咪地看了自家女兒一眼，卻並沒有直接回答，而是故作神秘地說道：「爹爹今日要去會個朋友，談點事情，若是順利的話，回家再細細跟妳道來。好了，不跟妳多說了，我得先走了，再不走的話一會兒就遲了。」

說著也不再久留，直接拍了拍女兒的肩膀，又是一陣爽朗的笑，很快便帶著人走了。

「小姐，老爺今日這心情當真是不錯嘛！」鳳兒看著自家老爺離開的背影，笑著朝夏玉華說道：「見什麼人能夠讓老爺這麼高興呢？」

夏玉華心中也有些納悶，不過卻朝著鳳兒說道：「也許是老友相見吧，他高興就好，咱們也趕緊走吧。」

鳳兒見狀，點了點頭，主僕倆沒有再多說其他，很快也出門而去。

下午回來的時候，夏玉華一進門便被管家攔住了，直說老爺與夫人找她有事，讓她一回來便過去一趟。問管家是什麼事，管家也不知道，因此便直接帶著鳳兒先行過去。

進去一看，父親正跟阮氏說道著，一臉興奮的樣子，見玉華來了，趕緊招呼到一旁坐下。「玉兒，爹爹有件事得跟妳說一下。」

「爹爹請說。」夏玉華坐了下來，邊說邊看了看一旁的阮氏，見其亦是一副高興不已的樣子，如同有什麼喜事似的，這心裡頭倒是犯起嘀咕來了。

「嗯……」夏冬慶故意清了清嗓子說道：「今日爹爹出門替妳把婚事給談了下來，妳不會怪爹爹事先沒跟妳打個招呼吧？」

「婚事？」聽到這話，夏玉華還真是愣了一下，片刻之後這才下意識的反問道：「您今天去見誰了？」

「莫陽那小子呀！」夏冬慶興奮地說道：「當然，還有莫老先生以及莫陽的父母也見了。今日一行，爹爹都有些意外，沒想到莫家人竟然如此的重視。妳這丫頭有眼光，當真是沒有挑錯人，這莫老先生可是對妳讚不絕口呀！」

想起先前見面的事，夏冬慶這心裡頭便開心不已，原本他只是約了莫陽想問問那孩子的意思，卻沒想到那孩子倒是機靈得很，早猜出夏冬慶約他見面的意思，便把家中最有分量的長輩以及父母都叫上了，一看便知十分重視他家的寶貝女兒。

為人父母者，自然不會貪圖別的什麼，無非就是希望日後女兒嫁人後，婆家的人可以好好的對待就行了，今日看莫家人的態度，就長輩這一點來說，倒是可以放上一萬個心了。

「玉兒，妳爹也是為妳好，這如今年紀已不小了，婚事也不能總拖著，遇到合適的人應該訂下的就當訂下，妳不會怪我們事先沒跟妳商量吧？」阮氏一時間倒是看不透玉華的心思，因此乘機接過話小心的問了一句。

夏玉華對於這事的確是有些意外，但自己本就屬意於莫陽，兩人之間也早就已經有了承諾，所以肯定也不會有什麼排斥的。只不過原先覺得這會兒還不是時候，所以並沒有主動去提這些，而如今既然父親與莫老先生都已經碰面並且談定了，倒也沒什麼好責怪的。

「娘，您別多想，玉兒怎麼會怪您倆呢。只是覺得有些意外罷了，不過反正是遲早的事，訂下了也好。」夏玉華微微笑了笑，當下便打消了阮氏心中的不安，也並不隱瞞自己心中的想法。

她是喜歡莫陽的，這一點沒什麼不好意思承認的，當然也願意嫁給莫陽，這一點在父親與阮氏面前也不是什麼秘密，更是沒什麼不能說的。

再者，他們都是為自己操心，為自己好，她又怎麼會不明白呢？子女的婚事那可是父母心頭最在意的事了，況且也不是逼著她嫁不喜歡的人，只不過比她自己所料想的稍微提前罷了。

見玉華並沒有什麼不高興的，阮氏不由得鬆了口氣，朝著夏冬慶說道：「老爺，您快跟我們說說今日的事吧，玉兒的婚事可是咱們家的頭等大事，莫家都說了些什麼呀？」

夏玉華見狀，也沒有再說什麼，只是看向父親，想先弄清楚這談定了到底是怎麼樣再說。

夏冬慶一聽，連忙點了點頭道：「是這樣，莫老先生親口說了，過兩天會先請媒人來正式提親，而下月初九是黃道吉日，到時他會親自帶著人上咱們家下聘訂親。不但如此，莫老先生還說了，親事訂下來之後，這成親的具體日子可以讓妳與莫陽自己商量著辦。這莫老先生倒還真是個通情達理之人，玉兒能夠找到這麼好的人家實在是一種福氣呀！」

其實，夏冬慶也看得出來，肯定是莫陽那小子提前跟家裡人都說好了，那小子還真不錯，也知道玉華的心思，所以並不想讓玉華覺得催得太緊。先把婚事給訂下來，再讓玉華自個兒挑選最合適的成親日子，如此一來倒是兩頭都兼顧到了。

「對了，莫老先生還主動提了，說是等妳與莫陽成親後，你們小倆口不必住進莫家大宅，老太爺可是點明了讓你們搬到城東別院跟他一起住。」夏冬慶邊說邊朝著一旁的阮氏看了看，眼神中盡是滿意不已。

夏玉華卻是有些不太明白了，朝著父親問道：「好端端的，莫老先生為什麼會提到這個？而且，我好像聽說平日裡他都是住在莫家大宅，只是偶爾才去城東別院那邊靜養。」

「傻孩子，妳還不明白呀，這莫老先生是找著理由給妳與莫陽最大的自由空間。爹爹猜想，這應該也是莫陽那小子一早就跟他說好的，否則的話，人家也不可能主動提到這些的。」

夏冬慶也沒打算隱瞞，主動跟夏玉華解釋道：「其實今日爹爹約莫陽那小子見面，本也打算跟他提這件事。先前我跟妳娘都擔心這事來著，畢竟咱們家人口少，關係也單純，依妳這種性子嫁到莫家那種大家族裡頭一起生活的話，怕是許多地方都會不適應的。畢竟這在家當女兒跟出嫁當媳婦可是完全不同的事情，大宅門裡頭是非多，勾心鬥角的人總是少不了的，妳呀，根本就不適合住在那樣複雜的地方！」

「沒想到莫陽那小子倒還真是一門心思的待妳，什麼都替妳想得好好的了。他呀，不會比我跟妳母親少了解妳，妳嫁給他，爹爹也算是能夠放心了！」夏冬慶感慨不已，一臉動容地說道：「爹爹最大的心願就是希望妳能夠有個好的歸宿，這比什麼都重要。天大的事都可以往後挪，可是這種好姻緣卻是不能久拖的。」

幾天後莫家託媒人上門提親，談定了訂親當天的事宜。兩家人便開始忙碌起來，籌備下個月莫夏兩府訂親的喜事。

時間過得很快，轉眼便到了初九這一天。夏家裡裡外外、上上下下全都收拾得乾乾淨淨、整整齊齊，若不是不想太過招搖，夏冬慶恨不得讓人張燈結綵好好熱鬧一番。今日雖說只是莫家人上門訂親下聘，可是他這心呀，就是高興，有了第一步，自然就離那正式嫁女兒不遠啦！

而莫家人亦按時辰到達，果然是莫老先生親自帶著人前來，隨後莫家的僕人抬著一擔又一擔讓人眼花撩亂的聘禮，喜氣洋洋的進了夏家之門。夏家裡裡外外的頓時熱鬧非凡，連外頭一時間都圍了不少看熱鬧的街坊鄰居。

眾人紛紛打聽著，當得知今日竟然是京城莫家的莫老先生親自出面來替莫三公子向夏家小姐下聘時，人們也都感染了喜氣，熱絡的交頭接耳談論著。

也難怪，這莫家與夏家可都不是普通人家，雖說夏家現在已經沒有舊日的風光，可是夏大將軍的威名在老百姓心中卻還是一直保持著同樣的分量。還有那夏家小姐，不論早些年所傳的各種是是非非，單說如今那一手頂尖的醫術早就是聞名京城了，提起夏玉華，怕是京城之中鮮少有不認識的了。

而莫家亦是大名鼎鼎，誰也不清楚莫家的財力大到了什麼程度？當然更主要的是，莫家這麼多年來一直都樂善好施，美名遠傳。而莫三公子則是莫老先生最看重的孫子，據說更是明定的莫家接班人。

所以，莫陽與夏玉華訂親，這樣的消息自然比什麼都吸引人了。而這兩家對於訂親一事雖不刻意高調，卻也沒打算要瞞著外人，所以沒多久的工夫，莫家三公子與夏家小姐訂親的事便如同旋風一般快速的在京城之中傳開來。

就在兩家人興高采烈的慶祝結為親家之際，五皇子府內此時卻是安靜得可怕。

府中那些原本由各方勢力安排進來，後來卻讓鄭默然給暗中收服的鶯鶯燕燕們，此刻都已經自動自發的離得遠遠了，誰都不傻，長著眼睛的人都看得出來今日五皇子的心情可是出奇的差。

雖然她們也不怎麼知道具體的原因，可是先前書房裡傳來一聲大吼「滾」，當真是足以讓外頭的人聽著都覺得膽戰心驚的。之後便見到總管一臉狼狽的模樣從書房裡頭逃命似的跑了出來，板著一張難看不已的臉直朝眾人揮手，示意大夥兒有多遠走多遠，這會兒誰都別去打擾主子。

若是往常，這些各方眼線們自然都會想盡辦法去打聽五皇子到底發生了什麼事，竟然如此反常的大發脾氣。而現在，即便她們再好奇，卻都沒有誰再有那麼大的膽子不知死活的去打聽，不論是為了自己的名分也好，利益也罷，抑或者是最簡單的生存法則，總之，如今這些人都有一點是共通的，那便是私底下早就都效命於鄭默然了。

正因為如此，所以這些人心底裡一個個都納悶不已，到底是什麼樣的事竟然能夠讓那平日裡看上去不顯山不露水，實際上則老謀深算到底的五皇子情緒如此失控？

但好奇歸好奇，卻是沒有誰敢多嘴去打聽半分的，府裡頭的下人一個個都精明得很，沒事的儘量別出來瞎晃悠，省得一個運氣不好，不小心撞到主子的火山口上，那可不是開玩笑的。

而此時此刻，鄭默然獨自一人關在書房內，面無表情的盯著掛在面前的那幅畫像。他的目光一動也不動，如同所看的畫像上有什麼魔咒似的，讓他甚至於連眨眼都不曾眨過。

好半天，他才終於眨了一下眼，原本無表情的臉上雙眉緊皺了起來，視線卻依舊盯著那幅畫像不曾移開。

「他有那麼好嗎？」鄭默然如同自言自語般的朝那畫中的人問道：「妳就真的那麼喜歡他？」

他問得極其認真，可是那畫中人自然是不可能開口回答他。他終於長長的嘆了口氣，而後微靠在椅背上閉上了眼睛，只剩下畫中人依舊巧笑倩兮地看著這邊，如同一直在注視一般。

畫中之人不是別人，正是夏玉華，連鄭默然自己也不清楚，這兩年多來，到底畫了多少幅玉華的畫像，或笑或怒，或立或行，全都那般栩栩如生。除了第一幅當成那一年的生辰賀禮送給了玉華以外，其他的全部都被好好的收藏在這書房裡，除了他自己以外，不讓任何人窺視。

他亦不知道自己到底是從什麼時候起開始喜歡上夏玉華，只是覺得從來沒有一個女人能夠像那個丫頭一樣，就這麼不經意的闖進了他的心。私底下，他並不想否認這種強烈無比的感情，可是每每當他有意或者無意的表白時，那個丫頭卻總是將其當成玩笑或者戲弄之詞，從沒有當真過。

或許在玉華的心中並非是真沒有當真過，也不是真聽不懂自己的意思，只不過那丫頭似乎並不想接受罷了，所以除了裝傻便索性不予理睬。

他從沒想過自己會真的喜歡上一個女子，當年他的母妃死的時候便告訴過他，這世上最信不過的便是女人，而若是想要成就一番大業的話，更是不可以有太多的兒女之情。如同他的父皇一般，女人，可以寵卻絕對不能夠愛。因為一旦愛了，便等於替自己尋了一處最大的弱點，隨時都有可能會因此而威脅到自身的安危。

這麼多年以來，他一直都謹記著母妃的話，韜光養晦，只為尋求那最後的一擊。他明白自己的一切，甚至於包括生命都得靠自己去爭取，否則的話便只能如同母妃一般被人害死在那冰冷而無情的地方。也因此他一直沒有對哪個女子上過心，更不覺得這生命之中有沒有一個那樣的女人有什麼重要的。

可是，直到有一天，夏玉華無意中闖入了他的生命之時，他在毫無徵兆的情況下竟然忘記了母妃所說過的一切，一點一點的喜歡上了這個女人。

以往，他從沒有想過獨自一個人會有覺得孤單的時候，他向來便認為真正的生活便是如此。可是現在，一切變得都不一樣了。看到她時，他會覺得整個世界瞬間都明亮了起來，哪怕是聽著她說些不痛不癢的話，看著她不情不願的敷衍著自己，也覺得是一種說不出來的快樂。

而她離開後，他的心中會湧現出一種莫名的孤獨與思念，日子越久越是如此。他畫了許多幅她的畫像，將這幾年來每一次見到她時，所有細微的神情一一記錄在這一幅又一幅的畫像之中。每當夜深人靜的時候，打開一幅幅的畫像，便如同對著她本人一般，讓他的心可以得到片刻的安寧與快樂。

毫無疑問，他是真的愛上這個女子了，推翻了以往所想像的一切，而且沒有太多顧忌便愛上了。他甚至於覺得母妃當年說的話太過絕對，只要他有了足夠的能力，那麼愛一人便不再是他的弱點，而是會讓他那顆寂寞了二十幾年的心變得溫暖一些。

人啊，都是這樣，如果從來都不曾體會過的話倒也無所謂，可有些東西一旦嘗試，便如同上了癮一般，再也無法忘記那樣的美好滋味。雖然絕大多數的時間他依舊要獨自承受孤獨，可是，一想到她，才會覺得自己是真正有血有肉的人，才會覺得無論多久的等候與隱忍都是值得的。

如同那黑夜中的飛蛾，哪怕明知是火，但是撲上去的那一瞬間亦足以讓它覺得這一生都有了意義，這一切都變得滿足了。

可是……今日，她竟然跟別人訂親了！鄭默然突然睜開了眼，目光中散發出一股說不出來的寒意，喃喃說道：「莫陽……莫陽！」

——未完，待續，請看完結篇文創風133《難為侯門妻》5（完）

種田重生／豪門恩怨／婚姻經營

痛快逆襲、深情不悔／不要掃雪

難為侯門妻

全套五冊

她，人們戲稱為京城裡的一朵奇葩，
仗著父親是大將軍王，任性妄為、胡攪蠻纏，
不顧一切嫁給癡戀的男人，
卻因此付出最慘痛的代價……
沒想到死後重生，回到一切悲劇上演之前，
這一世，她真能改變自己去糾正前世的錯誤，
阻止不幸的命運再次發生嗎？

文創風 129 1

她已下定決心不再去招惹那些虛有其表的世家公子，
一心想拜師學醫，成為真才實學的女大夫，
才有能力改變自己與父親的不幸，挽救夏家的崩毀，
但是天下第一的神醫早已放話不收徒弟，連要見上一面都很難了，
這重生後跨出的第一步還真有點傷腦筋～～

文創風 130 2

沒想到世事難料，一切似乎完全反了過來，
尤其小侯爺李其仁的出現，意外打亂了玉華的全盤計畫，
他外向、開朗，真心誠意對待她，對夏家更有莫大的恩情，
她不知道怎樣才能表達心中的感激，同時也越發的不安起來，
人情債、感情債似乎越欠越多，多得根本沒有辦法還清……

文創風 131 3

無論哪一世、無論什麼事，為了女兒，父親都可以付出一切，
這一世，就換她來付出，並討回原本屬於父親的東西吧！
哪知父親才歷劫歸來，唯一的弟弟又遭人下毒，命在旦夕，
這夏家真是屋漏偏逢連夜雨，倒楣事一齣又一齣，
但只要父女同心，其利斷金，便沒有過不了的難關……

文創風 132 4

莫家是天下首富，身為接班人的莫陽個性內斂而清冷，
給人一種不怎麼好親近的感覺，卻總在下令玉華急難時伸出援手；
一個曾經親手為母親煮麵，如今也願意為她煮麵的男子，
這樣的他便足以讓玉華動容，永遠記在心中……

文創風 133 5 完

眼看婚姻中出現了大麻煩，即便錯不在自己，畢竟事情因她而起，
解鈴還需繫鈴人，玉華決定親上火線，化解婚姻危機，
她從不信什麼改命之說，自己的命只有自己能夠改變。
兩世為人，她真真正正懂得要珍惜這愛她及她所愛的人，
斷不會再讓自己留下更多的遺憾……

匠心獨具、妙筆生花／七星盟主

重生／宅門／言情／婚姻經營之雋永佳作！

庶女出頭天

全套五冊

人善可欺，天真與單純必須留在過去；
重生一回，計謀及陷阱都是為了自保。
這次，她要昂首闊步，走出屬於自己的另一片天！

文創風 109 1

若說她司徒錦真有什麼不可饒恕之處，就是身為庶女，
不僅不得父親喜愛，嫡母、姊妹更以欺負她為樂，
最後甚至落得遭砍頭處刑，連母親都因心碎而死在自己身邊！
她含冤受辱，走得不明不白，如何能甘心？!
幸而老天垂憐，給了她一次重生的機會，讓她能再返人間……

文創風 110 2

她司徒錦是招誰惹誰，為何重生了一回，命運依舊如此多舛？!
好在她頭腦冷靜、聰慧過人，不但逃出重重陷阱，
更將計就計、反將一軍，不但給足了教訓，
還讓那些惡人一個個啞巴吃黃連，有苦說不出，只能自認倒楣！
只不過，她的十八般武藝，在他面前全成了空氣，
他非但無視她的抗拒跟退縮，甚至得寸進尺，藉機吻了她！

文創風 111 3

原以為成親後能稍微喘口氣，享受片刻寧靜，
沒想到這王府裡除了有瞧不起自己的王妃婆婆，
還有備受王爺公公寵愛的勢利眼側妃、專門找碴的小姑跟大伯，
更過分的是，竟然住了個對夫君用情專一的小師妹！
天啊，難道她的考驗現在才正式開始？!

文創風 112 4

好不容易處理完這一團爛帳，也坐穩了當家的位置，
皇位爭奪之戰卻一觸即發，不僅王爺失蹤，世子也不知去向。
就在全府上下人心浮動之際，皇后竟下了道懿旨宣她進宮，
太子甚至親自來迎接她——這葫蘆裡賣的是什麼藥，
著實讓人丈二金剛摸不著頭腦……

文創風 113 5 完

當司徒錦準備迎接新生命到來時，卻傳來太師爹爹暴斃的消息，
母親也忽然病重，弟弟則是身體有恙。
看樣子，那些幕後黑手還不死心！這群傻瓜怎麼就是不懂，
跟她作對，就是跟她親愛的相公為敵，
膽敢打擾他們幸福過日子，挑戰冷情閻王隱世子的底限，
後果請自行負責！

132

難為侯門妻 4

國家圖書館出版品預行編目資料

難為侯門妻 / 不要掃雪著. --
初版. -- 臺北市 : 狗屋, 2013.10-
冊 ; 公分. --（文創風）
ISBN 978-986-328-185-6（第4冊：平裝）. --

857.7　　　　102018487

著作者　不要掃雪
編輯　呂秋惠
校對　林嫵媚　黃薇霓
發行所　狗屋出版社有限公司
地址　台北市104中山區龍江路71巷15號1樓
電話　02-2776-5889～0
發行字號　局版台業字845號
法律顧問　蕭雄淋律師
總經銷　知遠文化事業有限公司
電話　02-2664-8800
初版　102年11月
國際書碼　ISBN-13　978-986-328-185-6
原著書名　《璞玉惊华》，由起點女生網〈www.qdmm.com〉授權出版

定價240元
狗屋劃撥帳號：19001626
網址：love.doghouse.com.tw　E-mail：love@doghouse.com.tw